福永武彦論

「純粋記憶」の生成
と
ボードレール

西岡亜紀【著】

東信堂

まえがき

福永武彦（一九一八―一九七九）は小説家であると同時にフランス文学の研究者でもあり、西洋の文学や文化を自らの創作に意欲的に取り入れようとした人物である。まもなく没後三〇年を迎えようとしている今、福永に関する作家研究は進み、『風土』、『草の花』、『忘却の河』、『海市』、『死の島』などの長編を中心に作品研究も年々充実してきた。このような基本的な研究の進展を受けて、福永が西洋の文学や文化からどのような影響を受け、それを自らの作品や思想にどのように摂取したのかといった比較文学的な視座からの考察も徐々に試みられている。

本書は、こうした比較文学的なアプローチに連なるものとして、福永武彦がフランス文学の専門家として特に深く関わっていた詩人ボードレール Charles Baudelaire (1821-1867) の受容を扱うものである。福永の初期から晩年に到る作品を追いながら、ボードレールの「万物照応」Correspondances の文学理論が「純粋記憶」という福永独自のモティーフのなかに発展・定着していく様相を辿った。

福永が「純粋記憶」と呼ぶものは、自分のうちに、他人から教えられたものでも後から学んだものでもない、純粋なものとして残っている幼年時代の記憶である。初期の頃に着想、その後『幼年』という小説に定着するまでおよそ二〇年に及んで切望したモティーフであった。このモティーフについて、福永自身が対談のなかでボードレールの「万物照応」との関係性を語っている。本書ではこの関係性を具体的なテキストに即して検証することを試みた。序章でも詳しく取り上げたが、本書における比較研究で重視したことは、福永の世界にボードレールがどのような過程を経て血肉化されたのかという観点である。これまで、福永とボードレールの比較では、両者にどういう類似点があるのか、いわば「何が受容されているか」という考察が中心であったが、ここでは「どのようにして受容されたか」という受容の過程にも焦点を当てた。つまり、「万物照応」の受容が福永の内的な問題との関わりからどのように準備され、またそれゆえにいかなる形を取り、さらに後の小説家としての進化にどう影響したのかということも浮き彫りにするように努めた。こうした方法によって、ボードレールの受容を、作品研究だけにとどまらず人間福永の内実を照らし出す作家研究としても追求するというのが、本書が新たに目指したことである。

実は、「純粋記憶」というモティーフが福永のなかで発展・定着する過程は、見方を変えれば、福永が「書く」という行為を通して自らの内的記憶と向き合いながら、小説家として人間として「現在を深く生きる」ことに向かう過程でもあった。失われたもの、今失いつつあるもの、これから失うであろうもの——そういうものを私たちは、「書く」、「語る」、「描く」、「歌う」、「奏でる」、「踊る」といった表現行為のなかでつなぎとめ、そしてその行為は「現在を深く生きる」ことを支えていくのではないか。本書は、一人の小説家における文学の生成を扱うものであるが、「書く」こと あるいは「書く」ことで「思い出す」ことが「現在を深く生きる」ことにどう関わっていくのかという、もう少し広い問題関心につなげることも意識して書いている。

文学に興味のある方には、作品を通して見る福永武彦の作家論として、または比較文学的な視点からの福永作品の解釈として、あるいは日本におけるボードレール受容の一考察として読んでいただきたい。またそこにとどまらず、広く記憶や創造行為といったことに関心のある方にも、手にとっていただくことができれば幸いである。できるならば幅広い分野の方に読んでいただき、ご意見やご助言をいただけることを願っている。

平成二〇年一〇月

目次／福永武彦論

凡例

◇福永武彦のテキストからの引用は、特に断りのない限りは、『福永武彦全集』全二〇巻（新潮社、一九八六～八八）に拠る。全集と略し巻数、―頁の順（例えば全集一巻、一頁という体裁）に示す。右の全集に収載されていないテキストについては、個々の出典を示した。

◇ボードレールのテキストからの引用は、特に断りのない限りは、クロード・ピショワ編、プレイヤッド版『ボードレール全集』に拠り、次のように略記する。

PL 1 : Baudelaire, *Œuvres complètes*, texte établi, présenté et annoté par Claude Pichois, t.1, <Bibliothèque de la Pléiade>, Gallimard, 1975.

PL 2 : Baudelaire, *Œuvres complètes*, texte établi, présenté et annoté par Claude Pichois, t.2, <Bibliothèque de la Pléiade>, Gallimard, 1976.

尚、ボードレールのテキストの翻訳は基本的には拙訳を用いるようにし、訳出に際しては筑摩書房版『ボードレール全集』全六巻（阿部良雄訳註、一九八三～九三）を参照した。ただし、『悪の華』と『パリの憂愁』については人文書院版『ボードレール全集』第一巻（福永武彦責任編集、一九六三）に福永武彦による全訳があるので、福永における受容を問題にすることに配慮してそれらを用い、該当箇所ではその旨を断った。

◇本文の漢字は、一部を除いては原則的に新字を用いる。また、文書について筆者は単行本・雑誌・新聞等は『』とし、それ以外は「」とする。

◇引用文中の表記はルビや記号も含めて原著者の表記を尊重し、そのままとした。ただし、旧字は一部を除いては新字に改めた。

福永武彦論

――「純粋記憶」の生成とボードレール――

序　章　問題の所在

記憶が現在にどのように関わってくるのか。福永武彦（一九一八―七九）の小説においてその問いかけは、憑かれたように繰り返されている。「喪われた記憶の物語」[1]と自ら語る「塔」（一九四六）から、「現在」において受容される多層的な「過去」に迫った晩年の大作『死の島』（一九七一）まで、福永は現在の意識に記憶がどのように入り込むのかということを書き続けた。また、それを表現するための固有の方法を摸索した。この小説家はなぜかくまで記憶の世界に分け入ろうとしたのか。その疑問を辿っていくと、ある核心的なイメージに突き当たる。例えば、そのイメージは、堀辰雄（一九〇四―五三）をめぐって書かれた晩年のエッセイ『内的独白――堀辰雄の父、その他――』（一九七八）のなかに、次のように現れている。

もしそれが死の準備の一つであるとすれば、最後に想起すべき情景を予《あらかじ》め用意しておくことも準備の一つではないだろうか。どんな人にとってもその人一人にだけ固有であり重要であり絶対であるようなイメージがあり、それを眼の前に描き出す力は一種の文学的な創造（或は再創造）と言えるのかもしれない。一人の人間の一生を一つの情景に凝縮し得る力を持った小説家は紛れもなく天才であり、そのような定着を欠いているとしても、人は誰でも死の瞬間に彼の本質的な一情景を喚起することによって、その瞬間にのみ、藝術家たり得るのだろうと思う[2]。

「彼の本質的な一情景」――福永が創作活動において常に夢見ていたのは、このような特権的瞬間の定着ではなかったか。つまり、「文学的な創造」とは、生の終わりに刹那に訪れるかもしれない特権的瞬間、いわば「最後に想起すべき情景」を先取りする行為であるという芸術観が、この小説家の根底を流れていたと考えられる。そこには、「死」という逃れられない運命への自覚があった。福永にとって書くことは、その「死の瞬間」になって初めて明かされるであろう「その人一人にだけ固有であり重要であり絶対であるようなイメージ」を「予《あらかじ》め用意」することであった。「福永氏は、精神の進歩発展の自証としてではなく、常に同じような発現の仕方をする精神のある原型的な状態を、くりかえしくりかえし言語によって掬いとろうとしている」[3]と大岡信が指摘するように、福永作品に共通しているのはこうした精神の原型へと回帰していく眼差しと言えるだろう。それゆえに、彼はその「本質的な一情景」のイメージを求めて記憶の領域を彷徨ったのである。

このように考えると、福永が詩においても小説においても評論でも、繰り返し同じ素材を用いたことにも、個々の作品毎に手法を変えたことにも、ある程度納得できる。常に同一のイメージに向かって書いていたわけだから、書くべき素材はほぼ決まっていた。「河」、「夕焼け」、「海」、「風」、「少年」、「少女」、「芸術家」、「顔のない女」、「夢」、「古里」、「母」、「眠り」など、異なる作品に同一の素材が繰り返し現れるのも不思議ではない。素材が決まっているとすれば、残された問題は、それらの素材をどのように扱えば最も真実に近いイメージで描くことができるか、すなわち、より自己の内面に忠実に再現することができるか、という方法の探究になろう。「一つの小説には、その小説世界を可能ならしめるための固有の方法があり、その方法によってのみ、幾つかの固有の主題が初めて描き出される」[4]。定型押韻詩の試みにせよ、小説における実験的手法にせよ、福永が方法への飽くなき試みを繰り返したのは、この人にとって新たな創作世界を立ち上げることとは、自らの奥深く眠っている核心的なイメージに、よりふさわしい新たな表現世界を立ち上げることと同義であったからであろう。

こうした視点から福永の小説の世界を改めて見たときに、この「彼の本質的な一情景」を、作品のほとんど唯一の主題として最も純粋な形で描き出したと思われるのが、『幼年』(一九六七年刊、初出は『群像』一九六四年九月号)という小説である。原稿用紙三百枚程度のこのささやかな中編は、福永にとって「どうしても書かなければならない作品の一つ」[5]でありながら創作は難航、着想から完成までに実に二〇年近い歳月を費やす。その間の経緯は、一九六七(昭和四二）年にプレス・ビブリオマーヌより上梓した初版限定版の挟み込みの「〈幼年〉について」という福永自身の文章に詳しいが、簡単に要約しておこう。作品化の構想は、既に終戦直後にはあった。戦後から都合八年に及んだサナトリウムでの生活[6]に際しては、「死に脅かされる度に「幼年」を思った」[7]というが着手されることはなかった。その後、一九五五（昭和三〇）年秋に覚え書を書いたが執筆には取りかからず、一九六〇（昭和三五）年冬、翌年の冬と断続的に書いて中断、一九六四（昭和三九）年六月に「一気に三週間ばかりで書き上げて」[8]同年の『群像』九月号掲載に至る。小説家としての最初期に着想、比較的多作であった昭和三〇年代には挫折を重ねつつ、切望した小説であった。

『幼年』の初版限定版[9]のタイトルページに添えられた「或は、純粋記憶」という副題が象徴するように、この小説のライトモティーフには「純粋記憶」というものが据えられていた。「純粋記憶」とは、幼年の記憶についての認識を語る際に福永が独自の意味を与えて用いていた言葉であるが、例えば堀辰雄の『幼年時代』（一九四二）について解説する文章のなかでは、次のように用いられている。

> 人は一般に、周囲の人々、肉親や親戚の人たちの説明を聞いて幼年時代の記憶を絶えず再認識せしめられ、そのために小さかった頃の事実をいつまでも覚えているように錯覚する。しかし彼が自分だけで覚えていることといったら極めて僅かなのだ。そしてそれがどんなに僅かでも、その記憶だけがなぜ忘却の海の中に沈められなかったかということが、大きな意味を持って来るのだ。なぜならその体験と、それに伴う純粋記憶とは、当人の精神生活に本質的に結びついているのだから[10]。

幼年の記憶のうち「自分だけで覚えていること」は、いつまでも残っているという意味において「当人の精神生活に本質的に結びついている」ものであると福永は考える。そして、個人の精神のなかにだけ忘れられずに残っているこの幼年の記憶を「純粋記憶」と言い表した。ここでは「当人の精神生活に本質的に結びついている」という形で言い換えられてはいるが、本人にしか認識することのできないこの内的記憶のイメージは、まさに冒頭に引用した『内的独白――堀辰雄の父、その他――』において、「彼の本質的な一情景」と言い表されている内的風景のイメージと重なるものである。つまり「純粋記憶」は、この個人にとって固有で核心的な内的風景を、ほとんどそれだけで一つのモティーフとして取り出し集約させたものと考えられる[11]。そうなると、「純粋記憶」というモティーフを定着した『幼年』は、自分自身の「本質的な一情景」の定着を試み続けた福永が、結果として最もそれ自体を濃縮した形でこのイメージを描き出すことに成功した小説と位置づけることができるだろう。

ところで、この「純粋記憶」というモティーフのイメージを形成するに当たって、福永が、ボードレール Charles Baudelaire (1821-67) を意識していたことが、福永本人によって明かされている。『幼年』執筆から十数年後の清水徹との対談「文学と遊びと」（一九七七年七月）において、議論が『幼年』の「純粋記憶」に及んだ際に、「ほとんど音楽的な状態ですね、純粋記憶というのは」[12]と言う清水徹のコメントに応えて、次のように言う。

福永　ええ、そうです。ですから、僕は「ボードレールの世界」という、昔それこそ一番初めぐらいに書いた短いエッセイの中で、ボードレールのコレスポンダンスを原音楽という言葉で表わして、つまり原音楽というのはあらゆる感覚、感覚だけじゃなくて認識にも訴えてくるものがすべて音楽、原音楽的なものに還元されるから、したがってああいう匂いとか色とか光とか音とかいったものが皆同じ次元で並んで、共通したしかも独立したイメージとしてアマルガムになる、それはつまり原音楽のせいだという風にあの時考えたんですが、そういう原音楽的なものというのがつまり純粋記憶と共通したものじゃないかという風に考えますね[13]。

ここで福永が「ボードレールのコレスポンダンス」と言っているのは、あの『悪の華』*Les Fleurs du Mal*（初版 1857〔再版 1861〕）のあまりにも有名な詩篇「万物照応」“Correspondances”において明示されているボードレールの「万物照応」（「コレスポンダンス」）の理論を含意している。「万物照応」という詩は、ボードレール独自の象徴観を踏まえた「万物照応」の理論が集約され明示されていると同時に、その理論の実作となっているものと言われている。それゆえに、ボードレールの美学について考える上でも、詩法を知る上でも重要視されてきた。ボードレール研究の専門家であった福永も、ボードレールに関する評論や解説などにおいてこの詩に繰り返し言及し、そこに展開する理論についての解釈を呈示しており、「万物照応」をボードレール解釈の根幹に据えていた（「万物照応」に関する解釈をめぐっては本書の第五章で後述）。「原音楽」というのは、そのボードレールの「万物照応」の理論について説明するに当たって、福永が用いた言葉である。ボードレール解釈に用いるものとしては、福永が独自に考案した造語であり、固有のモティーフであった。福永はこのモティーフをボードレールの「万物照応」の世界を成り立たせる根元的次元を言い表すものとして、最初期の評論『ボードレールの世界』（一九四七）において呈示し、それ以後の解釈においても一貫してこれを用いている。右の対談で福永は、ボードレールの「万物照応」の理論の解釈に用いたこの「原音楽」というモティーフを、「純粋記憶」という自分自身の作品のモティーフに重ねていることを明かしている。そして、こうしたイメージの重ね合せは、「純粋記憶」の描写における「万物照応」の理論の関与を推察させる。

確かに、『幼年』が完成した一九六四（昭和三九）年は、福永が責任編集及び訳者として関わった人文書院版『ボードレール全集』全四巻（一九六三～六四）が完成した年である。福永がこの全集のために書いた「詩人としてのボードレール」という評論の骨子が、「万物照応」の「合一」という観念についてであったことから考えても、特にこの時期に関心を高め、また理解も深めていた「万物照応」の理論が、『幼年』の材源として認識され、イメージの共有を促す一因として有機的に働いたと考えるのは、それほど不自然でもないだろう。二〇年近く難航した作品を完成に導いた理由をこれ一つに限定することは難しいが、『幼年』における「純粋記憶」というモティーフを最終的に定着していくに当たって、「万物照応」の理論が一つの鍵となったということは推測できる。

本書では、右に示したような『幼年』の「純粋記憶」というモティーフの定着におけるボードレールとの方法的な接点を到達点とし、そこに至るまでに「純粋記憶」というモティーフが福永の問題意識と関わりながらどのように発展・定着し、またその過程がボードレールの「万物照応」の受容とどのように関わっているのかを主要な関心としている。つまり、『幼年』における「万物照応」の受容が、福永固有の問題意識との関係からどのように準備され、またそれゆえにどのような形を取り、さらにその後の福永の小説家としての進化にどのように影響するのかという視点から、福永武彦におけるボードレール受容を、受け手である福永武彦の小説家としての進化に絡めつつ考察するというのが、本書の比較研究の問題設定である。

以下に、このような問題設定に至った理由を、先行研究や福永とボードレールの関係の全体像などを整理しながら説明し、より詳しい方法と構成の呈示につなげていく。

福永武彦におけるボードレール――比較研究の意義と視座

福永は、意欲的に内外の芸術を吸収しながら、文学の方法を追求するタイプの書き手であった。ゆえに、そのテキストには万華鏡のようなところがある。ボードレール（前出）の影を追っていたら、ジッド André Gide（1869-1951）の後姿が見え、ふと横を見るとフォークナー William Faulkner（1897–1962）に出会うといった感じだろうか。一つの小説の背後に、多様な芸術家や作品が交錯しており、読むたびに異なる模様が現れてくる。比較文学的に一つの関係を論じようとしても、それだけでは説明できないような別の関係が、同一のテキストからたちまち浮上する。そのために、ある小説に対して、最も深く関わっているのは誰（どの作品）かということが限定しにくい。終わりのない推理小説に向かうような錯綜。それが、福永を「読む」ことの最大の面白さであり、同時に難しくしている理由でもある。

例えば、文学だけを採っても、福永が関心を寄せた作家や作品はかなり多い。まず、評論や翻訳を多く手掛けているボードレールを初めとして、東京帝国大学文学部仏蘭西文学科における卒論で扱ったロートレアモン Lautréamont（1846–70）や、ポール・ヴェルレーヌ Paul Verlaine（1844–96）、アルチュール・ランボー Arthur Rimbaud（1854–91）、ステファヌ・マラルメ Stéphane Mallarmé（1842–98）、ポール・ヴァレリー Paul Valéry（1871–1945）などの一九世紀フランス詩への専門的な関心と理解がある。また、学習院大学で「二十世紀小説論」と題して講じていた[14]、アンドレ・ジッド（前出）、マルセル・プルースト Marcel Proust（1871–1922）、ジャン＝ポール・サルトル Jean-Paul Sartre（1905–80）、ジュリアン・グリーン Julien Green（1900–98）、ミシェル・ビュトール Michel Butor（1926–）、ウィリアム・フォークナー（前出）、ジェイムズ・ジョイス James Joyce（1882–1942）、ヴァージニア・ウルフ Virginia Woolf（1882–1941）などの欧米の二〇世紀小説にも詳しい。さらに、『意中の文士たち』（上・下巻、一九七三）という随筆にも取り上げている夏目漱石（一八六七—一九一六）、森鷗外（一八六二—一九二二）、永井荷風（一八七九—一九五九）、芥川龍之介（一八九二—一九二七）、谷崎潤一郎（一八八六—一九六五）、室生犀星（一八八九—一九六二）、梶井基次郎（一九〇一—三二）、堀辰雄（前出）などの日本近現代小説や、現代語訳を試みた『今昔物語』、『古事記』、『日本書紀』などの古典への関心も深かった。これに加えて、絵画や音楽にも造詣が深く、それは『ゴーギャンの世界』（一九六一）、『藝術の慰め』（一九六五）、『意中の画家たち』（一九七三）他、多くの評論のなかに結実してもいる。福永という小説家は、洋の東西、時代やジャンルを問わず、幅広い芸術への見識を深めつつ、意欲的に自らの作品世界を肥やしていったようである。

これほど多くの芸術家との接点が見出されるにもかかわらず、本格的に作品分析にまで踏み込んで比較対照した論考は、あまり多くはない。無論、死後三〇年に満たないような文学史的に新しい作家であるために、いまだ資料も十分に整っているとは言えず、また、作家研究や個々の作品解釈にも未開拓の分野が多いため、比較研究まで追いつかないという実情はある[15]。だが、理由はそれだけではないだろう。

右にも述べたように、影響や受容関係が複雑に入り組んでいるために、特定の芸術家との関係性を引き出すことは困難をきたす。仮に試みたとしても断片的なものに陥りやすい。福永作品に対する比較文学的な分析が積極的に成されなかった要因は、おそらくそうしたところにもあったはずだ。しかし、福永のようなタイプのテキストをより深いところで理解するにはやはり、小説の背景にある個々の影響関係を一つ一つ解き明かすという作業が不可欠と思われる。そのためにはまず、不完全で断片的になることも承知した上で、個別の芸術家ないしは作品からの影響関係を考察していく必要があるだろう。断片的にせよ、一つの影響関係を分析することなくしては、他の材源との関係性の手がかりすら得られず、福永作品の背後に多層に織り成す受容関係を読み解く視点を定めることもできないからである。

では、どういうところから切り込んでいけばよいのか。そうした問題意識に従って改めて受容関係を整理してみると、実は、フランス文学に関しては、福永が関心を寄せている詩人や小説家にある共通性が見出される。それは、彼らの多くが、福永自身のなかで広義の象徴主義 Le Symbolisme[16] の系譜に属するとされているということである。

例えば福永は、平凡社版『世界名詩集大成3　フランス篇Ⅱ』（一九五九）のために書いた「フランス象徴主義についての簡単なノート」という解説文のなかで、象徴主義の定義は、結局のところ批評家や詩人の固有の視点に拠らざるをえない性質のものであると断った上で、「象徴主義、それは即ち「ボードレール派」である。／従って象徴主義の歴史は一八七〇年代を更に溯って、一八五七年の『悪の華』初版発行の年から始まると言わなければならない」17と自らの定義を呈示している。そして、その代表的な詩人として、ボードレール、ヴェルレーヌ、ランボー、ロートレアモン、マラルメなどを取り上げ解説している。また、講談社刊『現代思想事典』(一九六四)に執筆した「象徴主義」という項目のなかでは、フランスにおける象徴主義の影響として、「特にフランス本国においては、二十世紀初頭の新しい文学運動は、すべて象徴主義への反動であるがゆえに、かえってその影響のもとにあるし、プルーストやジイドのような小説家も、直接的に多くのことを学んでいる。とくにマラルメの「火曜会」に集まった各国の藝術家たちが、文学以外のジャンル、すなわち絵画や音楽にまでこの詩的世界観を持ちこんだということもある。「失われた世代」とよばれるアメリカの小説家たち18も、広い意味でフランス象徴主義の洗礼を受けて出発したともいえるだろう」19とまとめており、象徴主義の系譜を二〇世紀小説や他の芸術にまで広げる見方もしている。

つまり、福永のなかでは、ボードレールを出発点として、ヴェルレーヌ、ランボー、ロートレアモン、マラルメ、そしてマラルメからヴァレリー、ジッド、さらにはプルーストやアメリカの小説家といった流れで、一九世紀の詩人から二〇世紀の小説家につながるものとして、象徴主義の見取り図が引かれていることになる。そして、この見取り図と突き合せてみると、福永が関心を寄せたフランスの詩人や小説家の多く(ここにフォークナーやドス・パソスなどのアメリカの二〇世紀小説家を加えることもできる)はこの見取り図に納まるものであり、広義の象徴主義という流れにおいてボードレールの系譜上に位置づけることができる。根幹がボードレールにある以上、そこから始めるのが適当であろう。

まずは系譜の根幹にあるボードレールとの関係を探るということによって、その系譜に連なる他の作家や作品との関係について考察する視点も、ある程度絞られると考えられる。ゆえに、福永における複数の材源を解き明かしていく出発点として、ボードレールとの比較は重要な意味を持つと言えるだろう。また、ボードレールについては、その接点や問題意識を探る手がかりを、福永自身が評論や翻訳というテキストの形で比較的多く残している。それでなくとも入り組んだ受容関係を見極めていくに当たって、創作者自身の言葉を手がかりにすることができるというのは、やはり福永武彦の比較研究の出発点としては有効なことと思われる。

一方で、本書の考察の意味を、日本におけるボードレール受容研究という視点から位置づけてみたい。日本におけるボードレールの受容研究は、最初期の段階では移入史や研究史から着手されたが20、徐々に個別の作家や作品との比較も行われるようになった。

大筋としては二つの流れがある。その一つは、詩人との関係、特に日本近代詩において象徴主義との接点があると見られている詩人における受容を問うものである。例えば、蒲原有明（一八七五―一九五二）、山村暮鳥（一八八四―一九二四）、萩原朔太郎（一八八六―一九四二）、大手拓次（一八八七―一九三四）、三富朽葉（一八八九―一九一七）などについては、ボードレールの訳業や同じ詩人としてのボードレールからの詩型や詩法の個別の影響を論じる研究がある21。またこれに、北原白秋（一八八五―一九四二）、三木露風（一八八九―一九六四）、日夏耿之介《こうのすけ》（一八九〇―一九七一）などについての、象徴主義の受容という視点から成される研究も加わり、詩人における受容研究は、全体としては、日本における「象徴詩」の成立や展開に関わるような文学史的な議論にもつながっている22。もう一つの流れとしては、ボードレールへの興味や関心を示している小説家への影響を問うというものがある。永井荷風、芥川龍之介、谷崎潤一郎を初めとして、この異邦の詩人に興味を持った小説家は多く23、福永武彦もその一人であるが、そうした興味が彼らの小説にどのような影響を与えているかということについての考察も、受容研究の関心の一つとなっている24。

こちらは、いまだ日本文学史における位置づけというところまでのまとまった議論を形成するものではないが[25]、そのような議論につなげるという意味からも、小説家におけるボードレール受容に関しての多様な考察が待たれていると言えるだろう。

福永武彦におけるボードレールの受容をめぐる考察は、小説家における受容をめぐるものとしては、比較的先行研究があるほうである。ただ、その多くは、概論的にフランス象徴主義との思想上の接点に言及するもの[26]や、作品の方法論の説明において類縁性を指摘するにとどまるものであり[27]、作品分析を伴う実証的な比較研究は少ない。

管見の限りでは、今のところ作品の対照研究を踏まえつつまとまった成果を挙げていると言えるのは山田兼士の研究である。山田氏は、フランス文学研究者としての自身の問題意識を反映しつつ、福永におけるボードレールの受容を継続的に考察しており、福永がボードレールをどう読み、それを自らの小説の方法にどのように摂取しているかについて、具体的な作品分析を伴って明らかにしている。「詩と音楽――ボードレールから福永武彦へ(1)――」[28]では、福永自身がボードレール解釈に用いた「〝原音楽」という概念」が、長編における「音楽的小説」の実現にどのように関与したかを『風土』を中心に考察し[29]、「憂愁の詩学――ボードレールから福永武彦へ(2)――」[30]では、同じ「〝原音楽」という概念」の短編小説における影響を問う。また、「冥府の中の福永武彦――ボードレール体験からのエスキス」[31]においては、中編「冥府」の作品分析から、ボードレールの〈憂愁〉の概念の受容に言及し、ボードレールとの共通性と相違点を明確にした。さらに、「フランス文学者福永武彦の冒険――「マチネ・ポエティク」から「死の島」へ――」[32]においては、福永作品の初期から晩年における持続的なボードレールの影響を指摘している。こうした山田氏の研究は、福永がボードレールと何を共有し何を共有していないのかという点について具体的に明らかにするものであり、受容の内容を探るものとしては大きな成果である。

ただ、山田氏の研究においては、福永の創作者としての内的進化の過程において、福永の方法意識や思想がどのように変化し、またそれに伴ってボードレールの受容がどのように準備され、発展・定着しているのかという点は、十分に説明されているとは言いがたい。つまり、そこでは現象としてのボードレールの「万物照応」との類似が、福永の複数の作品において継続的に確認されてはいるが、福永自身の内的な成熟との関係から、どのようにしてボードレールが福永自身の方法意識のなかに定着していくのかという経緯は明らかにされていないようである。その証左として、創作者としての福永の成熟の過程に位置づけたときに、「万物照応」を方法的にも思想的にも最も深く受容し、それゆえに最も核心的な受容と考えられる『幼年』の「純粋記憶」というモティーフとの関係について、言及はあるものの、本格的な作品分析によって追求されてはいない。

しかし、福永が創作者としても人間としても変化する存在である以上、結果として似通った現れ方をする受容であっても、彼自身の成長とともに受け止め方は変化しているはずである。何かを受容するということの創作者にとっての意味を深く問うには、結果として何を受容し何を受容していないかを問うだけでなく、ある方法や思想の受容が、受け手の進化のなかで変容し、その人自身の内面に血肉化していく過程も明らかにする必要があると、筆者は考える。実は、福永における受容研究に限らず、日本におけるボードレールの受容研究全般の傾向としても、ボードレールから何を受容しているかという視点からの類似点や相違点の考察は多いが、受容する側においてその受容がどのように変容したのかということを縦断的に追った研究は少ない[33]。ゆえに、日本におけるボードレールの受容研究は、受容する側の進化との関わりという視点から、方法的に開拓される余地があると思われる。

これらを踏まえると、福永におけるボードレール受容を探るにあたって、受容する側である福永自身の問題意識の変容を考慮しながら、ボードレールの受容を意味づけていくことによって、福永武彦におけるボードレール受容の意味を先行研究とは異なる視点から探るとともに、日本におけるボードレール受容研究への一つの方法論の提示ともできるのではないかと考える。

詩人を愛した小説家――関係性の全体像

僕は、或いは僕等は、最早「人生は一行のボードレールにも若かない、」などと言うことは出来ぬ。人生は常に「悪の華」よりも貴重である。しかし人生をボードレール的に、或いは芥川龍之介的に眺めることは、どんなに僕たちにとって魅力だろうか[34]。

「危険な藝術」（一九五四）と題した、芥川龍之介をめぐる短いエッセイに、福永武彦はこのように書く。「人生」を「一行のボードレール」[35]に比した芥川の芸術至上主義的な傾向に一面の危うさを読み取りつつも、しかしどこかで、そのような価値に惹かれずにもいられない。福永が芥川に対する自らの位置を語ったこの一節は、同時に、ボードレルに対する福永の位置も明らかにする。例えば、「ボードレール・わが同類」（一九六七年、以下「わが同類」）と題するエッセイにおいても福永は、「私はボードレールの中に同じ魂を見出したなどと口幅ったいことは言いませんが、ただ彼の魂がよく分るような気がしているのです」[36]と、この詩人に共感しつつもぎりぎりのところでそっと距離を置いている。「共感から理解へ、理解から再び人間的な共感へと、私は螺旋を描いて親近感を強めて来たようです」[37]と述懐するように、この小説家は、長い時間をかけて少しずつ、異邦の詩人への距離を縮め、詩人の残したものを自らの創作に血肉化していった。おそらくこうしたスタンスの背景には、小説家であると同時に一人の研究者として、ボードレールを理知的に見つめる視線があったと思われる。

「福永武彦にとって、ボードレールは、他のいかなる作家とも同列に並べ得ぬほどの、格別に重要な存在であった。この、一世紀以上も前に遠い異国に生きていた詩人に匹敵するほど精神的に親しく近しい存在は、福永にとって、同時代の同国人のあいだにさえなかった、と言ってよい」[38]と、フランス文学者の豊崎光一は述べている。豊崎光一は、福永の学習院大学フランス文学科での教え子の一人であるが、福永の晩年のライフワークであった講談社版『ボードレールの世界』(一九八二)の編集を、その死後に引き継ぎ完成させた。また、学習院大学における講義録『二十世紀小説論』(一九八四)の編集にも当たっており、フランス文学者としての福永に最も近く接した人物であると言えよう。夫人の福永貞子も、生前の夫の生活を回想しつつ、「共にすごした二十六年の生活を通して、／「福永武彦の最も愛した作家は？」／と問われることがあれば、私は即座に、シャルル・ボードレールの名をあげる」[39]と、夫にとってボードレールが特別な存在であったことを明かしている。

また、一九七九年の八月に福永が逝ったとき、その死を悼む文章のなかで辻邦生は、「福永さんの小説のなかには『風土』以来、死と夜の匂いが立ちこめているが、それにはどこかボードレールふうの美的粧いがこらされている。しかしそうした端正な様式のあいだから(たとえば『忘却の河』『海市』『幼年』などに)出生や生い立ちにまつわる何かぞっとするような、なまなましい、生の暗い情念が顔をのぞかせている。父と子の主題、男と女の主題にしても、福永さんの端正なポーズでは覆い切れない暗澹とした姿が漂っているのである」[40]と語った。この文章の趣旨が福永の生の暗さというところにあるにもかかわらず、ほぼ同時代を生きた小説家であり同じくフランス文学を愛し、ともに学習院で講じた辻邦生が、福永の死に及んで全小説を顧みたとき、そこにボードレールとの接点を示唆していることは印象深い。

どういう角度から切り取っても、近しい人たちの目には、福永という小説家の背後に詩人ボードレールへの特別な愛着が見てとれたようである。

上述の「わが同類」によると、福永がボードレールを知ったのは、旧制一高時代（一九三四―三七）に遡る。最初は永井荷風や上田敏の訳詩を通して共感するという程度の興味であったと同文には書いているが、源高根によると、三年生の秋にボードレールに拠る小品連作「黄昏行」を『校友会雑誌』に発表しており、既にこの頃から親しんでいた形跡があるらしい[41]。その後、東京帝国大学文学部でフランス文学を専攻していた時には、むしろ、ロートレアモン、ランボー、マラルメなどに強く惹かれており、ボードレールについては「気に入ったものしか読まなかった」[42]と回想している。しかし一方で、大学二年生の時に、当時の仏蘭西文学科講師であった渡辺一夫に選ばれて、河出書房版『ボードレール全集』の一部、「人工楽園」*Les Paradis artificiels*（1860）の下訳を手伝っており、早くもボードレールの世界に専門的に関わる一歩を踏み出している[43]。また、大学在学時に試み始めた定型押韻詩の手本として『悪の華』の定型詩篇を訳して実作の手本とするなど、ボードレールを創作の材源として意識する視点も既にあったようである。

戦後になって、矢代書店から出版された評論『ボードレールの世界』（一九四七）を執筆、その後『詩人』（一九四七、一一―一二月号）に三回にわたって「夕べの諧調」“Harmonie du Soir”、「先の世」“La Vie antérieure”、「憂愁と放浪」“Mœsta et errabunda”のボードレールの詩鑑賞の連載[44]へと続く。「詩人としての立場、自ら創作する者としての立場」[45]から書かれたという『ボードレールの世界』は、福永の初めての著書でもあった。その後、まもなくして結核の病状の悪化から始まった療養は、一九四七（昭和二二）年冬から一九五三（昭和二八）年春にかけての長期に及ぶ。死と隣り合わせのその日常のなかでも、ボードレールの翻訳は細々と続け、一九五一年の三月号の『批評』で「ボードレール特集」

を試みた際には、「詩抄十篇」と題して一〇篇の訳詩を発表した46。

社会復帰後、学習院大学文学部フランス文学科の教職を得てからは、一九五七（昭和三二）年に岩波文庫から『パリの憂愁』*Le Spleen de Paris*（1869）の全訳を出し、一九六三（昭和三八）年から翌年にかけては責任編集をした人文書院版『ボードレール全集』の刊行、その第一巻に収載された『悪の華』と『パリの憂愁』の全訳及び巻頭の評論「詩人としてのボードレール」の執筆など、専門家としての仕事を意欲的にこなしていく。尚、これらの翻訳の一部は、療養中に準備されていたようである。その他にも、各社の文学全集や詩集などにも、ボードレールの訳や解説などを多く提供している。また、一九六五（昭和四〇）年には西洋詩の選集『象牙集』を編み、ここに『悪の華』と『パリの憂愁』からも、二五篇を収めている。さらに、晩年には、右記のボードレールに関する文章を、講談社版『ボードレールの世界』として集大成することを計画していたが、病の悪化によって完成を待たずに一九七九年に逝く。このように、ボードレールとの関わりは、福永の創作期のほぼ全体にわたって持続していた。またそれは、時の経過とともに、共感も専門性も深めていく。戦後におけるボードレール受容史という観点から見ても、個人の業績としては質量ともに充実しており、福永の貢献度は決して低くないものであろう。

こうしたボードレールとの持続的な関わりは、福永の創作とも様々な交錯点を持っていた。両者の接点は例えば、作品のタイトルから類推できる。「詩人の死」、「宿命」、「旅への誘い」、「仮面」などの詩、「冥府」、「深淵」、「幻影」、「世界の終り」、『忘却の河』などの小説、『異邦の薫り』といったエッセイにも及んで、福永の作品には『悪の華』詩篇とタイトルを共有するものが多い。また、「秋」、「薔薇」、「転生」、「死」といった、ボードレールが好んで用いた言葉をタイトルに含む作品も少なくない。タイトルだけを根拠に、影響や摂取を語ることはできないが、作品の表看板に、ボードレールの気配を匂わせているというのは、作品生成におけるボードレールとの関係を窺わせる根拠の一つにはなろう。少なくとも、この詩人の世界に詳しく、かつ常に方法に意識的であった福永が、全く無自覚にこうしたタイトルを自らの作品に採用したとは考えにくいからだ。

また、イメージの共有は、主題やモティーフにおいても頻繁に見られる。「旅」、「海」、「宿命」、「忘却」、「転生」など、福永の作品の中で繰り返し主題やモティーフとなる要素は、実は、ボードレールの詩においても多用されるものである。例を挙げるまでもないほど、福永は作品の随所で、ボードレールに親しい用語や嗜好を呼吸している。一例を挙げれば、「海」は、ボードレールの詩に頻繁に用いられるモティーフであるが、福永の『風土』、「形見分け」、『忘却の河』、『海市』他多くの作品において、舞台であるとともに作中人物の心象風景の比喩として作品全体に深く関わるものとなっている[47]。

「純粋記憶」の生成とボードレール——本書の方法と構成

上述のように、福永の創作活動のほとんど全過程においてボードレールとの関わりは継続している。ゆえに、福永作品におけるボードレールの関与というのも多様な視点から考察されうるが、それらを無秩序に列挙するというのは、議論全体としての一貫性を欠くことにつながりかねない。そのようなテーマの混乱を避けつつ、一貫した視点のもとに考察を行うという意味からも、やはり、福永という作家自身の進化の軸に沿いながら、その過程においてボードレールの受容が準備され、深まっていく様相を追っていくという方向性は有効であると考える。そして本書では、以下のような方法で、福永武彦におけるボードレールの受容を考察したい。

まず、ここでは、多様に見出される福永とボードレールの接点のなかから、特に『幼年』の「純粋記憶」というモティーフにおけるボードレールの「万物照応」の理論の受容という問題に比較のテーマを絞り込む。進化の過程に肉薄するには、福永のボードレール受容について複数の要素を列挙するという方法よりも、一つの要素についてそれがどのように血肉化していったのかを追跡するほうがよいと考えたからである。ここで扱う「純粋記憶」というモティーフは、冒頭でも触れたように福永にとって本質的な問題意識と関わりの深いものである。一方で、「万物照応」の理論はボードレールの詩学を理解する上で最も重要とされる認識である。ゆえに、「純粋記憶」というモティーフにおける「万物照応」の理論の摂取は、福永とボードレールの核心的な問題が交差していると言えるものである。したがって、福永におけるボードレール受容を探るに当たって、まずは触れておかなければならない問題として、これを中心に置く。

そして、この「純粋記憶」という福永独自のモティーフの発展・定着という問題の軸に沿って福永の創作者としての生成・進化の過程を追いながら、『幼年』という作品において「万物照応」の理論が福永自身の方法論のなかに血肉化するまでの経緯を辿る。このようにして、福永自身の創作者としての方法意識の深まりとともに、ボードレールの「万物照応」の文学理論の受容が、福永にとって必要なものとして意識され、自分自身の文学理論のなかに取り込まれる背景を縦断的に考察する。さらに、そういうものとして見たボードレール受容が、『幼年』以降の福永作品の創作においてどのように影響していくのかということを探ることで、福永武彦の小説家としての進化を追う。

具体的には、『幼年』の着想から完成までのおよそ二〇年間の創作のなかで、「純粋記憶」というモティーフはどのように発展してきたのかということに着目し、福永の作品のなかから、「純粋記憶」というモティーフの生成において節目となったと思われる作品をいくつかピックアップしながら、それぞれの過程におけるモティーフの発展と福永の小説家としての問題意識の変容を探る。そして、そうした「純粋記憶」の生成過程において、ボードレールとの何らかの接点があったとすれば、その接点は『幼年』における「万物照応」の受容にどのように関与してくるのかということも考察に加えていく。

全体の構成は、以下の通りである。第一章では、福永の創作活動の最初期である詩作のなかに、「純粋記憶」につながるような追憶の主題の萌芽を追う。また、ボードレールとの関わりにおいても最初期に当たるこの時期に、どのような関係性が現れているのかを考察する。第二章では、「純粋記憶」の、モティーフとしての誕生に触れるという趣旨から、一九四四年に書かれた未完の小説『独身者』(刊行は一九七五年)の作中人物の小説構想のなかに、その原型を探る。ここに現れた「純粋な記憶」というモティーフとはどういうものであったのかを分析しつつ、そのモティーフの設定に、潜在的にボードレールの「万物照応」の受容に向かわせるような方向性があったのではないかという考察をする。第三章で扱うのは、それからおよそ一〇年後に書かれた「冥府」(一九五四)という中編である。この小説のなかに『幼年』の「純粋記憶」の描写に類似した幼年の追憶描写が現れることに着目し、この描写が「冥府」のライトモティーフである「暗黒意識」やその「暗黒意識」の描写に少なからず摂取されていると思われるボードレールとどのような接点を持ちつつ現れたのかを問題にする。「冥府」において、「純粋記憶」の描写にしろ「万物照応」の摂取にしろ、ある程度『幼年』の世界に近づいたイメージがあるにもかかわらず、『幼年』が完成するまでに、なぜそれから一〇年が必要だったのか。その疑問を追求したのが、第四章である。ここでは、福永が『幼年』執筆の前年から書き始め、執筆の一月前に単行本として刊行した『忘却の河』(一九六四)を扱う。この小説における作中人物の過去意識の転換に着目し、その変化が福永自身の記憶観の転換と関係するのではないか、またその転換がもたらした福永自身の心理的な変化が、『幼年』における記憶描写の完成を導いた一つの要素ではないかと考察する。そして、第五章では、『幼年』(一九六七)の「純粋記憶」の描写において、ボードレールの「万物照応」の理論が具体的にどのような形で受容されているかという、本書の比較研究の中心的な問題について詳しく論じる。最後に、『幼年』におけるボードレール受容が、その後の福永の小説家としての仕事にいかなる影響を与えることになるのかを、『死の島』（一九七一）における「現在」のあり方という問題の考察のなかに探り、本書の締めくくりとする。

尚ここで、本書におけるボードレール認識に、現行のボードレール研究の視点から光を当てておく。従来、ボードレール研究は、『悪の華』や『パリの憂愁』の解釈や自伝的研究を中心とした考察のもとに、主としてロマン主義や象徴主義との関わりという視点からその文学史的意味や美学としての価値が問われることが多かった。福永が『ボードレールの世界』（一九四七）や「詩人としてのボードレール」（一九六三）などの主要な評論を書いた時期においても、研究の中心はそうしたところにあった。しかし近年、特に一九七〇年代以降、ボードレール研究は視点の広がりを見せるようになってきている。近年の研究動向の変容については、例えば一九九三年に刊行された『ユリイカ』のボードレール特集号における阿部良雄と横張誠の対談「ボードレールの現在　モデルニテとレアリスム」48に、ある程度包括的に知ることができる。また、この一九九三年の『ユリイカ』と、それよりも二〇年前の一九七三年に刊行された同じ『ユリイカ』の臨時増刊号におけるボードレール特集49を読み比べてみると、その対談の示唆するような研究動向の変化を具体的に知ることもできる。これらを参照した上で、近年の研究動向において特に大きな動きとしてあると言えるのは、「現代性《モデルニテ》」modernitéという概念への関心と考察の深まりであろう。

「現代性《モデルニテ》」modernitéとは、ボードレールが一八六三年に『フィガロ』紙*Figaro*に連載した「現代生活の画家」“Le Peintre de la vie moderne”という美術評論のなかで呈示した概念である。『悪の華』よりも後に書かれた批評における概念であり、散文詩の創作と時期的に並行していることから、ボードレールが最終的に行き着いた芸術観を探る上で、重視されている。右の評論の第四章「現代性」“La Modernité”のなかで、画家であるG氏〔コンスタンタン・ギース〕の方法を考察する際に、次のように用いられている。

> このようにして彼は行き、走り、探し求める。何を探し求めるのか。間違いなく、私が描いてきたように、活発な想像力に恵まれ、つねに人間たちの広大な砂漠をよぎって旅するこの孤独な人は、単なる遊歩者よりは一段と高い目的、めぐり合せのうつろいやすい快楽とは違った、より全般的な目的を持っている。彼の求めるあの何ものかを、現代性《モデルニテ》と名づけることを許していただきたい。なぜなら、そうした観念を言い表すのにこれ以上に適当な言葉は見当らないので。彼がめざしているのは、流行から、それが歴史的なもののなかに含みうる詩的なものを取り出すこと、移ろいゆくもののなかから永遠なるものを抽出することなのだ50。

ここでボードレールは、画家であるG氏が芸術家として探し求めている「何ものか」を「現代性《モデルニテ》」という新造語によって明示している。つまり、「現代性」とは、G氏という芸術家が体現している新たな芸術認識を示すために、ボードレールが独自の意味合いで用いた言葉と言えるだろう。右の引用の言葉をもとにその意味するところを解読してみると、それは、「流行」、「移ろいゆくもの」という一過性のものから「歴史的なもの」、「永遠なるもの」といった永遠性のものを「抽出」すること、言い換えれば永遠につながるような現在の瞬間＝「いま」を定着することである。G氏が常に「行き、走り、探し求める」のは、その芸術の目的がそうした瞬間的ではあるが同時に深い時間につながる「いま」の定着であるがゆえに、その瞬間を日常のなかから取りこぼさないで捕まえ、表象するためであるということになる。さらに、テキストが少し進んだところで、ボードレールは次のようにも言っている。「現代性《モデルニテ》、それは一時的なもの、移ろいやすいもの、偶発的なものであり、これが芸術の半分をなす。残りの半分は、永遠なるもの、不変のものである。昔の画家のそれぞれに、一個ずつの現代性があったのだ」51。ここから言えることは、「現代性」の示唆するものは、ある限られた時代における芸術の様式ではなく「移ろいゆくもののなかから永遠なるものを抽出する」という芸術家の創作態度であるということである。したがって、ボードレール的な「現代性」とは、『シャルル・ボードレール【現代性《モデルニテ》の成立】』において阿部良雄がまとめるように「ある時代の芸術家たちにとって、自分たちが現在から抽出するのでなければ絶対に在り得ないものが「現代性《モデルニテ》」であって、限りなく「同時代性」に接近する」[52]ものであり、「基本的には、時代概念であって、様式概念ではない」[53]のである。つまり、ボードレールにとって重要なのはそのような「いま」を定着するという認識であって、それを定着させる様式は個々の芸術家自身に委ねられる相対的なものと捉えられている。

　このような「現代性」という時代概念への関心を反映して、近年のボードレール研究においては、その概念の具体的な展開として散文詩の解釈が進められたり、そのような概念につながるものとして『悪の華』の象徴詩学の意味づけがなされたりする傾向にある。例えば、右に挙げた阿部氏の著書においては、象徴されるものが先行している既存の象徴体系や修辞学とは異なる「象徴」を意図しているということと、そこにおいては「象徴」されるものと「象徴」するものが区別されないこと、すなわち「主体と客体がそこに融合すると言えるような象徴、まさにそのことによって「生の深み」を啓示するような象徴」[54]が成立しているという二点を、ボードレールの象徴詩学が「現代性」につながる要素として考察している[55]。すなわち、ボードレールの意図する「象徴」は、固定的な表象として在るのではなく、「象徴」が成立する瞬間において一回的に現れる表象ゆえに、「現代性」の概念において示唆されるような「いま」の定着に働くものと言えるのである。また、これ以外にも、「現代性」の含意する同時代性を踏まえて、音楽や美術など、他のジャンルの同時代芸術との比較という方向にもテーマが展開している。例えば、ボードレール自身が同時代の芸術家として批評に取り上げたヴァーグナーやドラクロワなどにおける「移ろいゆくもののなかから永遠なるものを抽出する」芸術家としての側面の考察が進んでいる。さらに、「現代性」という概念の生成過程との関わりにおいて、一九世紀の社会や政治などの時代思潮が問われることもあり、研究の視野は多様な方向性に広がっている。そして、以上のような「現代性」という時代概念へつながるものとして『悪の華』を捉えるならば、ボードレールと同時代の「共感覚」をテーマとする芸術活動を視野におさめてボードレールの比較研究することも可能であろう。

ただ、本書の趣旨は、福永自身の問題意識の展開のなかで、ボードレールの受容が準備され深まっていく過程を追うことであり、そのような過程を経て福永がボードレールをどのように意識的に受容したのかを明らかにすることにある。言い換えれば、ボードレール研究における客観的な視野に福永を位置づけることよりも、福永の主観的な世界におけるボードレールのありようを見極めることによって、ボードレールの受容が福永の小説家としての内的進化にどのように関与したのかを探るということが、本書における福永武彦のボードレール受容をめぐる主要な関心である。そして、福永の小説家としての生成過程に肉薄するには、『悪の華』の分析を中心にしてボードレールの象徴主義的位置づけを問うという福永自身のボードレール認識が最も重要と考える。したがってここでは、右に挙げたような「現代性」を視座に入れたボードレール認識は、個別の問題としても比較の視座としても深く追求はしない。

註

1　全集二巻、四九九頁。
2　全集一七巻、一三頁。
3　大岡信「福永武彦の詩――その〈原型〉について」、『国文学　解釈と教材の研究』、一九七二年一一月号、六六頁。
4　全集六巻、四八六頁。
5　全集七巻、四九五頁。

6　源高根『編年体・評伝福永武彦』（桜華書林、一九八二年）の二〇―二三頁や、加賀乙彦・福永貞子・源高根「座談会 福永武彦・死と信仰――貞子夫人を囲んで――」（『国文学 解釈と教材の研究』、一九八〇年七月号）の一一頁などを参照すると、結核のために昭和二〇年から上田や帯広の療養所に短期で入院、一九四七（昭和二二）年一〇月から一九五三（昭和二八）年三月にかけては清瀬の東京療養所にて長期の結核療養と、療養は都合七年から八年に及んでいる。

7　全集七巻、四九五頁。

8　全集七巻、四九六頁。

9　限定二六五部。九四頁からなる『幼年』一篇のみを収録したものだが、全冊著者署名入でA版は総皮装で布装函入、B版は局紙装で和紙装入と、装丁が凝っている。ここからも、この作品に対する著者の思い入れは窺われる。

10　「堀辰雄の作品」、全集一六巻、一三八頁。

11　「純粋記憶」というモティーフは、先行研究では、幼いころの母親の喪失という福永の自伝的な要素との関係性から人間福永にとっての本質に触れる問題と見なされることが多かった。この点は、清水徹が早くから着目（「『幼年』をめぐって」、『鏡とエロスと―同時代文学論』所収、筑摩書房、一九八四年、一四〇―一四四頁参照）、首藤基澄が福永の生立ちの調査も踏まえて詳しく論究したところである（『福永武彦・魂の音楽』、おうふう、一九九六年、三〇―六〇頁参照）。本書は、こうした自伝的な要素を押さえた上で、その人間的な問題が、作家福永の方法論のなかにどのように結実していくのかという問題に新たに踏み込んでいきたい。

12　清水徹・福永武彦対談「文学と遊びと」、『国文学 解釈と鑑賞』一九七七年七月号、二六頁。

13　本章註12の対談、二六頁。

14　一九五三年四月から没年まで、福永は学習院大学文学部フランス文学科の専任の教官として、一九世紀から二〇世紀のフランス文学を講じていた。フランス文学の専門家としての福永については、例えば、豊崎光一「福永武彦とフランス文学――研究者と作家のあいだ――」（『国文学 解釈と教材の研究』一九八〇年七月号）や同「福永武彦と二十世紀小説――初期講義ノートを中心に――」（福永武彦『二十世紀小説論』所収、豊崎光一編、講談社、一九八四年）などが参照できる。

15　かつてに比べれば、福永研究全般の研究動向のなかで、比較文学的考察は増えつつある。最近の福永研究の動向及びそこにおける比較文学的考察の状況については、例えば、拙稿「研究動向 福永武彦」(『昭和文学研究』52集、二〇〇六年三月)のなかでも概観した。

16 象徴主義 Le Symbolisme の定義については、議論の分かれるところである。通常、文学史上では、一八八〇年から一九〇〇年ごろまでの、主として「象徴派」と称する一流派がフランスを中心に活動した時代を指し、これが狭義の象徴主義である。対して、その「象徴派」の詩人たちが賞賛した一世代前の詩人であるマラルメ、ランボー、ヴェルレーヌなどを含めるのが、広義の象徴主義である。日本やアメリカなどでは、象徴主義という場合、後者を指すことが多い。

17 全集一八巻、一六四頁。

18 「失われた世代」とは、ヘミングウェイ、ドス・パソス、フィッツジェラルドなど、二〇世紀初頭にアメリカからパリにわたり、放蕩的な生活を送っていた作家たちを表していう言葉。ロスト・ジェネレイションとも訳される。

19 全集一八巻、一七八―一七九頁。

20 初期の移入や紹介を追ったものには矢野峰人「日本に於けるボードレール(1)～(70)」(復刻版『日本比較文学会会報第1号～第100号』所収、一九八七年)及び同「ボードレール」(『欧米作家と日本近代文学』第二巻 フランス篇所収、教育出版センター、一九七四年)、佐藤正彰『ボードレール雑話』(筑摩書房、一九七四)などがある。また、明治期から昭和三〇年代前半くらいまでの書誌的なデータは高畠正明によって整理されており、筑摩書房版『世界文学大系33 ポオ・ボードレール』(一九五九)の月報に「研究書誌・参考文献」として掲載されている。

21 詩人における受容をめぐっては、原子朗『定本大手拓次研究』(牧神社、一九七八年)、関川左木夫『ボオドレエル・暮鳥・朔太郎の詩法系列――「囈語」による『月に吠える』詩体の解明――』(昭和出版、一九八二年)、武田紀子「「茉莉花」の成立をめぐって――上田敏訳ボードレール詩篇と蒲原有明――」(『比較文学研究』54号、一九八八年一二月)、堀田敏幸「朔太郎とボードレール――アフォリズムから『氷島』へ」(『比較文学』38巻、一九九五年)、西野常夫「大手拓次「藍色の蟇」における動物――ボードレール「悪の華」との比較」(『比較文学』40巻、一九九七年)など、詩法やモティーフが成立する前提としてボードレールからの影響を探るという視点から、具体的な作品研究が多くなされている。

22 象徴主義の受容という視点から日本の詩人を論じるものとしては、安田保雄『上田敏研究 増補新版――その生涯と業績――』

（有精堂、一九七二年）、同「象徴詩論の移入と展開」（『比較文学論考　続編』所収、学友社、一九七四年）、関川左木夫「象徴詩発展史における日夏耿之介の位置」（黄眠会同人編『詩人日夏耿之介』所収、新樹社、一九七二年）、村松剛『日本近代の詩人たち――象徴主義の系譜』（サンリオ出版、一九七五年）などが、ほぼ同時期に出ており、いずれも文学史的な検証につながっている。象徴主義の受容と日本の「象徴詩」の生成との関係性をある程度全体的に押さえたものとしては、例えば澤正宏『詩の成り立つところ――日本の近代詩、現代詩への接近――』（翰林書房、二〇〇一年）の第三章「象徴詩の展開」がある。また、佐藤伸宏『日本近代象徴詩の研究』（翰林書房、二〇〇五年）においても、象徴主義の受容も含めて、上田敏、蒲原有明、北原白秋、北村透谷の「象徴詩」の生成の背景となった要素を多角的に考察しており、その上で日本詩史における「象徴詩」の位置づけの再検証を行っている。

23　荷風が『あめりか物語』や『ふらんす物語』でボードレールに言及しているのはよく知られていることであるし、芥川の『或阿呆の一生』の「人生は一行のボードレールにも若かない」はあまりにも有名である。また、谷崎潤一郎にはボードレールの散文詩の翻訳がある。

24　具体的な作品分析に基づく研究には、水島裕雅「芥川龍之介とボードレール」（『実存主義』84号、一九七八年九月）、同『詩のこだま　フランス象徴詩と日本の詩人たち』（木魂社、一九八八年）所収の「小林秀雄とボードレール」、同「梶井基次郎とボードレール――青空のイメージを中心として――」（『人間文化研究』2号、一九九三年一二月）、及び釣馨「梶井基次郎とシャルル・ボードレール――自己の二重化と文学的生産」（『比較文学』37巻、一九九四年）などがある。また、北村卓「谷崎潤一郎とボードレール――谷崎訳「ボードレール散文詩集」をめぐって――」（『言語文化研究』18号、一九九二年二月）でも、谷崎におけるボードレールの訳業と小説生成との相関性が具体的に検証されている。

25　ただし、個々の小説家に関する比較研究のなかには、文学史的な議論を準備するような考察も出てきてはいる。例えば、鈴木貞美『梶井基次郎の世界』（作品社、二〇〇一年）では、ボードレールも含めて梶井の作品生成の背景となったものを精緻に検証し、そこから梶井の文学史的位置づけの再検討を図っている。また、北村卓「岩野泡鳴とフランス象徴詩」では、泡鳴が独自の小説論である「一元描写論」を旧時代の自然主義への批判的なスタンスから呈示した背景に、ボードレールとの関係性を考察している（『日仏交感の近代――文学・美術・音楽』所収、京都大学学術出版会、二〇〇六年、特に一一六―一一九頁参照）。

26　小佐井伸二による「福永武彦とフランス象徴派覚書――旅行中の日記から――」（『国文学　解釈と教材の研究』一九七二年一一月号）や「小説の方法についての試論　福永武彦の墓」（同誌、一九八〇年七月号）などに、福永におけるボードレール受容の意味が問われており、後者では『風土』から『死の島』に至るまでの福永武彦の文学的冒険は、この合一の深化以外の何ものでもないだろう」（四六頁）という視点が提示される。また、清水孝純「福永武彦、史的位置づけの試み――象徴主義小説の創出者――」（同誌、一九八〇年七月号）では、福永における象徴主義のありようと絡めつつ、「象徴主義的小説空間の創出者かつ完成者」（五九頁）として、日本文学史上に位置づけようと試みる。これらの考察は、ボードレール受容の着眼点を見通したものではあったが、具体的な作品分析は伴っていない。

27　作品論のなかで「音楽的小説」という視点から、福永の小説の方法を結論づける際に、ボードレールが引き合いに出されることが多い。

28　『詩論』5号、一九八四年三月。

29　『風土』については、そのエピグラフとしてボードレールの詩篇「旅」の一節が引かれていることもあり、小佐井伸二「『風土』論――ボードレールの『旅』による」（『国文学　解釈と鑑賞』一九八二年九月号）や須長桂介「福永武彦におけるボードレールの問題――③『風土』について」（『武蔵野女子大学文学部紀要』4号、二〇〇三年三月）などでもボードレールとの接点が考察されている。

30　『詩論』6号、一九八四年一〇月。

31　『昭和文学研究』31集（一九九五年七月）に掲載。尚、小説「冥府」とボードレールとの関係は、粟津則雄「福永武彦の文体について」（『国文学　解釈と教材の研究』一九八〇年七月号）や拙稿「『冥府』における記憶描写をめぐって――最初の記憶とボードレール――」（『人間文化論叢』6巻、二〇〇四年三月）にも考察がある。

32　『日本文学』586号、二〇〇二年四月号。

33　先行の研究のうち、受容する側の創作者としての内的、自発的な変化を視野に入れつつ影響や受容の様相を探る考察には、川本皓嗣「荷風の散文とボードレール」（阿部良雄編『ボードレールの世界』所収、青土社、一九七六年）、本章註21に挙げてある原子朗、関川左木夫両氏の著書がある。また、中村不二夫『山村暮鳥論』（有精堂、一九九五年）や山田兼士「中原中也の憂愁詩篇——ボードレール詩学からの反照」(『河南論集』7号、二〇〇二年三月) においても、作家の内発的な変化とボードレール受容との相関性を問うような視点が含まれている。

34　全集一五巻、九一頁。

35　芥川龍之介の『或阿呆の一生』(遺稿、一九二七年) の作中人物の言葉。『芥川龍之介全集』第八巻 (岩波書店、一九五五年) の一一八頁参照。ただし、「一行のボードレール」は、芥川の作中人物の言葉であり、必ずしも芥川自身の生き方とは一致しない。この点については、福永も割り引いて考えたところはあり、エッセイなどでも触れている。

36　全集一八巻、二二九頁。

37　全集一八巻、二二九頁。

38　豊崎光一「福永武彦におけるボードレール」、福永武彦『ボードレールの世界』所収、豊崎光一編、講談社、一九八二年、三〇九頁。

39　福永貞子「著者に代わって読者へ「旅への誘い」」、福永武彦『ボードレールの世界』所収、講談社文芸文庫、一九八九年、三一一頁。

40　辻邦生「福永さんの想い出から」、『新潮』一九七九年一〇月号、一六八頁。

41　源高根『編年体・評伝福永武彦』(桜華書林、一九八二年) の一四―一五頁参照。

42　全集一八巻、二二七頁。

43　先輩の学士二名とともに下訳を行っている。これに関しては、渡辺一夫が「翻訳が作られた際には、「阿片吸飲者」の後半において、有永弘人氏、笹森猛正氏、福永武彦氏の御助力を得た」(ボードレール『人工楽園』(渡辺一夫訳)、角川文庫、一九五五年、六頁) と明示するところであるし、福永自身も「渡辺一夫先生の一面」(全集一五巻、一七三―一七四頁) という文章のなかで触れている。

44　それぞれの初出は掲載順に、「夕べの諧調」(『詩人』2号、一九四七年二月)、「先の世」(『詩人』3号、同年四月)、「憂愁と放浪」(『詩人』6号、同年一二月)。福永自身によれば、これらは矢代書店版『ボードレールの世界』執筆に続けて書かれたもので、その「補遺的な性格」(全集一八巻、六六頁) のものである。

45　「矢代書店版「ボードレールの世界」序文」、全集一八巻、四二七頁。

46 詳細は全集一三巻、四八二―四八三頁。尚、この訳詩の作成については、興味深い回想がなされている。「私は戦前から日本語による押韻といふ実験を試みてゐて、それをこれらの訳詩に応用した」(全集一三巻、四八三頁)とあるように、定型押韻詩の試みの成果を訳詩に応用するという動きについてである。ボードレールによって自らの詩法を耕し、また自らの実験を応用することにより、二つの異なる言語的な土壌をより接近させようという意識の表れがある。

47 例えば、長編だけを取ってみても、『風土』、『草の花』、『忘却の河』、『海市』において、主要な舞台あるいは舞台の一部として「海」が使われる。また、単に舞台として使われるだけでなく、「形見分け」では喪失されていた記憶の再生に関与する場所として、『忘却の河』においては「古里」という作中人物の内的風景に深く関わる場所として、『海市』においても作中人物の出会いや別れに関わる場所として、それぞれ、テーマにも関わるような重要な意味を持ってくる。

48 阿部良雄・横張誠対談「ボードレールの現在　モデルニテとレアリスム」、『ユリイカ』一九九三年一一月号。

49 『ユリイカ』一九七三年五月臨時増刊号。尚、この総特集はその後、項目に多少の変更を加えて、阿部良雄編『ボードレールの世界』(青土社、一九七六年)として、単行本にて刊行された。

50 PL 2, p.694.

51 PL 2, p.695.

52 阿部良雄『シャルル・ボードレール【現代性《モデルニテ》の成立】』、河出書房新社、一九九五年、三九―四〇頁。

53 註52の阿部氏の著書、三九頁。

54 註52の阿部氏の著書、三六四頁。

55 註52の阿部氏の著書、三四三―三六五頁及び三九七―四一八頁参照。

第一章　追憶の主題

――幼年喪失から憧憬、そして形象へ

はじめに

『幼年』の発端が師であった堀辰雄の『幼年時代』（一九四二）に触発されたことにあり、『独身者』（一九七五年刊、執筆は一九四四年）のテキストにおいて「純粋記憶」というモティーフの原型のようなものが提示されたという、曽根博義や首藤基澄らの見解[1]に異論はない[2]。ただ、この時期福永の創作の中心は詩であったことを考えると、どうしても『幼年』の構想と詩との接点を考えないわけにはいかない。時間に比してみれば寡作であるが、作品として定着しなかったものも含めて、この初期の軌跡は軽視できないであろう。また、ボードレールとの関係を問う上でも、詩人としての福永がボードレールとどういう接点を持ったのかということも確認しておきたい。ゆえに、本書で「純粋記憶」というモティーフの生成を探るに当たっては、福永武彦の詩を出発点とする。

私はもともと子供の頃のことを殆ど思い出さない。そうした記憶が私には欠けているとの主題のもとに「幼年」という小説を書いた位である[3]。

「私の揺籃」（一九七〇）という文章のなかで、福永はこのように述懐する。『幼年』という小説の根底には、この幼年喪失の認識があり、その喪失されたものを追憶として定着させるというところに、「純粋記憶」というモティーフの着想があった。詩作と「純粋記憶」の関係性を探る鍵となるのは、この幼年喪失の認識である。なぜなら、この幼年喪失の認識を福永の作品のなかに辿ってみたときに、それは詩において表れている喪失の認識につながっていくからである。また、菅野昭正が「郷愁を誘うものの姿を見定めようとする気配」[4]という言葉で指摘するように、喪失そのものの様相を問い詰めていく追憶の姿勢も、詩作の過程において既に現れていたもののようである。したがって筆者は、「純粋記憶」というモティーフにつながるような追憶の主題の萌芽は、既にこの詩作の時期にあると見る。また、この時期に芽生えた追憶の問題意識は、福永がボードレールの詩を解するに当たっての方向性も規定したのではないかと考える。詩作において追憶はどのように描かれていたのか。また、それが「純粋記憶」というモティーフの生成にどのように関与しているのか。

テキストとしては、第一詩集『ある青春』（一九四八）所収の詩篇と麦書房版『福永武彦詩集』（初版は一九六六年）に「夜及びその他のソネット」として収められた一一篇の定型押韻詩など、『幼年』という小説の着想に特に関わりの深いと思われる時期の詩篇を中心に扱う。尚、小説と同様に、詩を書くに当たっても、福永は形式と内容を相補的なものと考えていた。本章の主要な関心は、「純粋記憶」につながるような追憶の主題が詩作においてどのように発展していくかという詩想の問題であるが、右のような福永の創作態度を踏まえると、詩想の展開の背景として詩型の展開にも言及する必要があるだろう。そういう理由から、本章では、最初に詩作の全体的な流れと詩型の展開を追跡した上で、詩想の問題に踏み込むという順に論じていく。

第一節　最初期の詩――方法の模索

福永武彦における詩作の全体的な流れを、まずここで概観しておこう。

ごく最初期に発表した詩は、一九三五（昭和一〇）年の「火のまち」である。旧制第一高校時代の作になるが、これに続いて、「そのかみ」、「ひそかなるひとへのおもひ」、「湖上愁心」(のちに改訂して「晩い湖」)なども制作、『校友会雑誌』や『反求会会報』などの一高の学内誌に掲載した。一九三八(昭和一三)年に東京帝国大学文学部仏蘭西文学科に進んでからは、主に一九世紀フランス詩を専門として修める傍ら[5]、一〇篇ほどの詩を書いた。開成中学時代からの親友の中村真一郎(一九一八―九七)に勧められて定型押韻詩を試み始めたのもこの頃である。大学卒業の翌年の一九四二(昭和一七)年には、中村真一郎を含む友人数名とともに「マチネ・ポエティク」(詳しくは本章第二節で後述する)という文芸サークルを結成し、西洋の定型押韻詩ソネット sonnet を発表し批評し合う場を設けた。これ以降、積極的に定型押韻詩を試みるようになり、一九四三(昭和一八)年から翌年にかけて、自由詩型ソネット「眠る児のための五つの歌」に始まり、「誕生」、「星」、「冥府」、「宿命」、「薔薇」、「饗宴」、「詩法」の七篇(後に「夜」という総題でまとめられる)や「詩人の死」、「火の島」、「冬の王」、「物語」の四篇など、ソネット形式に拠る詩をまとめて制作している。

一九四五(昭和二〇)年の終戦を挟むようにして、創作の中心は詩から小説に移っていったが、その後も少数ではあるが、ソネットの連作「死と転生」(I-III(一九五二)、IV・(一九五四))や、「仮面」(一九六一)、「高みからの眺め」(一九六二)、「北風のしるべする病院」(一九六四)、「櫟の木に寄せて」(一九七五)などの詩を不定期に書き残している。また、小説の執筆と並行して、詩の翻訳にも携わっており、「一巻の訳詩集はまさに詩の代用品」[6]というポリシーを考慮すれば、翻訳も広義の作品としてここに加えることができるかもしれない。

僕は、書かれたものである故にそれが詩であるとは思つてゐなかつた。紙上に定著することはただ一の終末に過ぎぬ。詩は精神であり生き方であり思索である。しかも詩を定著することは一の技術に他ならぬ。そこには精神による自我の探究が、そして詩作をテクネエとして習得するための苦しい経験が、必要である[7]。

第一詩集『ある青春』(一九四八)の「ノオト」のなかで、当時の詩作に対する姿勢を福永は右のように述懐する。ここから窺われることは、福永にとって詩作は「技術」であり、その「技術」は習作を重ねることによって徐々に「習得」されるはずのものだったということである。このように詩作を「技術」とする認識自体が、フランス象徴詩と無関係ではなく、既にボードレールへの接近を思わせる。こうした認識を反映して、『ある青春』収載の初期の詩篇から既に、形式に細かく注意を払いながら表現を選んでいたようである。特に重視されていたのは音数律であったようである。その方法は、例えば、「火のまち」という詩においてある程度網羅的に表れているので、それを土台に説明していこう。尚、説明を助けるために文字の一部に印を入れた。

火のまち

火のまちに　しじまこもりて
をとめごは　うつろひ行けり
浴びるごと　あつき陽かげに
さまよへる　白き蛾のごと

つぶらなる　黒きひとみに
きららなる　入道雲よ
かげなせる　うれひのまちの
白堊なる　聖堂《ひじり》のほとり

おどろなる　憤怒のまちよ
そのかみの　非情なありや
かつと照る　舗道のうへを
うれひつつ　うつろひ行けり 8

まず、この詩は一行十二音節、五七のリズムによって一貫している。言うまでもなく、五音節と七音節の組合せは日本の短詩型の伝統的な韻律であるが、『ある青春』収載の初期詩篇には、この音数律を取り入れたものが多い。「心の風景」は全ての行が五・七・五、「風景」は全ての行が七・五、「聖夜曲」では一行が十七音節に統一されている。また全体には反映していないが、「つめたさは昔に帰る思ひ出か／うたたねの旅の男のめざめる頃」（「旅人の宿」9）、「ゆりかごは古代の海のきららかな波間に沈み／あたたかい光のまくら　ほのかな時を夢みても」（「眠る児のための五つの歌」10）という具合に、部分的にこの音数律を取り入れた詩も多く見出される。

また、部分的に押韻や反復がある。例えば、上段では第一節の最終行から第三節の最初の行まで末尾は全て「る」という音で押韻、下段では第一節の語尾「り」と「に」が第二節に、第二節の語尾「よ」と「り」が第三節に反復されている。こうした形式も他の初期詩篇に共通しているものである。例えば、「聖夜曲」、「しぐれの湖」、「心の風景」、「ある青春」などでは定型押韻詩型が試みられているし、自由詩型では詩句単位の反復が試みられる。「雲の湧く時」は第一節の前二行「雲は流れる　雲は湧く／永遠の時を少年は待つ」11が第四節に、後二行「たんぽぽの揺れる野原に寝ころんで／かぼそい息をひそませながら」12が第六節に反復される。「続・ひそかなるひとへのおもひ」では各節の最終行で同じ詩句の反復があり、「今はない海の歌」では、随所で脚韻が踏まれているほかに、各節の一行目に同じ詩句の反復が見られ、詩篇全体にある種のリズムが作られている。

さらに、文末が「る」とか「り」などの流音でくくられたり、「しじま」、「つぶら」、「きらら」、「おどろ」など響きのよい語句の選択がなされたりするなど、語句レベルでの音楽性の重視も初期詩篇に広く見られる傾向である。

このように福永は、詩の音数律に関して様々な方法を試みており、そこには共通して音楽性を獲得しようという意識が読み取られる。ただ、形式が定着していないところを見ると、そこから固有の形式を見出すには至らなかったようである。結局のところ、独自のスタイルを見出すことはできず、かといって先人の試みに納得のいくような手本も見出すこともできないまま13、福永は表現形式に迷いながら詩作を続けていた。

こうした福永の苦悩の背景として、「詩」という形式が、当時の日本で抱えていた問題を多少整理しておきたい。詩が短歌・俳句とは異なるものとして作られてはいるが、結局のところ西洋のものと比べて「詩」がどういうものであるかはわからない。換言すれば、福永が詩作を始めたころの状況というのはこういう感じであろう。新たに「詩」を作ろうとする者は、既成事実である先人の「詩」を模しながらも、一方で孤独にそれぞれの手持ちの知識でもって、「詩」とは何かを問い、表現形式を求めなければならなかった14。

例えば、日本語による定型押韻詩の必要性と可能性を示唆した九鬼周造の『文藝論』(一九四一)15にも引用されている、与謝野晶子の抱えた次のような不安は、こうした状況を率直に言い当てたものであろう。「詩を作り終りて常に感ずることは、我国の詩に押韻の体なきために、句の独立性の確実に対する不安なり。散文の横書にあらずやと云ふ非難は、放縦なる自由詩の何れにも伴ふが如し。この欠点を、救ひて押韻の新体を試みる風の起らんこと、我が年久しき願ひなり」16。特に、ここで晶子が指摘する「句の独立性の確実に対する不安」は、既に伝統的な定型としてあった短歌や俳句と比べた場合の、近代詩の不安定な位置を的確に捉えている。

与謝野晶子が「放縦なる自由詩」と述べている通り、日本で「詩」という場合には、常にこの「自由詩」の孕む形式としての曖昧さを前提としなければならないところに、作り手の難しさがあった。例えば、西洋の近代詩においては、伝統的には「詩」とは「韻文詩」であり定型によって作られるものであり、その定型からの破格の延長として「散文詩」や「自由詩」などの非定型があった。ところが、明治期以降、日本に西洋の「詩」が移入され翻訳されるに及んだとき、日本語と西洋語との言語体系の違いから、原文にあった定型と非定型の区別はほとんどつかないまま、意訳されることになる17。そのため、方法的には区別されていたはずの「韻文詩」と「自由詩」と「散文詩」は、日本語に翻訳された時点で、形式上は短めの「散文の横書」に一括されてしまう。それゆえに、日本において「詩」を作ろうとしたところ、西洋語の「韻文詩」の伝統を経由することがないままに、いきなり「散文の横書」が「詩」となりうる条件を模索しなければならなくなったのである18。確かに福永は、方法意識の強い書き手ではあるが、福永が「詩」の形式に苦悩した背景には、このような日本において「詩」というジャンルが抱えていた根本的な問題も横たわっていたと思われる。

こうした青春時代の詩法の模索が、より基本的な「習得」されるべき「規範」、とりわけ音楽性の受け皿を探すことに向かったのは、ごく自然な流れであった。その問題意識はやがて、フランス象徴詩との有機的な出会いに向かう。ボードレールへの眼差しも、最初はこうした詩人としての問題意識のなかで醸成されていったと言えよう。そして福永は、定型押韻詩という新たな方法の試みに踏み切ることになる。大学時代から徐々に始めたこの試みは、一九四二(昭和一七)年の「マチネ・ポエティク」の結成によって、発表の機会を得たことで、徐々に実を結んでいったようである。

第二節　定型押韻詩の試み――「マチネ・ポエティク」

「マチネ・ポエティク」（パリの朗読会 Matinée poétique に由来。以下「マチネ」と略す）とは、一九四二（昭和一七）年、大学卒業の翌年に、福永が、加藤周一（一九一九―）、中村真一郎（前出）らの友人たちと結成した文学サークルである。月に一度、主として加藤宅に集い、それぞれ創作した作品を発表し批評しあうという趣旨の集まりであった[19]。そこで多くの同人の共通の関心となったのが定型押韻詩ソネット sonnet の試みである。詩の未来に対して同じ志を持つ仲間と発表の場が与えられたことからくる励みなどがあったのだろう。この「マチネ」の頃から、福永は本格的に定型押韻詩を試みるようになる。『ある青春』の「ノオト」には次のように書いている。

> 僕は大学時代にフランス象徴詩を研究した。僕にとつて言語を異にするとはいへ、詩とは何であるか、詩想と詩型とは如何なる関係にあるかは、初めて明らかに示されたと言へるだろう。僕はそこから強引に自分のための伝統を抽き出して来た。もし僕がボオドレエルやマラルメやランボオやロオトレアモンを知ることがなかつたなら、僕は遂に詩作を諦めたかもしれぬ。僕は自分と同じ詩人として、彼等の作品を読んだ。（中略）ボオドレエルがポオに傾倒し、リルケがヴァレリイに傾倒したやうに、僕はボオドレエルやマラルメを自分の詩の軌範とした[20]。

このように、福永はある時期から「詩」の「軌範」として、フランス象徴詩を見るようになる。簡単に言えば、異なる言語で書いたボードレールやマラルメの詩法を手本に、自分の「詩」を書こうとした。ボードレールへの眼差しも、当初は一人の先達として「規範」を見るものであった。そして、そうした関心の具体化として、それらの詩人が用いていたソネット詩型を自らも試みようとしたのである。

フランス詩でいうソネットとは、簡単に説明すると、二つの四行詩と二つの三行詩に分けられる十四行の定型詩である。古典的な定韻ソネットは、abba—abba—ccd—eed (ede) のように、二種類の脚韻からなる二つの抱擁韻四行詩と三種類の脚韻からなる二つの三行詩との組み合わせからなる。この定韻のほかに、四行詩が abab—abab のように交韻となるものや abba—cddc のように四つの脚韻からなるものなど、後に様々な変格を持った。特にボードレールにそのヴァリエーションが多いことは有名である。

「マチネ」の発想は、この西洋の定型押韻を日本語で試みるという風変わりな試みではあったが、福永にとってこれはそれまでの近代詩の歩みを否定したものではなかった。前節でも触れたように、こうした定型押韻詩の試みはむしろ日本の近代詩型を研究したことの延長上にあった。「マチネ」同人の中村真一郎も「既に、自由詩の中で僕ら自身が試みてゐたことは、実は無意識的な定型への探究」21と述べるように、ソネットの試みは「自由詩」の模索を重ねたことの必然的な帰結だったと言えよう。また、「マチネ」では一行の長さの統一や語の配分、頭韻法なども探究されており、単純に脚韻を模倣するというだけの試みでもなかった。後にこの試みを回想して、福永自身も次のように言っている。

そして、これは他の同人も同じだつたと思ふが、定型押韻詩は日本語に於ける一種の実験として呈出されたので、決して自由詩を否定したものではなかつた。我々はこのやうに韻を(脚韻に限らず頭韻なども)重視することによつて、詩に音楽性を附与できるものと信じたのである22。

おそらく福永は、詩作の行き詰まりに及んで、「詩」とは何であったかという原点に立ち戻った。自分が書こうとしている「詩」(いわゆる「近代詩」以降のジャンルとしての「詩」)とは、そもそも西洋の文学形式に由来するものである。ならばその「規範」もまた西洋の「詩」に求めてもよいのではないかと考えた。大学でフランス詩を研究したこと自体が、詩人としての自覚に促された必然的な選択だったとも言えるだろう。果たして、フランス詩を紐解いてみると、そこには伝統的に継承されてきた音楽性の根拠があったし、「習作」として模倣するための具体的な手本も豊富にあった。大学での研究は、従来から持ち合わせていた「詩」の「規範」に対する問題意識に理論的な根拠を与え、「詩」の「伝統」として拠って立つべき形式を具体的に示したのである。

では、実際に「マチネ」の試みにおいて福永が作った詩はどのようなものだったのか。一例として、「火の島　ただひとりの少女に」というソネットを挙げてみよう。尚、下のアルファベットは押韻の形を示すために、本書で挿入したものである。

火の島　　ただひとりの少女に

死の馬車のゆらぎ行く日はめぐる　a
旅のはて　いにしへの美に通ひ　b
花と香料と夜とは眠る　a
不可思議な遠い風土の憩ひ　b

漆黒の森は無窮をとざし　c
夢をこえ樹樹はみどりを歌ふ　d
約束を染める微笑の日射　c

この生の長いわだちを洗ふ　d
明星のしるす時劫を離れ　e
忘却の灰よしづかにくだれ　e
幾たびの夏のこよみの上に　f

火の島に燃える夕べは馨り　g
あこがれの幸《さち》をささやく小鳥　g
暮れのこる空に羽むれるまでに[23]　f

この詩は、一行十五音節からなる十四行詩であり、abab—cdcd—eef—ggf の脚韻を取る変格ソネットである。制作年代は一九四三（昭和一八）年の夏、ソネット「冥府」とほぼ同時期の作品という。このソネットの押韻は、日本語にしては非常に緻密に練ってある。まず、ローマ字表記にしてみるとわかるが、「meguru」と「nemuru」、「kayo(h)i」と「iko(h)i」、「tozashi」と「hizashi」、「kaori」と「kotori」、「uta(h)u」と「ara(h)u」、「hanare」と「kudare」、「ueni」と「madeni」という具合に、全ての脚韻において末尾の二母音一子音を共通とするというソネットの脚韻の原則を踏まえている。また、「通ひ」（動詞）と「憩ひ」（名詞）、「馨り」（名詞）と「小鳥」（動詞）と脚韻の品詞を変えたり、「離れ」（連用形）と「くだれ」（命令形）と活用を変えたりしている。日本語の構造では、文や句が名詞で終わることは少ないので、脚韻のヴァリエーションが作りにくい。それゆえその条件のなかでここまで揃えるのは技術としては難しいと言えよう。さらに、各行の十五音節は、「詩の馬車の・ゆらぎ行く・日はめぐる」、「不可思議な・遠い風土の・憩い」という具合に五音と七音を基調とした読み方もできるし、あるいは一行を「死の馬車の揺らぎ・行く日はめぐる」、「不可思議な遠い・風土の憩ひ」という具合に八音と七音に分けてそれが全体にわたって繰り返されるものと読むこともできるなど、リズムの広がりもある。

このように単にソネットの脚韻が踏まれているというだけでなく、日本語の音数律にも配慮しつつリズムを創る意図も読み取られるようである。果たして、声に出して読んでみるとわかるが、全体は流麗である。ソネットの音楽性を踏まえつつも、そこに福永独自のリズム感の萌芽もあるようであり、こうした試みを続けることで、あるいは独自の詩型が生まれるのではないかという気配もある24。

だが皮肉にも、この定型押韻詩の活動こそが、福永が詩作から遠ざかる直接のきっかけとなった。「マチネ」の集りで発表された詩は、戦後、『近代文学』や『詩人』などの文芸雑誌に一部分載されたのち25、真善美社より『マチネ・ポエティク詩集』(一九四八)の題のもとに一冊の詩集として刊行される。試みとして斬新だったことに加えて戦後の文学ブームも相まって、たちまち多くの評論家に取り上げられた。しかし、ほとんどの批評は否定的なものであり、様々な方面から非難されたことによる同人のダメージは大きかった。

こうした「マチネ」批判の背景としてはまず、「マチネ」の呈示した詩観が、当時の時代的文脈にはそぐわなかったことが考えられる。敗戦直後の荒廃や精神の混迷のなかで、言葉そのものの価値や信頼は揺らぎ、詩の存在意義も、その生々しい現実を前提として問い直されなければならなくなった。例えば大岡信は『文明のなかの詩と芸術』において、当時の状況を次のようにまとめる。「何よりも、こうして焼土の上に投げ出され、生きているというよりは死から運よく見逃されたにすぎない自分たちの存在そのものを確かめること、この最も単純で直接的な問題から言葉の問題に入っていかねばならないということ、言いかえれば言葉を常に体験の重味で裏付け、また規制していかねばならないということ、ここに戦後の詩の出発点があった」[26]。つまり、戦後の詩壇において求められていたのは、体験に依拠したところに詩の世界を立ち上げるという方向性であった。例えば、昭和二二年九月に、現代は荒地であるという共通の時代認識のもとに詩の改革を目指した「荒地」グループは、そうした時代性を代表するものである。こうした時代的文脈においては、言葉そのものの価値を重視しその定型性を追求するという「マチネ」の試みは、時代錯誤と受け取られた。しかも、その運動表明のスタンスが、同時代の詩壇に対する問題提起として成されたことも[27]、「マチネ」の運動が時代の文脈を解していないという印象に追い討ちをかける要因となったと言えるだろう。

ただ、『マチネ・ポエティク詩集』に対する同時代評の多くは、日本語によってソネットを試行することの、方法としての問題点や限界を指摘するというものであり、個々の詩作品を詳細に分析した上にその質を問うものではなかった[28]。例えば入沢康夫が「かつての騒々しいマチネ批判の中では、この「方便」「触媒」のみに論議が集中して、肝じんの詩の質ということは霞んでしまった」[29]と指摘するように、批評する側の多くが、一つ一つの言葉について吟味しないままにイメージ批評に組したという傾向がなかったとも言えないだろう。また、そこには、この詩集に先立って中村真一郎、加藤周一、福永が共著で刊行していた『1946 文学的考察』(一九四七)において特徴的であった二〇世紀西洋文学を重視するイメージも重なって、日本の詩壇にではなく西洋の詩に「伝統」を見出そうとしたインテリ青年への、感情的な拒否や批判も少なからず含まれていたかもしれない。このように、「マチネ」批評も全体として多少の偏りを持っていたのだが、少なくとも当時においては、「マチネ」は「失敗」と見なされた。そして、同人の多くは、例えば「詩集に添へて(「福永武彦詩集」後記)」のなかの福永の次の言葉に集約されるような割り切れなさを残したまま、異なるジャンルを選択したのである。

しかし戦後の詩壇で、この実験はイメージ尊重主義者たちの反感を買ひ、形骸のみあつて実質を伴はないものと罵倒された。果してさうであろうか。「夜」の七篇、及びそれと近親関係にある四篇は、私にとつて実験であると同時に作品であつて、謂はば私の詩的生命が懸つてゐた。私は詩壇の狭量なのに呆れて詩を書くことを廃してしまつた[30]。

既に戦争中から詩作と並行して『風土』、『独身者』などの小説には着手していたが、「マチネ」の挫折をきっかけとして福永は詩作から遠ざかり、それが本格的に小説家として出発する一つの背景にもなった。しかし、「私の詩的生命が懸つてゐた」との言葉どおり、少なくとも福永に関しては、この定型押韻詩の試みは、ただの詩型の追求としてではなく、その詩型によって表現するべき詩想を反映するものであったはずである。ゆえにその成果も、この定型によって表現されたものとの関わりから検証される必要があるだろう。例えば、「純粋記憶」というモティーフの生成に位置づけてみるとき、福永の定型押韻詩は、モティーフの誕生を準備する意味でも、その後のボードレールとの関係に影響したという意味でも、重要な過程であったと見ることができる。以下に、詩想の発展を追いつつ、その意味について考察していこう。

第三節　憧憬のゆくえ――問題意識の深化

みんな行つてしまつた
あの松の林をわたつた風のいぶきも

輪まわしをしてゐた少年の姿も
港を出て行く通ひ汽船のさびしい汽笛に
ぼくたちが首をあげて　遠い日をおもつたやうに
みんないつのまにか行つてしまつた。

（「続・ひそかなるひとへのおもひ」31）

かつてはあった愛しいものが今では失われている。初期の詩篇から共通しているのは、右の「続・ひそかなるひとへのおもひ」に詠われるような、現在における喪失の感覚である。「みんな行つてしまつた」。全てはこの喪失感から出発する。そしてそれは、「風のいぶき」、「少年」、「通ひ汽船」と、無くしたものへの追慕を経て、「みんないつのまにか行つてしまつた」と再び喪失に帰っていく。「幼年」もまた、そのように過ぎてしまった過去、もはや取り戻すことのできない失われた時間の一つである。後に「塔」（一九四六）や「河」（一九四八）、「夢見る少年の昼と夜」（一九五四）を経て、『忘却の河』（一九六四）、『幼年』（一九六七）などの小説世界にも色濃く表れる幼年喪失のイメージは、既にこの時期から福永の世界に脈づいていたようである。

それでも幼い日の甘えのひとは今はどこに
苦しみを病んだ心にさち多い愛はもうかへらない

（「ひそかなるひとへのおもひ」32）

思ひ出よ　明るい夏の早い光の中に
きらゝかに過ぎて行く幼い日　思ひ出よ
なぐさめのほほゑみは行きかへるふるさとも

いまは秋　ほのぼのと眠りのかげに日はうすれ

（「眠る児のための五つの歌」33）

右のように、まず詩のなかには失われた「幼い日」への追憶の感情が現れる。これらの詩句では、「もうかへらない」、「過ぎて行く」、「日はうすれ」など、ストレートに幼年の喪失感や慕情を表現する傾向が強く、「今はどこに」、「思ひ出よ」という詠嘆には、失われて帰ってこないものへの後悔に似た切なさが横たわっている。どのように嘆いてみても、失った時は帰ってこないし愛しい人と再び会い見ることもできない。だからこそ、その裏返しとして、失われたものへの憧憬が、追憶のなかに明確なイメージとして登場してくる。例えばそれは、「雲」、「風」、「空」、「眠り」、「夢」などの比喩に託しつつ、憧れながら待つイメージとして表象される。

雲は流れる　雲は湧く
永遠の時を少年は待つ
たんぽぽの揺れる野原に寝ころんで
かぼそい息をひそませながら

（「雲の湧く時」34）

いつの日かわたくしは見た　かの人に
吹きよせる風の叫びを　黒髪を
ひとときに歩みをとめたほほゑみを
ながれ行く遠い時間の青空に

（「心の風景」35）

光のひろい野にみちて
小鳥の歌は樹をめぐり
時に傾く身はひとり
孤独に風にかこまれて

（「風景」36）

ここでは現在において「過ぎて行く時」のなかで、待っていれば、ある瞬間に、ふと「永遠の時」が出現するのではないか。そういう幸福な瞬間が待たれている。ゆえにそこには、喪失感とともにどこか心地よい情緒も漂う。郷愁といえばいいのか、懐かしさと言えばよいだろうか。結果として、喪失そのものを見つめたり喪失してしまったものを掘り起こしたりしようという動きは、まだ明確ではないようだ。つまり、憧れてはいるがそれを取り戻そうという動機は弱い。むしろ、憧憬の感情をどのように表現すれば最も美しく詠うことができるのかという視点から、言葉の叙情性がここでは重視されているようである。詩人あるいは表現者としての出発点において、自らの文体を掴もうという意識が先立っていたとも言えるだろう。

しかしその一方で、失われたものを形象化しようとするような様相も、徐々に詩のなかに現れてくる。それは、例えば「夜　及びその他のソネット」の定型押韻詩のなかに現れてくる次のようなイメージである。

その日日は春の水際《みぎわ》に暮し
棕櫚《しゅろ》の葉はつつむ終《つひ》の幸福
今は知る天のいのちはうすく
未知の謎にくだる輪廻の橋

（「誕生」37）

喪はれた世界を裡《うち》に焚《や》き
焔の像をきざむ一《いち》の鑿《のみ》
火のわざに意志といのちはひそみ
（「薔薇」38）

死の馬車のゆらぎ行く日はめぐる
旅のはて　いにしへの美に通ひ
花と香料と夜とは眠る
不可思議な遠い風土の憩ひ
（「火の島　ただひとりの少女に」39）

これらの詩では、おぼろげにではあるが、追憶の先にあるはずのものを、自分自身の言葉やイメージで探る形象への意思が、芽生えてきているのがわかるだろう。それは「薔薇」に見られるような意思そのものの表象として現れることもあれば、「誕生」のように「棕櫚《しゆろ》の葉」、「春の水際《みぎわ》」といった具体的イメージとして歌われもする。また、「棕櫚の葉はつつむ終《つひ》の幸福」（「薔薇」）、「花と香料と夜とは眠る／不可思議な遠い風土の憩い」（「火の島」）などの比喩は福永自身が見出した新たなイメージのつながりによって支えられており、自らの言葉によって失われたものに形を与えようとする意思が生じていると言えるだろう。このように、憧憬の対象であったものはここで、詩に描かれる対象として、詩の内容そのものに関わるようになっている。「幼年」だけに限定できないまでも、「幼年」を含めて喪失したものの形象化がなされようとしているのだ。

そして、それとほぼ同時的に表れているのが、「闇」の認識の深まりである。例えば、ソネット「冥府」における「仰げば天を汲む瓶《かめ》は深く／暗黒の空しい壟を埋め／ひと時を匂ふいのちをいだく／花は遂にさめぬ無窮の夢」40という表現では、「ひと時を匂ふいのち」や「花」の出現を阻むように「暗黒の空しい塵」が並置されている。また、右にも引用した「薔薇」に現れている「焰の像」や「火のわざ」といった創作の意思に対置するように、「詩人の死」においては「日と月とは沈む涙の谷／不毛の野に暮れる詩人の夜《よる》／ひと筋の宿業のただなかに／ゑがき得ぬ焰の想ひを織る」[41]という表現が現れるように、「不毛の野」、「ゑがき得ぬ焰の想ひ」というようないわば創作そのものに関わる「闇」の存在が匂わされる。おそらくは、右に示したような追憶の形象の意思が芽生えたからこそ、その追憶の行為を覆っている「闇」もまた同時に深められたと思われる。

特に、本章の前節でも引用した「火の島　ただ一人の少女に」においては、美しいリズムのなかに、右の二つの傾向が明確に現れることで、詩全体が追憶の表象に近づいている。このソネットの第一節で、「死の馬車」の「旅のはて」に提示されるのは、「いにしへの美」、「不可思議な遠い風土の憩ひ」という遠い過去を思わせる表現である。そこに「花と香料と夜とは眠る」という南国的なイメージが重ねられる。第二節では、「漆黒の森は無窮をとざし」という闇のイメージと「夢をこえ樹樹はみどりを歌ふ」という天上的なイメージが対置されている。第三節では、「明星のしるす時劫を離れ」という遠い時間のなかに連れて行かれる気配がある一方で、「忘却の灰」が「幾たびの夏のこよみの上」に「くだれ」と忘却や喪失が暗示される。そして第四節で「火の島に燃える夕べは馨り」という終末的な風景のなかに現れるのは、「あこがれの幸《さち》をささやく小鳥」という甘美なイメージである。「花と香料と夜」のイメージの中に暗示される雰囲気、「みどり」の傍らにある「漆黒の森」という「闇」の認識、そして「忘却の灰」、「火の島」といった死の気配を匂わせた世界の表象には、追憶のなかに断片的に現れては消える失われた過去を自らの言葉によって形象しようという形跡が読み取られる。追憶を形象化する意思の芽生えとともに闇の認識が深まっているという傾向については、既に岩波書店版『福永武彦詩集』（一九八四）の「解説」で菅野昭正が指摘しているが、そのなかで菅野氏は、「この作品群においては、どことも知れぬ、いつとも分らぬ遠い昔への郷愁は、ただ抒情として歌われるのではなく、生の本質的な原型にかかわる感情として見られている」42と考察し、「抒情」の表出から「生の本質的な原型」の探究への創作者としての眼差しの深化を読み取っている。

このように、追憶における喪失感の表象から憧憬の表象へ、そして追憶そのものを創作によって再現しようという意思へと、福永の詩作のなかで追憶の主題は徐々に表現とともに深められていっている。そして、こうした問題意識の深まりが、定型押韻詩の試みのなかに現れるというのは、単なる偶然ではないだろう。音楽性の根拠を定型押韻詩という型に置くことによって、個々の表現そのものの音楽性を優先する必要がなくなったことは、叙情的表現に限定されることなく、そういう意味ではかえって「自由」に、表現を選ぶことができるということである。すなわち、定型のもたらす音韻のなかで、個々の言葉の音楽性に拘束されずに、より多くの言葉によって詩想を深めていくことができるようになったと言えるのではないだろうか。

そして、このように追憶の先にあるものを書き取ろうとする視点は一方で、「純粋記憶」というやはり失われた「幼年」の形象化のモティーフを、福永の内部において醸成させた。また一方では、「闇」の自覚、失われたイメージを覆うものの表象として、後の小説「冥府」の「暗黒意識」のような「闇」のモティーフを促したと思われる。

ところで、定型押韻詩が本格的に試みられたのは、一九四三(昭和一八)年から四四(昭和一九)年にかけてであり、この時期は、実は、「純粋記憶」というモティーフの直接の原型とされる『独身者』の構想と時期を同じくする。『幼年』の作品化への意思や内的記憶の定着に向かうという方向性は、この少し前に出ていた堀辰雄『幼年時代』(一九四二)に触発されたものと言われるが、この堀の作品からの触発が、福永のなかで作品構想へとつながる背景として、詩作のなかで追憶を創作上のテーマあるいはモティーフとして定着させるという意思が福永の内発的な問題意識としても芽生えていたことは重要だろう。

つまり、堀辰雄『幼年時代』によって、純粋な幼年時代を取り出しそれを作品化するということが示唆された。一方で福永は、これと同時期に、詩作を通して、もともとあった追憶の問題意識を失われたものの形象化という方向性に深めていく。こうした詩人としての内発的な問題意識の高まりがあるがゆえに、堀辰雄への共鳴が単なる受動的な共感に終わらずに、自分自身もまた失われた「幼年」を創作によって取り戻そうという能動的な作品化の構想につながり、そのための方法の模索が始まった。その結果、一九四四（昭和一九）年の『独身者』執筆におけるモティーフの誕生という流れがあったと推測できる。直接的なきっかけになったものは外発的であっても、「純粋記憶」は、やはり詩の出発点にあった幼年喪失の延長上に、内発的に促されていったモティーフと言えるだろう。

第四節　ボードレールとの関わりの出発点

定型押韻詩の試みをめぐって、この時期既にボードレールとの接点があったことは、先に何度か触れてきた。福永はそれまでも翻訳を通じてボードレールを読んではいたようだが、自らの視点からボードレールを訳したり研究したり、そこから何かを摂取しようとしたりしたのはこの頃からである。ゆえに、この詩作、特に定型押韻詩の詩作は、ボードレール受容においても出発点とすることができるだろう。

では、この出発点において、どのような接点が見出されるのだろうか。

例えば、イメージの共有という点で、先の項で取り上げた追憶の表象に、ボードレールの『悪の華』の詩篇との表現やイメージの類似があるいうことを指摘することもできるだろう43。しかし、本書で「純粋記憶」の生成との関わりで着目したいのは、この時期に生じている、福永のボードレールとの本質的な関わり方についてである。

後に福永がボードレールとの関わり方の軌跡を自ら省みた「ボードレール・わが同類」(一九六七)という文章のなかに、詩作におけるボードレールとの関わり方をめぐって極めて興味深い述懐がある。福永のボードレールに対する重要なスタンスが露呈しているので、多少長くなるが、以下に引用する。

その頃私は詩を書いていましたから、自分の世界に近いものを選んでそれを取り入れました。例えばMoesta et errabundaというラテン語の題名の詩を、「憂愁と放浪」という題名の下に訳してみたりしました。(戦後フランスの参考書に教えられて「悲シクテサマヨイノ」と改めました。)その初めの二節は次のようなもので、私自身の詩的世界とごく近いものでした。

語れアガトよ、時に飛び去るか、お前の心は、
汚《けが》らわしい大都会、この黒い大洋をはるかに越え、
壮麗は輝きわたり、処女性のように、色は、
青く明るく澄んで深い、別の大洋へ、
語れアガトよ、時に飛び去るか、お前の心は?

海よ、涯《はてし》ない海は慰める、私らの苦悩!
——如何なる魔霊が、揺籃歌《ようらんか》のたくみの業《わざ》をこの海に

授けたものか、——不平を泣き叫ぶ颶風《ぐふう》の
巨大な風琴に伴奏される嗄《しわが》れ声の歌い姫に？
海よ、涯ない海は慰める。私らの苦悩！

御覧のようにこの訳文は、曲りなりにも脚韻が踏んであります。そして私は当時この定型押韻詩型というのに興味を持ち、そのお手本という意味でボードレールはまことにふさわしいものでした。私はボードレールに於ける「彼方」への願望を切実に感じていました44。

ここでまず福永は、「自分の世界に近いものを選んでそれを取り入れました」と述べている。つまり、既に詩を書いていた福永は、ボードレールに近づくに当たって、自らの詩人としての「詩的世界」から出発している。言い換えれば、ボードレールの詩全体としてではなく、まずは自分自身の「詩的世界」に近いものに共鳴して近づいたということになる。その上で、近づいたところにあったボードレールの世界を成り立たせている背景を探ろうとする。ここに書かれているような、詩の翻訳や定型押韻詩を「お手本」として研究するというのは、こうした探究の現れである。そのようにしてボードレールの世界の背景への理解を深めていったところでさらに、それを自らの世界に帰し、今度は、「ボードレールに於ける「彼方」への願望を切実に感じていました」という言葉が示すように、ボードレールの「詩的世界」によって自らの「詩的世界」を意味づけていく。

このように、詩作の過程において福永は、自分自身の問題意識から出発し、それに引っ掛かったボードレールの「詩」の背景を研究した上で、再び自らの問題意識に帰したところに意味づけるという、極めて相互的な関係を持っている。摂取するというよりは、自分自身の既存の内発的なイメージに詩想としての根拠を与えていくための鏡としてボードレールを「読む」というスタンスである。最初から詩人としての自覚のもとにボードレールと接点を持った福永は、福永の世界とボードレールの世界に明確な線引きができないような、極めて一体化したアプローチをしているようである。そして、その相互性のなかで、自分の問題意識とともにボードレールへの理解も深めていったと思われる。

出発点におけるこうした相互性は、おそらくその後の福永のボードレールとの関わりの方向性を規定するものであると言えよう。例えば、詩作において見出された追憶への問題意識は、その後のボードレールの「読み方」を少なからず規定しているのではないかと思われる。

右に引用した部分の最後に福永は、「ボードレールに於ける「彼方」への願望を切実に感じていました」と述べているが、ここに挙げられた「彼方」というテーマについて、詩作と近い時期に書かれた「ボードレール詩鑑賞三篇」45において福永が採り上げ説明している箇所には、ある共通点がある。例えば、「ボードレール詩鑑賞三篇」のなかの「先の世」の解説から、次の箇所を抜き出してみよう。

詩人が此岸の悩ましい現実に疲れ、ジャンヌ・デュヴァルを以ってする悪の、或は人工的美の実験に、人間的条件の悲哀を感じる時に、彼は孤独な故郷を自己を取巻く現実の彼方に見た。それは美化された幼年時代の形象であると共に、詩人に生の一つの可能として願望された彼岸を示していた。時間の外に於て夢みられた時間、一つの永遠への陶酔だった。そしてこのような彼岸、或は彼方 Là-bas への夢想は、単に浪漫的に作者の空想の中に芽生えたのでなく、現実の中に一種の錯覚 trompe-l'œil として創造された。それは照応 correspondances の理論の現実の適用であって、例えば愛する女の髪や肉体は、詩人の夢みる風景を二重に映し出すことに依って、美として印象せしめられた46。

この説明にあるように、ボードレールの「彼方」という逸脱の概念は、福永の解釈に及んでは、はっきりと「美化された幼年時代の形象」というような追憶の主題との関係性において捉えられている47。確かに、右の「ボードレール詩鑑賞三篇」にも取り上げられており、福永が好んで訳している「憂愁と放浪」(のちに「悲シクテサマヨイノ」に改題)におけるように、「しかしおさない恋のみどりの天国は、／駈けっこは、歌声は、くちづけは、花束は、／丘の蔭に顫えているヴィオロンの旋律は、／夕べ、林の中で汲まれる葡萄酒の杯は、／——しかしおさない恋のみどりの天国は、」48という形で、ボードレールにおいては、「彼方」が幼年の追憶と結びつく形で表象されることはしばしばある。しかし、ボードレールが憧憬する「彼方」を、幼年時代の追憶に限定するのは多少恣意的かもしれない。

おそらくここには、福永自身の詩作において生じた追憶の形象化という主題、及びその追憶の出発点にある幼年喪失の認識の投影があると思われる。つまり、福永自身の問題意識が「彼方」に敷衍する様々なイメージのうち、特にこの「幼い恋のみどりの天国」の方向性にイメージを集約していくことを促したと考えられる。また、同じ文脈において、「美化された幼年時代の形象」が、「照応 correspondances の理論の適用」と結びついてもおり、結果としてボードレールにおける「幼年時代の形象」と「万物照応」の理論とを結びつける解釈を展開している点も重要である。おそらくこの結びつきは、既に『幼年』という作品を着想し、自らの「幼年」の形象化を望んでいた福永だからこそ、特に着目されたことであり、福永における「万物照応」の理論への関心もこうしたところから芽生えていったと考えることもできるだろう。いまだ明確な方法意識を形成するものではないが、福永自身の追憶の問題意識が関与したと思われるこのようなボードレール認識は、後に『幼年』において自らの「純粋記憶」という幼年形象のモティーフとボードレールの「万物照応」とを結びつけていくことの端緒にはなっていると思われる。

福永の問題意識との関係で相互的に発展するボードレール理解はその後、どのように展開するのか。またボードレール理解の深まりは、福永の問題意識をどのように深めるのか。そしてこうした反復は、福永の創作にどう反映していくのか。「純粋記憶」の生成過程を追いながら、以下の章では、小説家としての福永の進化にその展開を辿ってみよう。

おわりに

詩作の過程で幼年喪失から憧憬、そして形象の意思へと追憶の主題は深まった。その結果として、「幼年」の形象化への意思とその方法的な探索が、本質的なテーマとして残った。また、こうした形で、詩作において鍛錬した方法意識は、形式と内容のつながりとして小説形式にも受け継がれていく。一つ一つの小説が、新たな方法の実験のようであるのも、こうしたことと無関係でない。

このようにして、「幼年」の形象化への意思を自覚したところで、しかし福永に残ったのは、「幼年」の不在の感覚である。その後、福永は幼年喪失と創造の不毛のなかで、言葉を探っていくようになる。そしてその模索が、小説世界を作り上げる源泉ともなった。彼が最も表現したいことに、辿り着けないという意識のなかで、その言葉を捜すように、小説が書かれることになる。したがって、彼の小説における「幼年」の闇は、人間としての闇であると同時に小説家としての表現の闇でもあった。

註

1　曽根博義については「本文および作品鑑賞」(曽根博義編『鑑賞日本現代文学27　井上靖・福永武彦』所収、角川書店、一九八五年)の四〇六―四〇九頁の『幼年』の解説を参照。首藤基澄については『福永武彦・魂の音楽』(おうふう、一九九六年)

の三〇―六〇頁における『幼年』論を参照。

2 福永武彦における「幼年」及び「純粋記憶」の着想の系譜については、清水徹「『幼年』をめぐって」（『鏡とエロスと――同時代文学論』所収、筑摩書房、一九八四年）にも、堀辰雄、カロッサとのつながりが詳しく論じられている。

3 全集一五巻、一七五頁。

4 菅野昭正「解説」、『福永武彦詩集』所収、岩波書店、一九八四年、二四六頁。

5 卒業論文のタイトルは"LE COSMOS DU POÉTE □ LE CAS LAUTRÉAMONT"（「詩人の世界、ロートレアモンの場合」）。『未刊行著作集19 福永武彦』（日高昭二・和田能卓共編、白地社、二〇〇二年）に、近藤圭一による翻刻が所収。その「凡例」によると、審査委員は鈴木信太郎助教授、アンベルクロード講師、辰野隆教授の三名である（右記著作集、三四五頁参照）。

6 全集一三巻、四七九頁。「象牙集序」のなかの言葉。『象牙集』（一九七二）は福永が西洋の訳詩の選集として編んだものであるが、この『象牙集』新版（一九七九）の「ノオト」によると、ここに収められているボードレールの詩の多くは、翻訳の際に原文と同様の押韻を試みている（全集一三、四八三頁参照）。この試みは、福永が自らの詩作において試みた日本語による定型押韻詩からつながる流れであり、福永にとって翻訳と創作が不可分のものであることを窺わせる。

7 全集一三巻、四五五頁。

8 全集一三巻、一九―二〇頁。

9 全集一三巻、三四―三五頁。

10 全集一三巻、六一頁。

11 全集一三巻、三一頁。

12 全集一三巻、三一頁。

13 『ある青春』の刊行に及んで福永は、その「ノオト」のなかで「萩原朔太郎の「氷島」が出たのは一九三四年、僕が一高に入学した年だつた。僕は初めて、共感を持つて、一冊の詩集を読んだ。それから僕は多くの日本の詩集を濫読した」（全集一三巻、四五七頁）と、日本の先行詩人への当時の関心を述懐している。また、『本の手帳』一九六二年五月号に書いた「萩原朔太郎詩集」という文章のなかでは、「薄暗い電燈の下で一篇また一篇と読んで行ったこの詩集の、私の内部に浸透したその効果を、今私は正確に測ることが出来ない。しかしすべての詩篇をことごとく暗誦しようとした十七歳の少年の魂に、詩というものの神秘な魔力を初めて明かに伝えた筈である」(全集一五巻、一〇四頁)と、当時の『氷島』への傾倒と精神的な影響を明かしている。これらからもわかるように、福永は日本の先行詩人を自らの詩の模範として熱心に読んでいた形跡はある。結果としては個々の形式的特徴を知ることにはなるので、自らが詩型を作る際に、それらの方法を意識的及び無意識的に模倣したことは推測され、福永最初期の形式には、先行の日本詩人の影響も少なからずあると考えるのが自然だろう。ただ、特定の詩人の形式に依拠することはできなかった。

14　この状況を福永自身も次のように自覚していた。「詩は僕達に於てまだ伝統を持たなかつた。和歌と俳句との長い伝統は、明治以後の新詩人達にとつて決して汲み取るべき泉ではなかつた。ヨオロッパ詩の研究と理解とはあつても、彼等はそれぞれ自分達の手で未開の曠野を開拓した。僕はこのやうな探究が、白秋、露風、杢太郎、光太郎、朔太郎を経て、賢治、中也、道造に至つてゐると思ふ。ここに日本近代詩の一つの水準は示されてゐるが、しかしそれは伝統ではない。彼等は他人のつくつた道を踏んで歩いたのではない」(「「ある青春」ノオト」、全集一三巻、四五六—四五七頁)。ここから言えることは、福永は少なくとも、先行詩人の書いたものの水準は読者としては認めていたということである。したがって、福永が「伝統」の不在という場合には、先行詩人の価値を否定しているわけではなく、それらの詩人も含めて日本の詩人の置かれた条件を客観的に割り出しているに過ぎない。

15　九鬼周造の『文藝論』は、「マチネ・ポエティク」の同人が定型押韻詩を試みる際に拠り所としていたようである。例えば、福永に定型押韻詩を勧めた人物であった中村真一郎は、「詩を書く迄——マチネ・ポエチックのこと——」のなかで、「僕の実験は京都の九鬼周造博士の体系的な労作に接することで、更に一段と飛躍することが出来、新しい作詩法は僕自身の宇宙《コスモス》の表現手段にまで高まった」(中村真一郎『文学の創造』所収、未来社、一九五三年、一一三頁)とその影響を語っている。

16　与謝野晶子「『小鳥の巣』小序」、『与謝野晶子全集』第八巻所収、文泉堂出版、一九七六年、三八一頁。

17　この定型性を意識した翻訳の代表格として、上田敏の『海潮音』があった。それは西洋詩、特に高踏派を訳すに当たって、七五調を基調とするというものである。原文の音楽性や定型性を伝えるという意味では画期的であったが、それですら原文の持つ詩型の伝統を十分に伝えるものではない。このことは、西洋の定型詩の日本語への翻訳がいかに困難であったかということとを示唆してもいる。

18　これは、翻訳だけの問題でもなく、西洋近代における「自由詩」の流れがほぼ同時的に起こっていたことも関与していると思われる。つまり、日本における西洋詩の移入期が、西洋において「自由詩」をめぐる議論が活発であった時期と近かったために、「韻文詩」の概念の定着を欠いたところに新しい詩の思潮が紹介されたことも、日本における「詩」の定義を混乱させた背景の一つとなったはずである。

19　活動に参加したメンバーの詳細は、加藤周一、中村真一郎、白井健三郎、中西哲吉、窪田啓作、山崎剛太郎、小山正孝、原條あき子、枝野和夫、福永である。戦後、このメンバーが主体となって、『方舟』という文芸雑誌（一九四八年七月から九月）も刊行された。「マチネ」の活動全体についての解説には、「マチネー・ポエティク作品集 第二」に付された加藤周一「マチネー・ポエティクとその作品に就いて」（『近代文学』一九四七年四月号）や「マチネ・ポエティック 作品集第一」に付された福永武彦による「解説」（『詩人』5号、一九四七年八月）、及び『マチネ・ポエティク詩集』（著者代表窪田啓作、真善美社、一九四八年、限定版七五〇部）巻頭の「序」（内容は、中村真一郎「詩の革命――「マチネ・ポエチック」の定型詩について」、『近代文学』一九四七年九月号より再録）と巻末の「「NOTES」などに同人自身によるものがある。また、成田孝昭「マチネ・ポエティク詩集」（『国文学 解釈と鑑賞』一九六六年一月号）に評価も含めた包括的な解説がある。詳しくはそれらを参照されたい。尚、「Matinée poétique」の日本語表記は、論者によってかなりのばらつきがある。本書の筆者は、混乱を避けるため右記『マチネ・ポエティク詩集』の表記「マチネ・ポエティク」で統一したが、引用文、註、参考文献目録では原著者の表記のママとした。

20　全集一三巻、四五八頁。

21　中村真一郎「僕らの立場から――マチネ・ポエチックの詩――」、『文学の創造』所収、未来社、一九五三年、一一九頁。

22　「「ある青春」ノオト」、全集一三巻、四七〇頁。

23　全集一三巻、八三―八四頁。

24　大岡信「押韻定型詩をめぐって」でも「火の鳥」の詩句の持つ流動性は着目されており、同じ「マチネ」の中村真一郎のソネット「頌歌X」と比較して「中村氏は佶屈とし、福永氏は流麗である」（『現代詩手帖』一九七二年一月号、一六六頁）と分析されている。そして、その根拠としては「火の鳥」の「音歩数の多様さが与える流動的な印象」（同、一六八頁）が考察される。

25 詩集の刊行前の雑誌掲載は、以下の通りである。「マチネー・ポエティク作品集 第二」(『近代文学』一九四七年四月号)、「マチネ・ポエティック 作品集第一」(『詩人』5号、一九四七年八月)。

26 大岡信『文明のなかの詩と芸術』、思潮社、一九六六年、二三四頁。

27 例えば、福永は註25に記載した「マチネ・ポエティック 作品集第一」の「解説」において、「韻文定型詩は今までに真面目に取り上げられたことがない。しかし日本詩がヨーロッパの水準に立つためには、日本の詩人達は、詩に関してもう一度痛切な反省を試みる必要がある」(『詩人』5号、一九四七年八月、三二頁、傍線筆者)と書いているし、中村真一郎が同時期に出した「詩の革命 マチネ・ポエチックの定型詩について」において、「現代の絶望的に安易な日本語の無政府状態を、矯め鍛へて、新しい詩人の宇宙の表現手段とするためには、厳密な定型詩の確立より以外に道はない」(『近代文学』一九四七年九月号、四頁、傍線筆者)と、傍線部に見られるような攻撃的な書き方をしている。

28 発表当初の時評の多くは、荒正人「オネーギンを乗せた「方舟」――マチネ・ポエチックの人々へ――」(『人間』一九四八年五月号)や瀬沼茂樹「果して「詩の革命」か?――マチネ・ポエティク批判」(『詩学』一九四八年一二月号)などに代表されるように、「マチネ」の方法そのものに批判的なものが多かった。「マチネ」について論じるという目的で座談会も開かれているが、ここでも議論が集中しているのは方法についてであり、作品そのものについては印象批評風にしか言及されない(加藤周一・中桐雅夫・窪田啓作・鮎川信夫・相良守次・湯山浄・城左門・岩谷満「座談会 日本詩の韻律の問題」、『詩学』一九四八年五月号参照)。また、定型押韻詩という形式には理解があると思われていた三好達治ですら、「マチネ」の試みが日本語という言語の枠組のなかでの限界を指摘したことはよく知られるが、その言及もまた、「マチネ」の作品そのものの評価・検討というよりは方法の検討という色彩が強いものである(「マチネ・ポエティクの試作に就て」、『世界文学』一九四八年四月号参照)。

29 入沢康夫「原音楽への夢――詩人福永武彦再評価への期待――」、『図書』一九八四年三月号、五七頁。

30 全集一三巻、四七〇―四七一頁。

31 全集一三巻、二六頁。

32 全集一三巻、二三頁。

33 全集一三巻、六五頁。

34　全集一三巻、三一頁。
35　全集一三巻、三八頁。
36　全集一三巻、五一頁。
37　全集一三巻、七〇頁。
38　全集一三巻、七六頁。
39　全集一三巻、八三頁。
40　全集一三巻、七三頁。
41　全集一三巻、八二頁。
42　註4の菅野昭正の「解説」、二四九頁。
43　第一連で「花と香料と夜とは眠る」、第二連で「夢をこえ樹樹はみどりを歌ふ」と連なって、「火の島に燃える夕べは馨り」とつながっていく展開から連想するのは、『悪の華』の詩篇「夕べの諧調」"Harmonie du Soir"の第一節であり、次のような詩句である。

今おとずれるこの時に、かよわい茎に身を悶え
花花は香爐のように溶けながら、
響《ひびき》も香も夕べの空にめぐり来る、
憂いは尽きぬこの円舞曲《ワルツ》、眩《くるめ》くような舞心地!

この詩篇は、福永自身も訳した実績もあるので、福永は当然この詩を知っていた。このような表現と比べてみると、既に詩の実作の時点で福永が、ボードレールの詩の世界を自分自身の詩の表象に反映させている形跡がなくもない（右記の詩の出典は**PL 1, p.47.** 訳文は人文書院版『ボードレール全集』第一巻、一五一頁における福永訳を用いた）。また、河田忠『福永武彦ノート』（宝文館出版、一九九九年）も、「冥府」や「海への旅」、「冬の王」など、個々の詩におけるボードレールとの類似点を指摘して

いる。確かに、結果として表現やイメージが重なるところはあるが、そうした重なりが、その表現の理論的な背景も含めた意識的な摂取であるかどうかは議論の余地があるだろう。

44 全集一八巻、二二七—二二八頁。

45 この「ボードレール詩鑑賞三篇」は、講談社版『ボードレールの世界』(一九八二年)刊行の際に、本書の序章(一八頁)で言及した『詩人』連載の三篇の「詩鑑賞」がまとめられて収載されたものである(全集では一八巻に所収)。尚、それぞれの初出については同じく本書の序章の註44(三一頁)に記載してある。

46 全集一八巻、七〇頁。

47 例えば別のところでも、「しかし記憶の中で浄化された幼年時代が、一つの創られた夢として、理想の時間として、詩人に考えられることはあった。それは現実の中に花咲いた、別の現実だった。しかし夢想された時間は、現実からの逃避である点に於て、遂に詩人が逃れて行く空間、即ち、「整いと美と」に充ちた彼方に等しくなった」(「ボードレールの世界」、全集一八巻、四九頁)や「現実の放浪はしかし記憶の世界に帰ることによって、少しは心を休められるだろう。幼年時代は、人が未来に持つべき天国を確に過去に於て現出した。感受性の強い人間であればある程、幼年の日の天国の楽しさは、後悔のように、彼に帰って来るだろう。詩の四節以後はこの幸福な幼年時代の思い出である。それは即ちアガトの無垢な心と同じものであり、詩人の願う彼方とも同じである」(「ボードレール詩鑑賞三篇」のうち「憂愁と放浪」、全集一八巻、七五頁)など、同様の解釈をする。

48 “Mœsta et errabunda”, PL 1, p.64.(訳文は人文書院版『ボードレール全集』第一巻、一六四頁の福永訳を用いた)。

第二章　モティーフの誕生

——『独身者』における「純粋な記憶」をめぐって

はじめに

一九四四（昭和一九）年、太平洋戦争の戦況がいよいよ厳しさを増していた時代の片隅で、福永は一つの壮大な小説を夢見ていた。小説家志望の中学教師「木暮英二」とその家族や友人を作中人物とし、彼らの日々の出来事を筋に展開する長編小説で、それは『独身者』と題されていた。内幸町にある日本放送協会への勤務の傍ら、通勤列車の往復でメモを取り、藤沢のアパートの一室で、夜を徹して構想を練る。その構想は、「初め千五百枚の予定だったのが遂には三千枚にもなろうかという壮大な計画」[1]にまで膨らんだ。まもなくして書き始めたが、枚数にして三百枚ほど、第一部十一章まで書いたところ、当初のプランの十分の一程度で中断している[2]。

未完に終わったこの小説は、一九七五（昭和五〇）年に槐書房から未完のままで限定出版されるまで、およそ三〇年間、ノートの状態で保管されていた。『幼年』の「純粋記憶」というモティーフの直接の原型と考えられるものが見出されるのは、この小説の第一部九章「英二の日記」と題される章である。小説家志望の青年「木暮英二」は、日記のなかで「僕の幼年時代、或は少年時代を書こうというプラン」[3]を語る。そこに次のような作品構想が現れる。

> 幼年時代は、当人が過去を追想する限り、誤りの多いものだ。ある場合にはそれは殆ど無意識的な嘘のみから成立している（中略）。小さい時の記憶を、ただ記憶力だけに頼って正確に recréer（再創造）するということは、まず考えられないのだから、そこに色々の他の要素が加わって来るのは当然だろう。しかし僕の考えていたものは、そうした夾雑物のない、謂わば純粋な記憶なのだ。人から教わって自分でもその気になったような性質のものではない。あなた

のお母さんは綺麗な人だったと教えられて、母親の美しさを再現しようとするのではない。母親の記憶として残っている一つの匂、その匂から母親の美しさを再び眼の前に思い浮べようとするのだ[4]。

ここに語られている「夾雑物のない、謂わば純粋な記憶」（以下、「純粋な記憶」と略記する）というモティーフが、「本人にとって純粋に保存されたままの状態」[5]という『幼年』の「純粋記憶」というモティーフの原型と見なされるものである。この『独身者』で言われている「純粋な記憶」とは、自分だけで思い出すことのできる幼年時代の記憶を指している。そしてここで極めて重要なことは、この「プラン」のなかで語られる「幼年」が、「記憶」としての「幼年」であるということである。前章でも確認したように、「幼年」を憧憬しそれを創作によって取り戻そうという傾向は、既に詩作においても現れていた。だが、成人の現在の意識のなかに立ち現れる「記憶」としての「幼年」を意識化し、創作上のモティーフとして構想したのはこれが最初と言えよう。

本章では、『独身者』という未完の小説の概要を示した上で、まず、そこに書かれている「純粋な記憶」に関わる構想がどういうものであったのかを確認していく。そして、その構想とボードレールの接点を推察することで、『幼年』の「純粋記憶」と「万物照応」の理論との重なりの出発点に迫りたい。

第一節　『独身者』の時代——生きることと書くことと

一九七五（昭和五〇）年の限定出版に際して、「『独身者』の主題は、「日記」によれば、「一九四〇年前後の青年達を鳥瞰的に描いて愛と死と運命とを歌ふ筈」だったし、そのために十人以上の人物が相互に絡み合って複雑な絵模様を見せることになっていた」[6]と、福永は述懐する。章毎に異なる視点人物を配置し、その視点の交錯するところに、一つの時代を体系的かつ重層的に浮き彫りにしようという構想に裏打ちされたものであったようだ[7]。

方法の全体像としては、ロジェ・マルタン・デュ・ガール Roger Martin du Gard (1881-1958) の『チボー家の人びと』*Les Thibault* (1922-40) を意識する一方で、アンドレ・ジッド André Gide の『贋金つかい』*Les Faux-Monnayeurs* (1926) のような多視点小説の取り組みも意識していたらしく、二〇世紀文学の最初の成果を早々に取り込もうとしていたようである[8]。

このころ福永は『風土』という長編小説にも着手していた。一九四一(昭和一六)年に大学を終えてまもなく、「内外の小説類を嗜読してみて、我が国のそれに強い不満を感じると共に、自分が書いていた抒情詩の世界だけでは満足が行かなくなり、自ら一つの実験を試みようと思った」[9]という動機から『風土』は書き進められていた。この『風土』とは別に「もっと広い視野に立った大河小説」[10]という趣旨から立ち上げたのが『独身者』である。それは、戦後まもなく加藤周一、中村真一郎との持ち回りで執筆したエッセイ『1946 文学的考察』(一九四七)[11]のなかで主張することになる「僕たちはその国の風習や伝統に幾重にも取囲まれた現実と人間との間から、現実の原型を、人間の原型を、探り出して来なければならない」[12]といった、小説家としての自覚をそのまま引き受けるような壮大な計画であった。一方で、純粋小説の追求としての『風土』、その一方で大河小説の試みとしての『独身者』というように、小説家としての福永は、二つの大きな野心のもとに歩み出したと言えるのである。

だが、『独身者』には、知識人青年の野心作という方法的関心だけでは片付けられない背景が横たわっていた。昭和一九年という時代である。福永は、『独身者』を、最初の小説としてではなく、最後の小説として構想していたかもしれない。

アメリカ軍はサイパン島に上陸し、戦況は日に日に険悪の度を加えつつあった。私は参謀本部にいてさえも召集を受けたので、放送局なら絶対安全と太鼓判を押されて逃げ込んだのだが、ここでも周囲に応召が相継いで、私たちは息を凝らしていた。そういう中で私はこの長篇小説の中に（それがいつ終るか分らない程長いという点に私の運命を先の方へと追いやりながら）ひたすら没頭していたと言うことが出来よう[13]。

右の回想にも明らかであるが、『独身者』の執筆期、日本は敗戦に向かって突き進んでいた。敵の攻撃は遂に内地にまでおよび、上空を旋回する敵機が生活を脅かす。若い男性が次々と戦地に応召され、戻ってこない。敗戦に向かって、じりじりと国全体が追い詰められ、ただ日常を送ることすら困難になっていた時代である。引用にもある通り、福永も、参謀本部で暗号の解読に従事していた昭和一七年に、一度召集を受けている。盲腸の予後であったことを理由に、即日帰郷になったとはいえ、再び召集されないという保障はなかった[14]。ましてや、参謀本部に籍を置きながら召集を免れなかったという体験は、自分だけは例外で済まされるかもしれないという楽観を、打ち砕いたに違いない。

ゆえに福永は、限られた命を予感していた。三千枚もの小説という、ともすれば時代錯誤のこの構想のスケールは、現実の生の短さへの予感を裏返したものだった。長大な小説を空想することだけが、現実からの緊急避難だったのである。

あるいは、そこにはもっと積極的な意味もあったかもしれない。「戦争が苛烈になり、いつ兵隊に取られるか、またその結果としていつ死ぬか分らないような青年にとって、すべての人物を自己の分身として生き抜くことが、短い人生を永遠に生かすための唯一の方法というふうに思われた筈である」[15]と、福永は当時の心境を顧みる。「すべての人物を自己の分身として生き抜く」というのは、翻っていえば、すべての人物に自己を投影するということである。複数の視点人物の一人一人に自己の痕跡を刻み付け、自己のエッセンスを投入することで、立体的な自画像を浮び上らせる。死の恐怖から逃れるためだけでなく、今現在生きていること、生きてきたことを証明するために書く。人間関係が複雑に入り組んだ小説を書くことで、作中人物の複数の物語のなかに、濃密に自らの生の痕跡を残そうとした。

要するに、『独身者』の執筆は、こうした、生きることと書くことが不可分な有り様に裏打ちされていた。もちろん、どういう状況にあってもいかなる時代にあっても、人間は、観念的には絶えず死を突きつけられた存在である。また、死はそれがどういう形で訪れるにせよ、結局のところ不条理なものでしかありえない。しかし、少なくとも、『独身者』執筆当時の福永にとって、死は観念ではなく現実として迫っていた。不条理にあまりに不条理に若い命が奪われていく時代のなかで、死の足音を聞いていた青年にとっては、生きることと書くことがリアルに直結していた。生のぎりぎりの局面のなかで、作家を志す青年として一人の人間として、汲み取れるものは汲みつくすという意図があったからこそ、大河小説が構想されたのではなかろうか。そのように考えれば、『独身者』という小説は、危機的な状況のなかで、「生きること」すなわち人間福永のありようと、文学すなわち小説家福永のありようとの融合点が、突き詰められ露呈している創作物と見なすことができる。

「純粋な記憶」というモティーフが現れるのは、こうした創作物においてである。この最初にして最後の小説としての覚悟が投影していたと思われる作品のなかに生じたということは、「純粋な記憶」もまた知識人青年の単なる技法上の関心ではなく、「生きること」と「死ぬこと」と密接に関わる根源的なモティーフとして出現したものと言えるだろう。「純粋な記憶」に類する「純粋記憶」をテーマとする『幼年』は、このように出発点において、生きることと書くことが交差した状況にあって強く求められたものであったがゆえに、福永は二〇年間もあきらめることができなかったのかもしれない。また一方では、このように人間福永の本質的なありようと切り離せないところから出発しているモティーフであるからこそ、福永自身の心理的バリアの超克なしには、完成させることができなかったのではないかと思われる。尚、この心理的な問題については、その超克とともに、本書の第四章で詳述する。

第二節　「純粋な記憶」――「純粋記憶」の原型

　では、『独身者』に見られるプランについて検証しよう。まず、その計画を本文に即して要約すると、以下のようになる。「僕」は幼年時代について、人から聞いたことなどの外的事実の記述ではなく、自らの記憶力に頼った内的記憶の再現として描くことを目指している。本章の「はじめに」に引用したように、「小さい時の記憶を、ただ記憶力だけに頼って正確に recréer（再創造）するということは、まず考えられない」と認識する一方で、その不可能な記憶を「夾雑物のない、謂わば純粋な記憶」という創作上のモティーフとして取り出し定着することを目指すのである。

　こうした計画を具体化するに当たって、「僕」が考えているのは、思い出した内容よりも思い出している状況の描写に重点を置いていくという方法である。「僕」は次のように言う。

> そうした遠い過去にとって、追憶の契機、追憶への出発が、過去の鍵を開く重要な因子である。僕にとってはどういうことを思い出したかよりも、どういうふうにして思い出したかの方が遥かに興味がある。文学的な野心は、謂わば思い出しかたの如何に懸っているとも云えるだろう[16]。

ここに現れているのは、追憶に当たって追憶される過去だけでなく、追憶している現在にも着目して書くという発想である。つまり、過去の出来事だけでなく、現在において思い出す主体の精神も含めて追憶を描き取る。さらに言えば、幼年時代を「過去」の側にではなく、「現在」の側に引き付けて記述しようという認識である。こういう認識から、東西の幼年物の方法論を展開した上で、特にプルーストの『失われた時を求めて』*A la recherche du temps perdu*（1913–1927）の追憶の描写に関心を寄せている。しかし、そうした方法で小説世界を立ち上げていくに当たって、問題が少なくとも二つあるという。

一つは、「現在と過去との量の比例の問題」[17]である。想起の状況を描写する際に、どの程度「現在」を描写するかということである。「現在の状態が分らなければ、徒らに過去に出発したとしても、それは作者の愛惜する幼年時代の尊さを読者にまで肯定させてはくれないだろう。しかし、そうかと云って現在を詳しく述べ始めたなら、僕の考えているような純粋な幼年時代というものは不可能になるだろう」[18]。「僕」は、右のような葛藤を抱えている。「どういうふうにして思い出したか」ということを描くためには、「思い出す」という現象が起こる「現在」の状況が問題になってくる。つまり、「現在」のどういう状況のなかでどのような過去が立ち現れるのかということを書くことで、その過去の持つ意味が示されるとともに「現在」の確認となる。「現在」における「記憶」としての「幼年」を書こうとしているこの『独身者』の視点では、これは極めて重要なことである。それゆえ、当然、追憶者の現在の出来事や意識をテキストとして記述する必要があるが、「現在」の記述が多すぎては、幼年時代の純粋な印象からは遠ざかってしまう。要するに、その按配が難しいのである。

いま一つは、「嘘の量」[19]の問題である。過去の表象に当たって、小説としての虚構をどの程度持ち込んでもいいのかという迷いが生じている。

しかし問題が自分自身の幼年時代であり、それを殊更に美しくも醜くもしないで、純粋な記憶として取上げようとする時、一体どの程度に déformer（変形）したらいいのだろうか。つまりどの程度に、作者は小説家としての嘘を過去の生活の描写に持ち込むことが許されるのか。現在の生活の描写にはどんなに嘘が入ってもいい、しかし幼年時代は、これは、かけがえのない貴重なものだ[20]。

過去が自らの幼年時代という、「かけがえのない貴重なもの」だけに、それ自体の虚構について慎重になってしまう。「純粋な記憶」を小説世界に定着する方法として、理論的には何らかの「虚構」は必然だと認めつつも、もともとの素材が自らの過去であるだけに、現実の体験と小説の世界との微妙なずれがうまく掴みきれない。ここには、小説理論に小説家の認識が追いつかず、いざ書き出すに当たっての具体的な「虚構」の方法が定まらないという迷いのようなものがある。

以上が、『独身者』の「純粋な記憶」をめぐる構想のアウトラインである。ここで現れたような、幼年時代の回想において追憶者の「現在」を重視していく方法や、自分自身だけで覚えていることを重視していくという方向性は、『独身者』が執筆される数年前に出た堀辰雄の『幼年時代』（一九四二）との構想上の共通性が見出されるものであり、本書第一章の冒頭（三四頁）でも触れたように先行研究での言及もある。例えば、それは堀の『幼年時代』の次のような執筆意図に触発されたものと考えられる。

私は自分の幼年時代の思ひ出の中から、これまで何度も何度もそれを思ひ出したおかげで、いつか自分の現在の気もちと綯《な》ひ交《ま》ぜになつてしまつてゐるやうなものばかりを主として、書いてゆくつもりだ。そして私はそれらの幼年時代のすべてを、単なるなつかしい思ひ出としては取り扱ふまい。まあ言つて見れば、私はそこに自分の人生の本質のやうなものを見出したい21。

『幼年時代』は、ここに語られたような「幼年時代の思ひ出」のうち「現在の気もちと綯《な》ひ交《ま》ぜになつてしまつてゐるやうなもの」の定着という意図のもとに、堀辰雄が自らの幼年時代と少年時代を題材に書いた小説である。右に確認した『独身者』の「純粋な記憶」というモティーフは、個人の自発性のみに頼った幼年時代の記憶の再現という点で、この『幼年時代』と問題意識を共有している。堀辰雄の弟子でもあった福永は、角川文庫版の解説や堀辰雄全集の解説などで『幼年時代』のこうした執筆意図に繰り返し言及し、晩年には『内的独白――堀辰雄の父、その他――』というエッセイのなかでも詳しく論じている。また、それらの文章のなかで堀が定着しようとしていたものを説明するに際して、「純粋記憶」という言葉を使っていることから考えても、堀辰雄の『幼年時代』と問題意識を共有したモティーフであることは疑いない。

ところが、第一章でも見てきたように、福永には創作の出発点において明確な幼年喪失の自覚があり、その認識をテーマとして深めていったところに、追憶の形象化の意思が芽生えた。おそらく、堀の『幼年時代』の意図に共鳴し、それが作品化の意識として有機的に取り込まれたのは、そもそもこうした内発的な動機があったがゆえのことと考えられる。しかし、福永にとっての「幼年」はまさしくそうした喪失の認識から出発していたがゆえに、福永は追憶の闇を抱えていた。堀に触発されて、「夾雑物のない、謂わば純粋な記憶」というモティーフを着想したものの、そういう構想に基づいた場合、福永には幼年時代について具体的に思い出せることはほとんどなく、わずかに漠とした雰囲気を覚えるだけであった。つまり、堀のように「これまで何度も何度もそれを思ひ出したおかげで、いつか自分

かったのである。

の現在の気もちと綯ひ交《なま》ぜになつてしまつてゐるやうなもの」というような余裕をもって語れるようなイメージはな

このことは、現実的に福永が個人的な事情から幼年の追憶のよすがを失っていることと無関係ではないだろう22。また、そもそも幼年という時間が、物心つく前のものであることから、記憶もまた無意識的領域に属しているために形象化しにくい（まとまった出来事として語りえない）ものであるということも、理由の一つだろう。さらに、詩作を通して福永が、既に創作者としての「闇」の自覚を強めていたこともある。しかし、このような事情は福永だけに限ったことでもないので、ここまで明確な喪失感を持っているということは、結局のところは福永の気質、言い換えれば文学的スタンスの問題であるというほうがよいかもしれない。つまり、福永にとって「幼年」というものが現実として失われているかということより、失われているものとして認識されているという気質の問題ということである。いずれにせよ、方法的には、実在の記憶として語りえるイメージがほとんどない「幼年」をどのように言葉の世界で再創造するかということが課題となったと思われる。

おそらく、堀辰雄やプルーストと出発点が分かれるのはこの点においてである。個人の内的記憶に忠実に幼年の再現を目指すという方向性は同じであるが、例えば堀やプルーストに当たっては、例えそれがわずかではあっても、或る程度の具体像を伴って想起できる「幼年」の出来事やイメージがある。あるいはそういうものとして認識された「幼年」がある。そして、そこにおける「虚構」は、それをさらに豊かなものにするために補うものである。これに対し、福永の場合は、根本的に漠としたものとしてしか実在しない幼年の記憶になんらかの具体像を与えるという段階において、「虚構」の助けが必要となってくるのである。つまり、この最初の具体的イメージをどのようにして構築するかということが、堀やプルーストを読み込んでもなお、福永に残された問題と考えられる。そして、そういうところから「純粋記憶」の描写の方法を確定する必要があった。

既に『独身者』において、具体的なモティーフとそれに対するかなり練りこんだ問題意識があったにもかかわらず、『幼年』執筆が難航した一因は、特にこの最初の「虚構」、追憶の出発における「虚構」の難しさにあったと思われる。明確な幼年喪失から出発した福永の幼年追憶においては、実質的には、思い出すということが創り出すということと限りなく近くならざるをえなかった。しかし、イメージは形成しないまでも漠としたものはあるわけなので、記憶を創り出すということには抵抗があった。そういう迷いのなかで、幼年時代を書くということは、福永にとって困難な主題であったようである。逆に、ここで提示された追憶の出発点における「虚構」の問題を解決することが、「純粋記憶」というモティーフを定着し『幼年』を完成に導いた鍵となったと考えることもできるだろう。

そして、ここで少し予告するならば、この最初のイメージを構築するための基盤となるべき、ほとんど失われた記憶の把握について最終的な手がかりを与えたのが、『ボードレールの世界』や「詩人としてのボードレール」などの評論で福永が注目していたボードレールの「万物照応」の理論ではないかと考えられる。言葉によって「幼年」のイメージを創り出していく方法として既に準備されていたいくつかの構想に、最終的にボードレールの理論を取り込んだことが、『幼年』を完成させる重要な要因となりえたのではないかと推察できる。では、ここで福永が提示した「純粋な記憶」の具体化に当たって、福永はなぜ最終的にボードレールの方法に近づいていくことになったのだろうか。その背景の一つとして、ここでは、ボードレールにおける「幼年」というものと、この『独身者』の構想が持ち得る接点に触れておきたい。

第三節　「幼年」と創造――ボードレールの幼年観との接点

ボードレールとの接点が見出されるのは、大人の意識において取り戻される「幼年」ということに着目している点である。『独身者』の「純粋な記憶」というモティーフにおいて構想される「幼年」は、過去の出来事としての「幼年」ではなく、現在との関わりのなかで思い出される「幼年」である。しかも、「どういうふうにして思い出したか」ということに重点を置くその認識は、必然的に追憶者の現在の精神を書き取ろうとする動きに連なってくる。そして、ここで「純粋な記憶」の描写によってなされようとしていることは、ボードレールが創造行為に関して行った次のような定義と似通ってくる。

> 子供はすべてを新しさのうちに見る。子供はいつも酔っている。形や色をむさぼり吸い込む子どもの喜びほどには、霊感といわれるものに似たものはない。私は敢えてもっと遠くまで論を進めるとしよう。霊感は充血と何らかの関係があり、あらゆる崇高な思考には、強度の差こそあれ、脳髄の中まで響き渡る神経の振動が必ず伴うものであると、私は断言する。天才を持つ大人の神経は頑丈であり、子供の神経は弱い。前者にあっては、理性がかなりの場所を占めるようになっている。後者にあっては、感受性が存在のほとんどすべてを占めている。しかし天才とは、意のままに再び見出された幼年期、今や、自らを表現するために、成年の諸器官を与えられ、無意志的に集積された材料の総体に秩序をつけることを可能にしてくれる分析的精神を与えられた、幼年期に他ならない[23]。

これは、ボードレールが当代の画家コンスタンタン・ギース Constantin Guys について論じた「現代生活の画家」"Le Peintre de la vie moderne"(1863) という美術批評のなかの第三章「世界人、群集であり子供である芸術家」"L'Artiste,

Homme du monde, Homme des foules et enfant"からの引用である。ボードレールの美術批評のなかでも、彼自身の芸術観が明確に現れた箇所として重要視されているものである。

ここで、ボードレールは、成人が「幼年期」、言い換えれば「色彩や形態をむさぼり吸い込む子供」であった頃の「感受性」を想起することを、芸術家の創造に深く関わる精神の働きと認識している。子供は「感受性」を持っているがそれを表現するための「分析的精神」を持たない。一方で大人は「理性」によって表現をすることはできるが、子供の「感受性」を失っている。天才とはこの子供の「感受性」と大人の「分析的精神」を合わせ持つ者のことであり、それを可能にすることが創造行為である。つまり、大人が「幼年期」の「感受性」を取り戻すということが、芸術家としての理想的な条件であるという考え方が、ボードレールの幼年観としてある。そして、ここで重要なのは、過去の出来事としての「幼年」ではなく、大人の現在の精神のなかに出現する「幼年」である。言い換えれば、ボードレールの幼年観において問題になるのは、「現在」における「幼年」である。

尚、「美学的理論としての「照応」とは、麻薬あるいは動物磁気（中略）の力を借りるにせよ意志の力のみに頼るにせよ、幼年期あるいは思春期に感受性が享受したのと同じ状態を作り出し表現するための芸術的方法を裏付けるものである」[24]と阿部良雄が指摘するように、ボードレールにおいて、「万物照応」の理論とは、創造行為によってこの「幼年期」の感受性を再現するための方法を示唆するものである。

『独身者』に現れた「純粋な記憶」というモティーフを定着するに当たって、幼年喪失を自覚している福永にとっては、自身のなかに記憶として残っている「幼年」の具体的なイメージを写し取ることではなく、ほとんど最初から具体的なイメージを創造することによってそれを実現しなくてはならなかった。失った「幼年」を取り戻したい、それに確実に具体的なイメージとして捉えたいという問題意識を強く持っていた福永が、大人が「幼年期」の「感受性」を再現することと芸術創造の本質とを近いところに捉えたボードレールの幼年観、芸術観に共鳴していくのは自然であろう。また、このように考えていくと、幼年喪失を自覚している福永が「純粋な記憶」という失われた「幼年」の再現を目指すモティーフを構想した時点で、既にボードレールの「再び見出された幼年期」という「現在」に重点をおいた幼年観への接近は準備されていたと言える。そして、自らの「幼年」に形を与えていく方法として、その「幼年期」の再現に関わる方法論である「万物照応」の理論に、最終的な方法的根拠を探ることになるというのも不自然ではなく、このような幼年観の共有もまた、やがて『幼年』の記憶描写において「万物照応」の理論を受容していくための一つの背景と成り得たと推察できる。

ただし、ボードレールの「再び見出された幼年期」の意図する「幼年」は創造の根幹にある原理を示唆するものであり、これに対して『独身者』の「純粋な記憶」や『幼年』の「純粋記憶」の意図する「幼年」は、最終的には自らの記憶の定着という具体的なモティーフに結実していくものである。それゆえに、これらが全体として重なるわけではない。また、モティーフ着想の時点で、福永が意識的にボードレールのこの幼年観を土台にしていたかどうかも判定しがたいので、既にモティーフの着想段階からボードレールに意識的であったと結論づけることはできない。ただ、ボードレールの文学批評の一つ『人工楽園』*Les Paradis artificiels* (1860) のなかの「阿片吸飲者」"Un mangeur d'Opium" の第六章「子どもである天才」"Le Génie Enfant" にもこれとほとんど同じ趣旨の文章が出てくること25と、この「阿片吸飲者」は福永が大学時代に渡辺一夫を手伝って翻訳を行ったものであることを重ね合せると26、あるいは、モティーフの着想に、ボードレールの幼年観を意識したところが全くなかったとも言い切れない。つまり、「幼年」の形象を単純な過去の時間としての「幼年」ではなく、成人の「記憶」という現在の時間のなかに構築されるものとして見出していこうとした背景には、ボードレールの幼年観にあるような現在における「幼年」の定着を芸術家の姿勢として重視する視点が、明確に自覚されないまでも、どこかに引っかかっていたかもしれないのである。

尚、最終的には福永は、『幼年』執筆の少し前に、ボードレールの持っていたような「幼年」と芸術創造との関係を、自らも理論的に整理している。

> 幼年時代から少年時代にかけて、人はその魂を決定する。魂とは無意識の綜合であり、人が柔軟で新鮮な感受性に従って、経験したものの真の意味をいまだそれと暁《さと》ることなく、一つまた一つと蓄積して行った結果である。そこには幼い願望と先入見のない美、つまり人間の根源的な夢が眠っている。しかし重要なことは、あなたがそれをそのままの形で見ることの出来ない点にある。それは既に失われた過去の時間であり、あなたは今では、ただこの少年時代の夢の影を追っているにすぎない。即ち魂の最も純粋な部分、謂わば魂の原型といったものを、人は記憶という一種の破壊作用の浸蝕を受けないでは、追体験することが出来ない。少年時代はどんなにか悲しく美しかったことだろう。それは思い出のヴェールを透して、向う側に霞んで見えるだけである。そのなまなましい真実を、そっくり、大人である現在の時間まで持ち越し、少年の魂を現在の魂として尚も失っていないような人は、殆ど稀である。ただ藝術家の場合には、ゲーテのように、「美しい魂の告白」を書くことが出来る[27]。

一九六二（昭和三七）年五月号から一九六四（昭和三九）年二月号まで全二二回にわたって『芸術生活』に連載された「藝術の慰め」という美術評論のなかで、福永武彦は、右のように、「大人である現在の時間」において「少年の魂」を再現すること、すなわち大人の「現在」における「幼年」の再現を芸術家の条件とするような幼年観を呈している。第四回（一九六二年八月号）においてマルク・シャガールの「田舎の風景」を語る際に持ち出したこの説明は、そのまま福永自身の幼年観と考えてよいだろう。

ここで見る限り、最終的にこの時期には、福永にとって「幼年」の再現は、明確に「現在」という時間に引き寄せられた主題として意識化されていた。つまり、ここでは、失われた「幼年」の形象化が、自分自身のなかにある幼年時代という失われた過去の時間を純粋な形で取り戻すという「過去」の再創造というよりは、「現在」において残存している「少年の魂」、そういう「魂」と同質の「現在」の感性の具象化という「現在」の表象として、はっきりと意識されている。こうした意味において、『独身者』の「純粋な記憶」という構想は、過去ではなく「現在」における「幼年」、すなわち追憶者の「現在」における「記憶」としての「幼年」を重視する方向性においてボードレールとの接点を含みうるものであったと言えるだろうし、そこに原型を持つ「純粋記憶」もまたそのような方向性を有したモティーフとして発展したと考えられる。そして、右のように『幼年』執筆の前に、このような方向性の共有が福永自身のなかで理論的に整理されていたこともまた、『幼年』の記憶描写の方法論において、ボードレールを意識し「万物照応」の理論を意識するための、直接的とは言えないまでも一つの背景として意味を持ったと思われる。

こうしてみると、福永は既に、詩作や『独身者』執筆の段階で、幼年の記憶を、イメージとして取り戻したり、クロノロジカルな物語に混ぜ込もうとしたりしていた。しかし、「マチネ」は挫折し、『独身者』も未完に終わってしまう。「マチネ」の挫折は、日本語で定型押韻詩を書くということの困難（技術としても文化的な土壌としても）を露呈し、詩的イメージを日本語で定着するための新たな方法論を摸索することを要求したはずだ。また、大河小説の頓挫は、自らが持続することのできる小説の長さについての内省を、小説家に促したはずである。そしてこのことは、その後の半生のほとんどを苦しめることになる結核や胃病、そしてそこから起こる精神の衰弱といった病歴も絡んで、福永の小説の形式や方向性を規定することになる。

一見すると、この若い頃の失敗は、詩人あるいは小説家としての福永の選択肢を狭めてしまったかのようである。

しかし、福永とボードレールの関係という点においては、その位置を確定し、また深めることにもなった。なぜならば、このことにより福永は、完成したボードレールの詩の形式、あるいはその系譜上にある二〇世紀小説の表層的な形式を模倣することだけでなく、小説家として、より思想的、哲学的なレベルにおいて、ボードレールの世界観をも共有することを摸索することになっていくからである。そして、それこそが、ボードレールが目指したような象徴的なイメージの宇宙を、日本語という自らの言葉で創り上げることの長い方法的探求の出発点でもあったのだ。

おわりに

『独身者』の構想において最も重要なのは、「どういうことを思い出したかよりも、どういうふうにして思い出したか」という方向性である。「幼年」の記憶に関して、その内容よりもそれが再現される過程に着目しているということが、福永の記憶観の根幹にある考え方である。「記憶」を問題にするとき、重要なのは、過去ではなく「記憶」という現象そのもの、言い換えれば「記憶」という現象に立ち会っている現在のほうであると言えよう。つまり、福永が「幼年」を問題にするのは、遠い過去に何があったかというよりも、その遠い過去が現在においてどのように残っているのか、あるいは現在においてどのように立ち現れてくるのかということである。

結局、『独身者』は中断し、小説家「英二」のプランはすぐには具体化するに到らなかった。しかし、この小説を経由したことによって、詩において生じていた「幼年」の形象化という問題意識は、大人のなかに現存する幼年の記憶を定着するというモティーフの誕生へとつながった。しかし、そのモティーフが最初に突き当たったのは「闇」のイメージであった。福永自身も病のために、一〇年近く死の淵を彷徨うことになる。

註

1 「「独身者」後記」、全集一五巻、三〇四頁。

2 一九四四年の秋に中断してからは保留となっていたようだが、「それを完全な失敗作と極め込んで、まだしも「風土」の方に希望をつないでいた」(「「独身者」後記」、全集一五巻、三〇六頁)そうである。その後、一九五一年の『風土』の完成(刊行は翌年)に及んで、いよいよ本格的に中断したようである。

3 全集一二巻、一〇二頁。

4 全集一二巻、一〇二頁、訳註筆者。

5 全集七巻、三三五頁。

6 「「独身者」後記」、全集一五巻、三〇六頁。

7 章毎に視点人物を変えるという方法は、その後も、長編において福永が好んで用いているものである。

8 菅野昭正・福永武彦対談「小説の発想と定着 福永武彦に聞く」(『国文学 解釈と教材の研究』一九七二年一一月号)において、『独身者』執筆の背景を福永自らが語っている(二五—二七頁参照)。

9 「「風土」初版後記」、全集一巻、四九一頁。

10 「「風土」初版後記」、全集一巻、四九一頁。

11 初出誌は『世代』であり、その表題は〈CAMERA EYES〉。〈時間〉、〈空間〉、〈焦点〉の三つの欄を三人が毎回交替で執筆した。小久保実「解説——「マチネ・ポエティク」の運動」(『「方舟」復刻版 別冊』、一九八一年)の述べるところでは、このエッセイが最初に発表されたときの執筆者が「マチネ・ポエティク」とされており、これが「マチネ・ポエティク」の存在が公になった初めであるという。

12 全集一七巻、一四八頁。

13 「「独身者」後記」、全集一五巻、三〇五―三〇六頁。
14 この経緯は、「詩集に添えて（「福永武彦詩集」後記）」に詳しい（全一三巻、四六八―四六九頁参照）。
15 「「独身者」後記」、全集一五巻、三〇六頁。
16 全集一二巻、一〇三頁。
17 全集一二巻、一〇五頁。
18 全集一二巻、一〇三頁。
19 全集一二巻、一〇五頁。
20 全集一二巻、一〇五頁、訳註筆者。
21 『堀辰雄全集』第三巻、新潮社、一九五四年、五〇頁。
22 七歳で母親と死別、その後まもなく父親とともに上京したが、父親は仕事で不在がち、早くから寮生活を送っている。幼年時代のほとんどを占める両親や家族との思い出を意識的な記憶として定着できる頃に、その家族との対話ができない状況にあったことは、福永が幼年の記憶を意識として定着させることができなかった要因の一つではあっただろう。首藤基澄は『福永武彦・魂の音楽』（おうふう、一九九六年）のなかで、福永の出生の問題に言及し、その問題が母親の死後に父子関係に及ぼした作用と、『幼年』の作品生成との関係性にも触れている。「平凡な夫婦にも子供にはわからない事情が隠されていることがあるが、福永は母の死によって甘える対象を失い、さらに記憶が闇に侵され、魂の避難所をも喪失していったのである。そこで、福永は就眠儀式から始め、記憶の迷路をたどりながら、「自分の人生の本質」（堀辰雄『幼年時代』）を探りあてようとし、ひたすら母を追い求めたのであった」（五八頁）と、幼年喪失についての生育環境との関係を示唆している。尚、福永の出生の問題については第四章で再度触れるのでここでは詳述しない。
23 PL 2, p.690.
24 筑摩書房版『ボードレール全集』第一巻、阿部良雄訳註、一九八三年、四七二頁。
25 「子供の、そういった小さな悲しみ、そういった小さな楽しみが、繊細な感受性によって途方もなく拡大されて、もっと後に、成年に達した人間の中で、本人は知らぬうちにであろうと、一個の芸術作品の根源となるのだ。つまり、より簡潔に言うならば、成熟した芸術家の作品と、その芸術家が子供であった頃の魂の状態とを、哲学的に比較することによって、天才とは、今や己を表現するために成年の強力な諸器官をもつようになり、明確な形をとって表された幼年期に他ならないことを、容易に証明できるのではないだろうか」("Un Mangeur d'Opium", PL 1, p.498.)。

26 本書の序章の註43にも引用した渡辺一夫の断りによると、福永たちが手伝ったのは、後半部分であるという。本章の註25に引用した箇所は全九章からなる「阿片吸飲者」の第六章で、後ろから三分の一くらいの箇所に記載されている。どの程度着目したかは別として、福永はこのくだりを読んでいた、あるいは訳していた可能性は高い。

27 全集二〇巻、三八―三九頁。

第三章　小説「冥府」における「幼年」

――「暗黒意識」から「純粋記憶」へ

はじめに

「戦争が終って私と同世代の連中がぞくぞくと目覚ましい作品を発表しつつあった間に、私は帯広や清瀬でひっそりと息をしながら、再起できるかどうかを自分に問いつづけていた」[1]と、全集二巻の「序」で福永は回想する。まもなく終戦という一九四五（昭和二〇）年の春、福永は急性肋膜炎を発症する。戦後の混乱のなかで住所を転々とする間にも病は再発し、その都度帯広や上田の療養所で短期療養した。やがて病状は命にかかわるまでに悪化し[2]、一九四七（昭和二二）年の秋に清瀬の東京療養所に入院、それから一九五三（昭和二八）年の春まで長期の結核療養を強いられることになる。肉体的にも精神的にもぎりぎりの八年が過ぎていく。

長期の療養を終え、ようやく社会復帰した福永は、一九五三（昭和二八）年に長編『草の花』を書き下ろし（刊行は翌年）、翌年の一九五四（昭和二九）年には、「冥府」を『群像』四月号と七月号に連載する。まもなくこの「冥府」は、療養中に構想あるいは執筆された短編「河」（一九四八）、「水中花」（一九五四）、「時計」（一九五三）、「遠方のパトス」（一九五三）とともに、短編集『塔』（一九四八）に続く第二短編集『冥府』（一九五四）としてまとめられる。さらにその後、「深淵」（一九五四）と「夜の時間」（一九五五）の完成に及んでは「夜の三部作」という連作となる。短編集の作品にしろ「夜の三部作」にしろ、この時期に書かれた福永の作品では、過去が救いがたく作中人物の運命を徴付ける傾向が強い。記憶はここでは、こうした過去の重苦しさを現在において実証するものとして作中人物を苦しめる。これには、この時期の作品の多くが、結核で死の淵を彷徨っていたなかで準備されたものであるということも、少なからず反映しているかもしれない[3]。

小説「冥府」執筆について、「人間を内面から動かしている眼に見えない悪意のようなもの、私は作中人物の口を藉りて（ママ）それを暗黒意識と呼んだが、そのような無意識それ自体を幻覚化して抽象的な形で書いてみたいと思った」[4]と福永は述懐する。この時期の福永作品を象徴的に示すのが、「冥府」執筆において自覚された、この「暗黒意識」というモティーフである。

「暗黒意識」というモティーフは、しばしば「純粋記憶」というモティーフ（あるいは「幼年」）との関係が指摘されてきたものである。清水徹は、「《死》を孕んだもの、暗黒を底にひめたものとしてしか、福永はアルカディアを想うことができない」と述べ、「純粋記憶」と「暗黒意識」とを不可分のものと捉えた[5]。山田兼士は、小説「冥府」の一場面の情景から、この小説において、前世の記憶を辿ることを強いられ「暗黒意識」に押しつぶされそうな作中人物「僕」が唯一希望を見出すのは、幼い日の恋の記憶に触れた瞬間であると指摘する[6]。つまり、この「暗黒意識」の小説において、「幼年」は重苦しい「暗黒意識」に呪縛される現在に抗うわずかな光として位置づけられる。これは後に小説『幼年』において、「純粋記憶」というモティーフの描写において、記憶の闇を描くことによって初めてその存在が明確になるという輪郭に通っている。

後に『幼年』の「純粋記憶」のイメージを形成するときに、こうした「暗黒意識」と相補的なものとして捉えるような「幼年」とのイメージの重ね合せが、福永自身にもあったのではないかというのが、本書の見解である。「冥府」という小説の「暗黒意識」の描写のなかに「幼年」はどのように描かれているのか。またそれは、小説『幼年』の「純粋記憶」とどういう点で似通っているのかを、テキストに即して分析することで、「純粋記憶」というモティーフ生成の一過程としてこの小説を位置づけたい。尚、この小説は、タイトルにも窺えるように（詳しくは本章の第一節で後述）、随所にボードレールとの接点が見出されるものである。ゆえに、「冥府」における「暗黒意識」を読み解くに当たって、ここではまずボードレールとの接点から始める。そして、そこに見出される「暗黒意識」とボードレールの〈憂愁〉というテーマの関わりが、小説「冥府」における「幼年」の形象にどのように関係し、それは後の「純粋記憶」の表象においていかなる意味を持ったのかということを探りたい。

第一節　福永武彦における〈冥府〉——ボードレールとの接点

「冥府」は、既にタイトルからボードレールとの接点を匂わせた小説である。〈冥府〉（福永の小説のタイトルとの混同を避けるため、以後、用語としての冥府はこのように表記する）は、『悪の華』の原型となった一一篇の詩篇に対してボードレールが与えた総題 *Les Limbes* [7] の訳語として、福永が用いていた言葉である[8]。また、単に訳語として使っただけではなく、戦後まもなく書いた評論『ボードレールの世界』（一九四七）のなかでは、「冥府こそは、ボードレールの苦しい内面の旅の、出発点であったと共に最後にまた彼の戻って行った故郷に他ならなかった」[9]と述べ、ボードレールを読み解くキーワードとして、〈冥府〉を重要視してもいる。

このように、*Les Limbes* を〈冥府〉と訳出し、しかもそれをボードレール読解において重要視していた他ならぬ福永が、「冥府」というタイトルで小説を書いた以上、このボードレールの〈冥府〉（*Les Limbes*）を意識していなかったとは考えにくい。仮に明確な意識がなかったとしても、タイトルを共有したことで、作品全体の方向性が、ボードレールの〈冥府〉的なものに確定されることになったとも考えられる。いずれにせよ、福永が「冥府」の小説世界を構築するに当たって、ボードレールとの何らかのインスピレーションの共有があったと考えるのは自然な流れであろう。

では、どのようなインスピレーションの共有があるのか。まずは、ボードレールの〈冥府〉の概念について福永がどういう認識を持っていたのかを、評論を手がかりに確認していこう。例えば、評論「詩人としてのボードレール」(一九六三)のなかで福永は、〈冥府〉という語を次のように説明している。

『冥府』とは、クレペに拠れば、天国と地獄との境にある不確かな地帯、エデンに入ることを許されなかった人たちが、ただそれを眺めるのみで永遠に待ち望んでいる場所であり、チボーデに拠れば、天国地獄煉獄以外の第四の状態を指し、いずれにしても洗礼を受けなかった子供や、行いの正しかった異教徒や、キリスト生誕以前の義人などが住む。ポオのアル・アーラーフという、マホメット教的な、地獄には善良すぎ天国には適しない人たちの住むという場所も、これに似通っている。しかし一八四八年当時には、この言葉には政治的色彩があって、社会主義者が社会の神学的、形而上学的状態を示す時に使用していたし、『一八四八年の出版界』という小冊子の中で、一批評家は、「『冥府』。この本はきっと社会主義的な詩集に違いない。」と言った。

ボードレールの『冥府』は社会主義的と言ったものでは勿論ないが、しかし彼の内部の神学的、形而上学的状態を示していることは明かである10。

ここの説明にあるように、辞書的な意味での〈冥府〉とは、神学的解釈における死後の世界の場所の一つを意味する言葉である。また、ボードレールが冥府詩篇を書いた当時には、「社会の神学的、形而上学的状態」を表す言葉として、社会主義者の間で比喩的に用いられていた。このようにボードレールの時代における〈冥府〉という語の一般的な解釈を示した上で、福永はそれがボードレールにとっては「彼の内部の神学的、形而上学的状態を示している」と続ける。すなわち、ボードレールは〈冥府〉という語を、精神のある状態を表すための比喩として用いている、と福永は解釈している。そして、その「状態」については、次のように説明する。

それは一つの魂の状態である。そしてまた、詩人によって眺められた現世である。ここで問題なのはそれが地獄、即ち死後の世界を意味するのではなく、死を内に孕んでいる現世、人がそこに生き、理想に憧れながらも泥にまみれて暮して行かなければならない、この有限の時間の範囲を指していることである。「死」は慰めるものであり待ち望むものではあるが、詩人はそのような死に向って脱出することは出来ない。況や天上の世界へと飛び立つことは出来る筈もない。（ただ愛しあう二人が死んだ場合をのぞいて。）魂は「一つの墓場」であり、その魂が住むのは「暗愁の世界」である。そこでは魂と世界とが憂愁によって一つになる11。

福永はボードレールの〈冥府〉とは、「詩人によって眺められた現世」、ボードレールのヴィジョンに映し出された現実の世界であると認識している。そして、そのヴィジョンを支えているのは、「死を内に孕んでいる現世」という言葉が示す通り、「死」の自覚に裏打ちされて現実を切り取る視点である。それは、「生」の有限性に真の意味で気づいてしまった者が、来るべき「死」から逆説的に現在の実存を割り出す現実認識である。要するに〈冥府〉は、その視点によって世界を眺めたとき、「死に向って脱出することは出来ない。況や天上の世界へ飛び立つことは出来る筈もない」といった不確さを抱えているような実存を表しているとも言える。いわば、福永はボードレールの〈冥府〉を一つの現実認識に映し出された心象世界として解釈している。そして、その〈冥府〉という世界と深い関わりを持つものとして〈憂愁〉という言葉を提示する。

一八五一年の『冥府』十一篇は、そのうちの三篇までが、『憂愁』と題されていた。しかしその他の詩もすべて、同じような魂の状態を示すものである[12]。

このように、福永は〈憂愁〉とは〈冥府〉という世界の基盤になっている「魂の状態」と定義し、〈冥府〉と〈憂愁〉のイメージをほとんど重なるものと見ている。この見方は既に初期の評論『ボードレールの世界』においても現れるもので、「そしてこの冥府での精神生活を最も端的にしるしづけるもの、それはボードレールが自ら選択し、これに独創に近い意味を与えた言葉、憂愁 Spleen に他ならない」[13]と解釈されている。つまり福永は、冥府詩篇というボードレールの『悪の華』の出発点から、ボードレールにおいて〈冥府〉と〈憂愁〉という主題は重なっているものと認識していた。しかもこの認識は、『ボードレールの世界』から「詩人としてのボードレール」まで、福永がボードレールを解釈する際に一貫した視点であった。ゆえに、福永が自らの小説「冥府」を考えたときにも、当然このボードレールの〈冥府〉とのイメージの重なりはあったはずである。

尚、一九五二(昭和二七)年の夏から秋とその翌年にかけて福永は、岩波文庫版のボードレール『パリの憂愁』(一九五七年刊行) *Le Spleen de Paris* (1869) の翻訳を進めているが[14]、この作業が「冥府」の構想時期と前後している。岩波文庫版『パリの憂愁』改訳(一九六五)に付された福永自身による「『パリの憂愁』解説的ノート」には、「前半、というよりも殆ど全部に近い分量を僕が翻訳していたのは、僕が清瀬村の療養所に病を養っていた頃」[15]との覚書がある。右に確認したように、福永はボードレールの〈冥府〉の「魂の状態」として〈憂愁〉というテーマを見ている。翻訳を進めながら認識を深めていった『パリの憂愁』における重要なテーマである〈憂愁〉の風景が、病者としての自らの内的風景に重なり、そこからそうした風景を自らの小説世界に投影させていったとしても不思議ではない。つまり、散文詩の翻訳を通して近づいた〈憂愁〉のテーマを「冥府」という小説に取り込んでいったと考えることもできる。

また、右の解釈を「冥府」執筆当事の福永の世界に照らし、この言葉をタイトルに採用した背景を割り出してみると、おそらくそこには、この頃強く意識していた「死者の眼」[16]という現実認識とのイメージの共有が考えられる。この小説の着想や準備は、「調子のいい時はベッドの上に坐り込んで蜜柑箱を改造した粗末な机で原稿を書くことも出来たが、調子が悪くなれば仰向けに寝たまま安静を続けるほかはない」[17]という、いわば死と背中合せの療養生活のなかに成ったという。こうした自らの病床生活と執筆を述懐しつつ短篇集『冥府』初版（一九五四）の「ノオト」において福永が明かしたのが、「死者の眼」という現実認識である。以下に引用する。

この作品集のどれもが、死を主題にしていることに僕は漸く気づき、いま僕は、黯然とした気持で僕の病床生活を振り返っている。現実を見る眼はさまざまある。しかし僕は、その間に、現実を死者の眼から見ることを覚えた。その視点は現実を魔術的に変貌させ、見えるものばかりでなく見えないものをも見させることが出来た[18]。

周囲に充満した死の気配と肉体の衰弱から生まれる恐怖、虚無、絶望に加えて体験の圧倒的な不在。書くという行為がほとんど不可能な生の行き詰まりのなかで意識され醸成されたとも言える[19]「死者の眼」は、死という運命を自覚した人間が「現実を見る眼」、言い換えれば死すべき存在であることを直視しつつ現在の生を見つめ直すということを文学行為の基点に据えようとする認識と言えるだろう。このように、死の側から生を逆投射するという現実認識は、福永がボードレールの〈冥府〉に読み取っている「死を内に孕んだ現世」と方向性を同じくする。こうしたテーマの共有を受けて、福永は「死者の眼」に裏づけられた自らの小説に、「冥府」というタイトルを意識的に採用したと考えられる。

「死を内に孕んだ現世」としてのボードレールの〈冥府〉に「死者の眼」という視点を通して映し出された自らの現

実を重ねつつ、そういう世界のイメージを作品において表象するに当たって、ボードレールの〈憂愁〉のイメージを意識していたというのが、小説「冥府」におけるボードレールとの接点の方向性と言えよう。「暗黒意識」というモティーフの描写にも、こうした意識の投影はおそらくあると思われるので、随時それらの関係に触れつつ、「暗黒意識」の小説において『幼年』の「純粋記憶」に通じるようなイメージが現れる過程を以下に考察してみよう。

第二節　「暗黒意識」と〈憂愁〉の風景

「冥府」の作中人物「僕」が自分について知っていることは、自分が「既に死んだ人間」[20]であるということと、「もうずっと前から歩いていた」[21]ということだけである。それ以外のことは、自分は何者でどこから来てどこにいるのか、またどこへ向かって歩いているのかも、何一つ知らないまま、「僕」はただ、ひたすら歩行を続けている。やがて「僕」は、「夢」を見ることで自分の記憶に、また「法廷」に出ることで他者の記憶に立ち会うことになる。「夢」を見ることによって「秩序」と呼ばれている現世の忘れられた自らの記憶に立ち会うことと、「法廷」と呼ばれる審判で、その一旦は忘れていたいわば覚えのない過去を理由に尋問されたり他者を尋問したりするということが、「冥府」の作中人物の「生活」の全てである。そしてこれは「法廷」で「新生」が告げられるまで、気の遠くなるほど続いていく。いわば「冥府」における「暗黒意識」とは、このように「死者」における「前世」の記憶の再現の過程として形象されている。

ここでは、「僕」を含め作中人物は皆あらかじめ記憶を失った不確かな存在である。また、ぼんやりと思い出した断片をつなぐことでしか自己を知りえない不安定な存在でもあり、ゆえに「現在」（そう言えるのなら）はほとんど薄明の意識に覆われている。しかも、そのことに慣らされている。

なぜこの街はよく知っているような気がするのに思い出せないのだろう。そういうことは夢の中ではよくあることだ。僕がこう言えば、何だこの男は夢を見ていたのか、そう人は思うだろう。違う。誰が夢のことなんか話すものか。（中略）――この街は知っているが、しかし僕がその名前を思い出せるほどには知ってはいない、と。おかしなことだ。しかし僕は格別おかしいとは思わなかった22。

このように記憶の気配を感じつつも、何も思い出せないという意識。全く思い出せないわけではないにしろ、靄《もや》のような意識に覆われてすべてが不確かな一種の雰囲気のようなものがテキストを覆っている。そして、この意識は上述の幻想的な風景に呼応しつつ、「僕」の不確かさの表象となっている。

また、記憶を取り戻そうとする過程で、「僕」はある行き先に向かって進むが、それは自らの意志というよりは何かに促されるような動きである。

僕は中からレコードの佗びしい流行歌の聞えて来る喫茶店の角を右に折れた。何かしら右に曲れと僕に命じるものがあった。それは流行歌の単調な旋律ではなかった。いわんや僕の中で目覚めようとして搖いでいる記憶ではなかった。もっと別のものだ。しかし僕はどうしてもそこで右に折れ、殆ど人けのない露地をよく識った道のように歩かなければならなかった23。

「僕」を促しているのは「流行歌」でも、「目覚めようとして搖らいでいる記憶」そのものでもない。「もっと別のもの」、命名することも説明することもできないが確実に存在している何かである。しかしそれは明示されない。抽象的なまま、ある種の力のようなものとして漂っていて、追憶の予兆のような行為や出来事にただ「僕」を誘うだけである。

そして、このように延々と歩行を続ける「僕」の見る風景は、次のような幻想的なものである。

空は一面に濁った、鉛のような色をして、雲の形はなく、空の全体が一つの雲だった。謂わば曇った日の黄昏のようだった。僕はずっと前から歩いていた。ずっと前からこの昼のものとも夜のものともつかぬ黄昏のような薄明の中を、せっせと歩いていた[24]。

空にはどんよりと重い鉛色の雲が垂れ込め、「曇った日の黄昏のよう」に、薄暗く寂しく物憂げな気配が漂う。そこには時間の進行がない。「僕が道を歩いている間じゅう、黄昏時のような薄明が、いつ終るともしれず、無限に同じ時刻を続けていたのだ」[25]、「どこにも活気のようなものはなく、大気の中の乏しい光線の中で、一切がのろのろと動いていた」[26]、というように、回転の狂ったレコードのような空虚な繰返しが、「僕」の歩行を伴奏している。そこではしばしば雨も降っている。この風景のなかを、「僕」はひたすら歩いている。しかし、行先も理由も知らない。

テキスト全体に繰り返されるこの鉛色の空の風景は「僕」の「暗黒意識」の表象となっていると思われるが、それは、ボードレールの散文詩『パリの憂愁』の一篇、「人はみな幻想《シメール》を」"Chacun sa Chimère" の次の一節を連想させる。

大きな空は鉛色に垂れ、道もなく、芝草もなく、薊《あざみ》も蕁麻《いらくさ》も生えていない埃だらけの大平原の中を、首うなだれて歩いて行く多くの人々に出会った。(中略) 僕は行人の一人を呼びとめると、こうして一体何処へ行くつもりなのかと尋ねてみた。その男は、自分も、また他の連中も、行先のことは何も知らぬ、ただ前進しようという打克ちがたい欲求に絶えず駆り立てられている以上、確かに何処へかは行きつつあるのだろうと答えた[27]。

右の二つの風景描写の類似は、福永における「暗黒意識」とボードレールの〈憂愁〉の風景との重ね合せを示唆している。両者のイメージの類似をめぐっては、既に粟津則雄や山田兼士らも指摘するところである[28]。山田兼士は、こうした摂取の背景にも言及した上で、両者の差異にも踏み込み、福永の摂取の特質について次のようにまとめている。「「人はみな幻想《シメール》を」では「私」が群集とは切り放された観照者の立場を守っているのに対し、「冥府」の「僕」がたやすく群集の一人と化してしまうのも、《憂愁》が前者においては一つの理念であるのに対して、後者においては不可避的な気質としてとらえられているためだ。いわば福永は、ボードレールが描出し探求した《憂愁》の情景の中に、己自身を投げ入れることによって、自ら《憂愁》そのものと化すことを企てたのである」[29]。つまり、右に引用したようなボードレールの〈憂愁〉の風景は、『パリの憂愁』という詩集全体、あるいは〈憂愁〉という理念との関わりから生まれるダイナミズムや多様性のなかでは〈憂愁〉という理念の一面に過ぎないが、福永の「冥府」においては、主人公の暗鬱な精神世界がその風景に同化しているというのである。例えば、山田氏はその証左として、「冥府」においては、『パリの憂愁』において、しばしば企図されているような力動性や衝動性を見出すことがないという点を挙げている[30]。言い換えれば、ボードレールにおいては、「私」は、「首うなだれて歩いて行く多くの人々」を、外から対象化する観察者であったが、ここでは、「僕」自身行人の一人となり、風景の一部に作中人物の実存が重ねられているということになる。例えば、次のようにである。

通りにはいつものように人々が黙々と歩いていた。彼等の背は屈み、彼等の脣は閉じられ、彼等の瞳は眼に見えないものを追っていた。僕もその一人だった[31]。

このように、『パリの憂愁』では〈憂愁〉の観察者「私」"je"の視点から描かれた風景が、福永の「冥府」では「僕」がその風景に内在するものとして描かれるという形で、イメージの摂取が確認でき、そこに福永における〈憂愁〉の風景が描写されている。尚、こうした〈憂愁〉の風景は「冥府」以降の福永作品にも共通していく[32]。

再び福永のテキストに戻ろう。「夢」を見ることで、「僕」は少しずつ思い出す。しかし「どの断片も惨めで、下らなく、人生の本質からは遠かった」[33]。また、ほとんど全ての審判で、他の作中人物の過去にも「新生」に値するような価値は認められず、彼らは新たな生を許されることもなく、自らの罪に怯えながら次の「法廷」を待たなければならない。このように、受動的に思い出すことで、過去を引き受けなければならない「冥府」の作中人物の状況もまた、ボードレールの散文詩草稿の次の一節から摂取したような印象がある。この一節は後の小説「世界の終り」（一九五九）では福永自らの訳でエピグラフに掲げてあるので、敢えてそこから引用する。

忘れていた過ちによる死刑宣告。恐怖の感情。僕は告発に対して文句を言わない。夢の中の説明の出来ない大きな過ち[34]。

「冥府」の作中人物が引き受けているのは、この散文詩草稿の暗示する「夢」のなかの「忘れていた過ち」に対してなす術もなく甘受するしかない底のない恐怖や罪の意識そのものである。「暗黒意識」とは、何か本質的なこと、もっといえば自分が負っているはずの何か本質的な罪を忘れているという漠然とした恐怖のようなものとすら思わせる。長田弘はそれを、「「人間を内面から動かしている眼に見えない悪意のようなもの」とは、それを逆転していえば、みずからなしたのではない行為においてさえひとはどのようにも無垢でも無実でもありえない有罪性の意識としてひとりの人間のうえにはたらくものの謂であるだろう」[35]と表すが、「冥府」の作中人物の宿命は、こうした、人間に根源的な「有罪性」を匂わすという点で、ボードレールの書かれることのなかったプランと重なっている。そして、「純粋記憶」との関係から意味づけるとすれば、そこに幼年という時間に回帰しなければならないことの、より本質的な意味が問われ始めたということになろう。

さらに、「冥府」におけるこうした〈憂愁〉の風景から発展したと思われるのは、福永が評論『ボードレールの世界』においても言及している〈冥府〉と幼年時代との関係性である。それは次のような、〈憂愁〉にまみれた現世からの逸脱としての幼年時代のイメージである。

ボードレールの旅を特徴づけるものは、このような時間への旅だった。現在の時間が耐え難く重苦しい時に、人は、人の嘗て経験し得た最も純粋な時間、――幼年時代の追憶に帰る。この思い出の中では、恰もプルーストの小説がそうであるように、時間は別の次元を流れている。人は別の生を現在の時間の中に生きている[36]。

『ボードレールの世界』の「旅」と題された第四章のなかで、福永は、右のように、ボードレールにとっての幼年時代を意味づける。「現在の時間」とは、言うまでもなく例の〈憂愁〉に閉ざされた「現在」である。そしてボードレールの詩的世界では、そのような重苦しい現実からの脱出あるいは鏡として幼年時代が志向されると、福永は読み取る。この構図は、「冥府」という小説における「暗黒意識」と幼年の記憶との構図に重なるものと思われる。重苦しい現実や「暗黒意識」は現実のほとんどを占め、現実は絶望的であるが、しかし、そういう「闇」があるからこそ、「人の嘗て経験し得た最も純粋な時間、――幼年時代の追憶」が意味を持ってくる。また、こうした時間を見出すことによって、わずかな光明が射し込むという方向性がある。その構図も含めて、「冥府」において幼年の記憶はどのように現れるのか。以下に追ってみよう。

第三節　「冥府」における幼年の記憶

思い出せない状態でひたすら続く単調な歩行と風景のなかに、やがて「僕」は少しずつ記憶を見出していく。まず、「僕」が記憶を見出す過程を引用してみよう。意志のない状態でいわば外界を眺めさせられる「僕」のなかに、一つの物質から別の物質へ、次々と記憶の想起につながるような物質が現れ、まるで一つの箱庭を創るかのように、断片的なイメージが生まれる。

自分の意識の中の大部分が霧のようなものに覆われて、その霧は少しずつ動いていたが、まだ霽《は》れはしなかった。僕は窓を明けた。僕の眼のすぐ前に銀杏の樹があり、黄ばんだ葉が二三枚、ひらひらと散った。その向うに、屋根屋根の上に、空は雲って丸い天蓋のようだった。どこからともなく、夕食の支度をする薪《たきぎ》のにおいと、御飯の焦げるようなにおいとがした。これは生活のにおいだ、と僕は思った。僕は生活を忘れていた。今迄、いつからか、せっせと道を歩きながら、僕には生活がなかったし、僕の見た人たちには生活がなかった。みんな影のようなものだった。僕は下のどこかで子供の呼んでいる声を聞いた。「お母ちゃん、御飯まだ?」それは幼い、甲高い、やさしい男の子の声だった。母親の返事は聞えて来なかった。「お母ちゃん、明日《あした》はお天気になるかしら?」

僕が思い出したのはその時だ[37]。

上のような風景の出現に続いて、「僕」は自らの死の記憶に立ち会うことになる。最初は意識の「大部分が霧のようなものに覆われて」いるが、「窓を明ける」と窓の外のいくつかの断片的な風景が「僕」の目に留まる。そして、「銀杏の樹」、「黄ばんだ葉」、「夕食の支度をする薪《たきぎ》のにおい」、「子どもの呼んでいる声」といった断片的な感覚が現れる。こうした感覚に「僕」が出会っていくうちに、「僕」は子供の声を聞き、そして自分自身の死の記憶を思い出す。「僕」がふと「窓を明けた」ことで見た風景、そこで受容した感覚が、過去に体験した似通った感覚や風景を思い出させるという描写となっている。

このように単調な風景のなかに、不意に断片的だが具体的な風景や感覚が現れて記憶の再現を準備するという記憶描写は、「冥府」の追憶の場面に共通して見られるものである。とりわけそれが鮮やかに描かれるのが、「僕」が「踊子」との幼い恋の記憶を取り戻す場面である。まず、それは「子供の声」から始まる。


——ゲンムシ取りに行こうか。

堤防の上で子供の声がした。それはやんちゃそうな男の子の声だった。しかしその姿は見えなかった。

——ゲンムシってちびっこいのでね、蟻のすこうし大きいようなの。ね、取りに行こうか。

相手の声は聞えなかった。そしてあたりはまた静かになった。

——だってあたしは遊びに行けないんだもん、お母さんに叱られるんだもん。

それは女の子の悲しげな声だった。それはやはり僕の頭の上の方から聞えて来た。

僕は立ち上り、堤防の上まで登った。しかしそこには誰もいなかった。僕は河に沿って、河下の方へ歩き出した。何かが僕の心の中で揺れていた。子供の頃のことだ。しかしそれははっきりした形となって、意識に像を結ぶまでには至らなかった。子供の頃のこと。あのお金というのは何だったろう[38]。

「あのお金」というのは、その少し前に「僕」が取り戻した記憶に関するもので、両親に黙って持ち出してそのことで父親からひどく怒られたものである。まず、「ゲンムシ取りに行こうか」という男の子の声がしたかと思うと、一旦は静かになって、やがてその誘いを断る「女の子の悲しげな声」が聞こえてくる。そして、その声に促されて「僕」は「堤防の上」に向かい、そこに誰もいないのを確認して、「河」のほうに向かう。その「僕」の心に「子供の頃のこと」が促されている。しかし、それはまだ、はっきりとは現れてこない。そして、この風景のつながりはさらに続いて、

次第に陽が傾いて、河上の方から暮れ始めた。僕はふと立ちどまり、足許から小石をひろって河の上に投げた。小さな飛沫が上り、かすかな水音がした。黄ばんだ空が河の表に映っていた。あたりはひどく静かだった。

　僕が思い出したのはその時だ[39]。


という具合に、落陽のなかで、小石を河に投げ、「小さな飛沫」、「かすかな水音」、「黄ばんだ空」といった風景がさらに加わっていく内に、「僕」は過去の河原での出来事を「思い出した」。暗鬱で単調な風景とは打って変わって変化に富む叙情的な美しい河原の風景に出会ったことが、「僕」の追憶の契機になるのだ。そしてここで「僕」は「幼い頃」に「踊子」に恋をしたことを思い出す。そしてそのことが、「一度だけ、一生に一度だけ、それも僕の幼い頃に、僕は心から人を愛したことがある。どんなに僕の一生が惨めで、下らなくて、無益だったとしても、あの幼い日に、僕は悔いることなく愛していたのだ」[40]と、「僕」の生きた証のようなものとして、唯一の希望となっていく。

　ここで注目したいのは、記憶が想起される瞬間の前後では、「僕」の眼に映る風景が具体的になることである。曇り空の薄明の風景ではなく、いわば現実の生活のなかにも見出せるようなごく日常的な風景や感覚に「僕」が接する

なかで、記憶の再現に到っている。つまりここでは、具体的な風景や感覚が、記憶という「僕」の内面世界への回路となっている。逆に言えば、そういう具体的な断片を書き留めていくことを通して、福永は「僕」の記憶再現の瞬間を描写しようとしているとも言える。そして、このように次々に具体的なイメージが断片的に連なるようにして記憶が遡行していくという展開は、『幼年』において記憶のイメージが具体的に展開していく過程と類似したものである。

またここで、記憶は「暗黒意識」の表象のなかにおいて、ごくまれに現れるものである。つまり、幼年の記憶は「暗黒意識」という闇との関係によって現れる。そして、例えば右で触れた幼い日の恋の記憶のように、その闇に明滅する仄かな光という薄明の世界として認識されている。言い換えれば、闇のなかの光、光の背景にある闇といったものが表現として定着しているのだ。これは『幼年』の「純粋記憶」というモティーフに見られることになる、「純粋記憶」の表象と記憶の闇との表象とを相互的に捉えるという構図につながるものである。先の節で触れたように、福永のボードレール理解では、「幼年」は〈憂愁〉によって形容される暗鬱な「現在」の鏡の位置にある。そして、福永はそのボードレールの〈憂愁〉を、自らの「冥府」という小説において意識していた形跡がある。ゆえにこれらのことから類推すれば、小説「冥府」において、「暗黒意識」というモティーフのなかに、それとは対局にあるようなイメージとして幼年の記憶を描いていくという構図の取り方は、ボードレールの〈憂愁〉理解に関わりつつ、意識的になされたものと見てよいだろう。

そして、このようにして「暗黒意識」の側から「幼年」の意味を見極め、闇に抗う光という輪郭で「冥府」という小説のなかに幼年の記憶を表現として定着していったことは、後に小説『幼年』において、記憶の闇が「純粋記憶」と不可分のものとして描かれるための背景を、思想的にも方法的にも用意したと言えるだろう。また、作中人物のあらかじめ喪失された記憶を前提としたところに、幼年の記憶を見出しているということは、『独身者』において「純粋な記憶」

を表象していくに当たって提起された「どういうふうにして思い出すか」（本書第二章で詳述した）という問題意識の一つの展開としても意味深いことであった。さらに、多少図式的にせよ、この「暗黒意識」との関係における幼年の記憶という構図には、ボードレールの摂取が見出される。このことは、やがてボードレールの幼年観と関わりの深い「万物照応」を自らの小説の方法として意識化していくことにもつながっただろう。

　ただし、「冥府」と『幼年』の描写を細かく比べて見たとき、『幼年』よりも「冥府」の記憶描写のほうが追憶の契機となるものと再現される記憶との間の関係が直接的である。「冥府」においては、思い出す「僕」の見る物質と、過去のものとして再現される情景を象《かたど》る物質とが、それ自体ほぼ同じものである。つまり、「僕」の現在と過去は、追憶の過程を通して醸し出される詩的雰囲気によってではなく物質そのものとして対応する要素が多い。一方、『幼年』の場合は、過去に体験した風景と似通った風景に出会うから思い出すというわけではない。思い出す「私」や「子供」の現在あるいは夢において、まず追憶の契機として浮び上るのは、過去と等質である物質ではなく、福永が「原音楽」[41]という言葉で表わしたような、ある種の情緒を醸し出す過去の雰囲気である。まずは漠然と漂うこの情緒があって、その情緒に混ざり合いつつそこから分化するように、漠とした印象の感覚や感覚の融合が現れ、やがてそれが具体的な記憶の展開につながっていく。ゆえに、『幼年』における記憶は、「冥府」のように「より鮮明に、より確実に、その場の情景も、その場の心理も、残る隈なく」[42]再現されるというものではない。『幼年』の描写はおぼろげな断片的感覚や風景の純粋な交感を表し、それが現実であったのかなかったのかといった確証の乏しさを抱えたものとして描かれる。そして、この想起の出発点にあって、想起を促すものと想起されるものが極めて暗示的に結びついているという点において、「万物照応」の意識的な摂取を思わせる。

　まとめると、「冥府」においては、『幼年』の想起につながるような「幼年」と闇を不可分とするような輪郭が既に現れており、追憶者の現在との関わりから具体的なイメージが連なるようにして構築されるという方向性も現れている。しかし、ここでは、「純粋記憶」の描写において見られるような、「万物照応」を理論的背景として意識的に結びつけた形跡は、まだ見受けられない。例えば、「万物照応」において福永が重視した「原音楽」というモティーフへの意識ははっきりとはテキストには現れないし、おそらくはそのこととも関係して、象徴性や暗示性もまだ弱い。小説「冥府」の「暗黒意識」を突き詰めたところに現れてきたイメージは、後の『幼年』の「純粋記憶」に近づくものだったが、追憶の契機となるものと追憶されるものとの関係性も含めて、記憶描写にボードレールの「万物照応」の詩法が血肉化されていくのは、その後の創作を待たなければならなかったようである。

第四節 「最初の発想」——小説構築の始まり

尚、こうした「冥府」における幼年の記憶を作品の全体像の下に捉えると、記憶想起が描かれるのはテキストの一部であり、作品の中心的なモティーフは「暗黒意識」という闇の描写なので、全体的な要素とは言えない。ゆえに、一見するとこの「幼年」の再現はテキスト生成上それほど重要視することでもないかのようである。しかし、福永自身の次の言葉は、「冥府」生成におけるこの記憶の持つ重要性を示唆している。

福永　そうですね、いちばん最初の発想というものは、ぼくは、なんだか変なときに、たとえば風景なら風景を見ているとか、なにか人の言ったつまらないことばとか、そういうものが発想になることがずいぶんあるわけです。たとえば、「冥府」のなかに、小さな子どもがふたり遊んでいて、「ゲンムシ取りに行こうか」といって、「ゲンムシってちびっこい虫でね」なんて説明する。そういうのを実際に聞いたことがあるわけですね。そうすると、そういうのを聞いたことが、なんだか急に、一種のリリカルなものとしてぼくのなかで広がっていって……、そういう発想が多いわけです。

菅野　無意識的な記憶がうかんで、発想の端緒がつくられるわけですね43。

菅野昭正との対談「小説の発想と定着」のなかで、福永は「冥府」生成における最初のイメージの定着についてこのように語っている。実はここで、発想の端緒として提示されている「ゲンムシ取りに行こうか」という子どもの「ことば」は、前節で問題にした「僕」の「踊子」との幼い恋の記憶の一風景となったものである。つまり、この幼い恋の記憶、テキストの流れとしては「僕」がほとんど最後に近いところで辿り着いたこの記憶は、実はテキストの生成上は、最初に定着されたものであったことになる。要するに、「冥府」という小説は、菅野昭正が「無意識的な記憶」と呼ぶ「ゲンムシ取りに行こうか」という一つの「ことば」の追憶が作家の内面に促した「一種のリリカルなもの」に触発されて、彼自身が現実から摘み取ることのできる風景や感覚さらには出来事を配置させていくことにより創り上げた作品世界である。ゆえに、「冥府」における幼年の記憶の定着は、全面的にテキスト生成に関わったものとは言えないまでも、この小説の発想に根本的に関与しているという意味では、作品生成上、看過できないものと言える。

「冥府」という小説はこのように、福永が自分自身の追憶を土台にして、小説の世界を創り上げる端緒を見出した作品と考えられる。同様に、自分自身のなかに純粋に残っている内的記憶を意識的に構築することを目指した『幼年』と、この「冥府」における「幼年」表象とが、全般的には似通ったイメージとして書かれていることには、福永自身の記憶から出発するという点で小説として方向性を同じくしているという背景があると言えるだろう。

そして、このことを福永の進化に位置づけたときに重要なのは、おそらく「冥府」という作品の出発点にあって、「ゲンムシの記憶」からイメージを徐々に展開させる過程のなかで、「ゲンムシの記憶」のような核となる塊と小説構築との関係が、福永自身の小説に関わる方法として内発的に意識され始めたということではないか。そしてこのような方法意識の芽生えは、後の「純粋記憶」におけるボードレール受容を内面から準備することになり、最終的に「純粋記憶」の理論的背景として「万物照応」が受容されるにおいても、受容の基盤となったと思われる。なぜならば、「冥府」を書くに当たって、福永がこうした自分の内部でイメージが生まれる過程を書き取ることを小説創造の出発点に置き、そしてそこから小説の世界を構築したことは、後に『幼年』を書くに当たって、わずかなイメージから幼年の記憶を立ち上げる方法を内発的に準備したと思われるからである。また、一方で、こうした内発的に生じた小説構築の方法への認識があったことは、ボードレールの「万物照応」という詩的創造への問題意識を深め、その鍵として置いた「原音楽」という追憶の端緒への認識を深めることと無関係ではなかっただろう。

おわりに

「冥府」においては、〈憂愁〉の風景に併置されるものとして「幼年」がイメージされる。こうした「幼年」をめぐる闇と光との枠組は、ほぼ『幼年』の枠組と同じである。そしてそれは、福永がボードレールの詩に読み取った追憶のイメージを反映している。厳密には福永は自分自身の追憶のイメージを反映した思想に基づいて、〈冥府〉からの脱出のイメージとしてボードレールの幼年時代を配置し、今度はそのイメージによって、自らの「冥府」という小説世界の枠組を決めていったと思われる。

また、ここで幼年時代の追憶と追憶者の身体感覚が結び付けられているというのも示唆的である。しかも、作中人物「僕」の身体感覚として描かれているものは、福永自身の身体感覚の写しでもあったということも示唆されている。そこから推察すると、「冥府」は福永自身の身体感覚に根ざしたイメージに出発した連想と意識の再編の過程を書き取ったものであると言うことができるからである。ここにおいて、後の『幼年』における「万物照応」の受容を準備するようなボードレールとの思想、方法両面での接近が見出される。「無意識的な記憶」にしろ『幼年』のモティーフ「純粋記憶」にしろ、自らの内的記憶の中でも特に美しいものを「ことば」ないしはイメージとして定着させようと試みるとき、福永は詩的な表現を志向する。そして、その詩的方法としてしばしば意識されたのが、ボードレールの詩学だったのではないかと考えられる。

完成した作品を並べてみると、「冥府」と『幼年』は方法的にもイメージとしても近接しているように思われる。だが、ここまで近づいたにもかかわらず、『幼年』完成までには「冥府」から一〇年を待たなければならなかった。次章で展開するのは、その一〇年の持った意味である。

註

1　全集二巻、五頁。尚、同世代の活躍の一例としては、中学時代からの福永の畏友であり、「マチネ」や『1946・文学的考察』などの仕事をともにした中村真一郎の動向は華々しいものであった。中村真一郎『戦後文学の回想』（筑摩書房、一九六三）によると、戦後まもなく「文化」熱が高まり、文学者の活動の場は広まった。中村もその頃、論客として全国を飛び回っていたようで、「一ヵ月に四十数回の講演をした記憶がある」（八八頁）というほどである。また、執筆活動では、長編『死の影の下に』（一九四七）を仕上げ、多くの雑誌の依頼を受けて随筆、評論なども書いていた。

2 「「冥府」初版ノオト」のなかで福永自ら語っている（全集三巻、四九一頁参照）。

3 療養前後の作品を比べると、療養後の作品には救いようのない暗さがある。漠然とした不安は、作中人物が犯した具体的過去の罪としてのしかかっている。この時期の作品の構想が、結核で死の淵をさまよっていたなかで準備されたものであるということから考えると、福永自身が意識的であったかどうかは別にしても、この暗さが現実の死の影という外的な条件を反映したものであることは否めない。個人の体験を明かすという意味ではなく、個人の体験に裏打ちされた、あるいは否応なく投影してしまった視点の暗さを持っている。

4 「「夜の三部作」初版ノオト」、全集三巻、四九五―四九六頁。

5 清水徹「『幼年』をめぐって」、『鏡とエロスと』所収、筑摩書房、一九八四年、一五〇頁。

6 山田兼士「冥府の中の福永武彦――ボードレール体験からのエスキス」（『昭和文学研究』31集、一九九五年七月）を参照されたい。尚、このように「幼年」を実存の暗さと対照的・相補的なものとして捉えていく傾向は、同時期の他の福永作品においても見られる傾向である。例えば、「河」の「子供」が唯一希望を見出すのは、夕暮れ時の河辺で、生まれてまもなく死別した母に語りかける時である。

7 一八五一年四月九日付の『議会通信』*Le Messager de l'Assemblée* 紙学芸欄に掲載された詩篇であり、ボードレールが自分の作品をまとまったものとして初めて世に問うたものである。最初に、ボードレールが自らの韻文詩集のタイトルとして想定していたのは、『レスボスの女たち』*Les Lesbiennes* というものであり、これは一八四五年から四七年にかけて詩集の刊行予告として現れた。その後、右のように冥府詩篇が発表され、さらに一八五五年六月一日付の『両世界評論』*Revues des deux Mondes* において「悪の華」"Les Fleurs du Mal"と題する一八の詩篇が発表されて以降、詩集のタイトルは『悪の華』に統一されたと考えられている。

8 福永がこの言葉を *Les Limbes* の訳語として最初に使ったのは、評論『ボードレールの世界』（一九四七）においてである。その後、責任編集に当たった人文書院版『ボードレール全集』第一巻（一九六三）の「緒言」でもこの訳語を使った。阿部良雄によると、この人文書院の全集以降、一般的にもボードレールの訳語は〈冥府〉で定着したようである（筑摩書房版『ボードレール全集』第一巻、阿部良雄訳註、一九九四（一九八三）年、四一五頁）。尚、それ以前にも福永は、一九四三（昭和一八）年作成の定型押韻詩の題名に「冥府」というものを使っており、ボードレールの〈冥府〉への関心は、早くからあったと推測される。

9　全集一八巻、一四頁。

10　全集一八巻、一一四―一一五頁。

11　全集一八巻、一一五頁。

12　全集一八巻、一一六頁。

13　全集一八巻、一三頁。

14　これは単なる仕事としての翻訳ではなく、創作者としての問題意識とも深く関わるところでなされた翻訳である。例えば、文庫本に付した『パリの憂愁』解説的ノート」のなかでは、次のように述べている。「僕が散文詩の問題に特に関心を持ったのは、日本語に於て、詩はヨーロッパ語のような韻律や脚韻を持たず、散文と同質の言葉の中から、その可能性を見つけ出さなければならないことを知ったからである。漱石や荷風や芥川龍之介や堀辰雄には小品というジャンルがあり、萩原朔太郎には散文詩がある。それらは詩とは違っていながら、詩的な感動を与える。一方には、詩であると断っていながら、行を変えて書いた散文にすぎないようなものが多い。日本語の場合に、詩と散文との中間にあるこの散文詩というジャンルは、より本質的に究明されなければならないだろう。『パリの憂愁』の翻訳は、特にそういう意味からも、僕の野心をそそった」（全集一八巻、一五八頁）。この述懐から判断すれば、この散文詩の翻訳は、日本語で詩を書くための方法の探究として試みられており、それは「マチネ」の試みを通して日本語で韻文詩を書くことの困難を自覚していた福永ゆえに、明確な問題意識として醸成されていたものであると考えられる。

15　全集一八巻、一五九頁。

16　「死者の眼」という表現は、既に前作『風土』（一九五二）に作中人物の画家「桂」のリアリズムとして描きこまれたものである。首藤基澄は、こうしたリアリズムの生成をめぐって、川端康成の「末期の眼」や堀辰雄の書く死に親しんだ作品との類縁性を考察しており、こうした先行作品の咀嚼から福永が内面化した視点であろうと示唆している（首藤基澄『福永武彦・魂の音楽』〔おうふう、一九九六年〕の二二三頁参照）。また、今村潤子「川端康成と福永武彦――「末期の眼」と「死者の眼」を中心に」（『川端文学への視界』、二〇〇二年六月）も両者の関係に着目し、同様の観点からの対照研究を行っている。

17 「夜の三部作」初版序文、全集三巻、四九五頁。

18 全集三巻、四九三頁。

19 病床体験が、「死者の眼」という文学的リアリズムとして熟していく過程、すなわち福永の生活と文学行為が接点を持つに至った過程は例えば、一九四九（昭和二四）年の療養中に書かれたエッセイ「文学と生と」の次のような文章に見てとることができる。

　そこで書くという行為が不可能になれば、後は見るという行為があるだけですが、ベッドに寝たきりの病者にとって何を見ることが出来るでしょうか。結局その対象は自己しかなく、それも肉体と共に精神までも蝕まれた、死に憑かれた自己なのです。人は死の雰囲気に包まれている時に限りなく生を思うものですが、僕も生を、――この瞬間に於ける生と、死に至る迄の持続としての生とを、如何にして強く結びつけることが出来るかについて頭を悩ましていました。その場合、僕が何によってこの生を支えているかと自問することは極めて自然でありましょう。この生を支えているのは何であるか。文学という答が、その時ただ一つ与えられました（全集一四巻、一一〇頁）。

20 全集三巻、八一頁。

21 全集三巻、八二頁。

22 全集三巻、八二頁。

23 全集三巻、九五頁。

24 全集三巻、八三頁。

25 全集三巻、一〇三頁。

26 全集三巻、八四頁。

27 "Chacun sa Chimère", PL 1, p.282. 訳文は、人文書院版『ボードレール全集』第一巻（一九六三）、二八八―二八九頁の福永訳。

28 粟津則雄「福永武彦の文体について」（『国文学　解釈と教材の研究』一九八〇年七月号）　及び本章註6の山田論文を参照されたい。

29 本章註6の山田論文、三五頁。

30　例えば山田兼士は、本章註6の論文において、散文詩「不都合なガラス屋」"Le Mauvais Vitrier"や「世界の外へなら何所へでも」"Any where out of the world—N'importe où hors du monde"の結末に見出されるような力動性がないという点から、ボードレールと福永の世界の違いを考察している。

31　全集三巻、一二四頁。

32　一例を挙げれば、「風花」(一九六〇)には次のような情景が現れる。

行列している連中は例外なしに眼ばかりぎょろつかせて血色の悪い顔色をしていた。(中略)彼もまた暗い面持でこの行列を眺めていた。その中の一人一人にたとえどんなささやかな希望があるとしても、この長い列は敗戦後の日本の不満と絶望との象徴であるように見えた。無力に行列のうしろにくっついているだけで、果して汽車に乗れるかどうか確実な目算があるわけではない。しかしただこうやって、いつ降り出すかもしれない曇り空の下で、それぞれの重たい荷物を持ち、時刻の来るまで佇んでいることに誰もが馴れ切っていた(全集六巻、二三五頁)。

33　全集三巻、一五〇頁。

34　全集六巻、六〇頁。尚、原典は例えば、PL 1, p.371を参照されたい。

35　長田弘「福永武彦の文学」、福永武彦『夜の三部作』所収、講談社文庫、一九七一年、四一二—四一三頁。

36　全集一八巻、四八頁。

37　全集三巻、九六頁。

38　全集三巻、一五三—一五四頁。

39　全集三巻、一五四頁。

40　全集三巻、一五七頁。

41　福永が「万物照応」を認識するに当たって自ら考案した造語。最初の評論『ボードレールの世界』から一貫しているモティーフである。例えば「詩人としてのボードレール」のなかでは、「即ち匂とか色彩とか音楽とかいう感覚上の次元を異にする諸要素を、一つに捉えるもの。外界の物たちが、超自然的な存在として、見られ、聞かれ、嗅がれ、作者の内部に一種の同一の次元として取り入れられるためのモチーフ」(全集一八巻、一三〇頁)と説明されており、「万物照応」の「合一」unitéを成り立たせる前提として重視されている。また福永はこの「原音楽」を前提として、ボードレールの「万物照応」の理論の展開を次のように説明する。「一つの物の原音楽的な雰囲気が他の物と交感し、それが更に他の物を類推するといったように、詩人が「無限の物たちの拡がり」(「万物照応」)を持った場合に、これらの綜合から生じる雰囲気は、外界の外部に、別の、再創造された外界を構成する。それは詩人の憎み嫌った自然とは別のものであり謂わば自然の外の自然、超自然的 surnaturel な世界である。多くの物たちは外界から内部世界に射影されて一つの契機の可能性を持ち、それが詩人の精神の力によって逆に外界に放出される時、現実の外界と照応して、現実の外界の背後に詩人の神秘的な外界を形成する。それは詩人の内界にあって内界に属さず、外界にあって外界に属さないところの、一種の神秘的な混合の場である」(全集一八巻、四四―四五頁)。「冥府」の幼年描写では、記憶の再現の過程において、この「万物照応」の核心部分に当たるとも言える「原音楽」という次元が意識されているわけではないようなので、ボードレールの理論を意識的に引き継いでいるものとは、まだ言えないだろう。

42 全集三巻、一一九頁。

43 菅野昭正・福永武彦対談「小説の発想と定着――福永武彦氏に聞く」、『国文学 解釈と教材の研究』一九七二年一一月号、一二二頁。

第四章　想像力あるいは記憶の創造

――『忘却の河』における記憶観の転換

はじめに

僕はよろめき、そして歩き続けた。それは最早、希望というようなものではなかった。希望というにはあまりにもしらじらしい、微かに心の中で揺れているものだった。しかし希望が僅かでも香料のように残っているから、絶望は一層味が苦いのだ。それは恰も日没前の仄かなうすら明りが、その明るみの故に、夜よりも一層絶望的に感じられるのと同じようだった。

人々のせっせと歩き続ける街の上に、一面の雲に覆われた灰色の天蓋が、うすぼんやりした光線をいつまでも漂わせた[1]。

右の小説「冥府」の結末が暗示するような薄明のなかを、「冥府」以降の福永の作中人物は、あてどなく彷徨っている。記憶との対峙が苦しい義務として求められ新たに生き直すには、全ての記憶を審判にさらし、それをもとに厳しく裁かれ、他者の許しを得なければならない。義務を逃れるための唯一の手段は、その義務を遂行することという堂々巡りである。また、生まれ変わるためには、その思い出した過去を、全て忘れることが条件となる。つまり、「希望」が仮にあるとしても、それは別人の生においてなのである。

「冥府」以降の作中人物の多くは、こうした「僕」の条件を継承した存在である。彼らは統御できずに現在に介入する「忘れていた過ち」[2]に襲われる。そして、それは「冥府」のように「死」によって一旦止まった時間や空間ではなく、現在という持続し変化する時間や空間に介入するだけに、作中人物の精神の危機は「冥府」よりも深刻さを増していく。作中人物は、過去意識から逃れたいという欲望と、そこから結局は逃れることができないという現実の意識に引き裂かれた存在である。

例えば、「時計」(一九五三)や「世界の終り」(一九五九)や「未来都市」(一九五九)などにおいては、そのように統合できない自己のなかで、精神を壊していく人格が描かれる。記憶はこの場合、一つの意識に無秩序に混入してくる意識であり、意識的に排除しようとしても排除できない。分裂する精神とは、無意識の作用と深く関わるものである。「時計」や「世界の終り」について、上村周平が指摘するような記憶の暴力性という問題はこうしたところに重なってくると言えよう[3]。また「形見分け」(一九六二)においては、記憶喪失の男が、自分が忘れているということに懐疑的になり思い出そうとする。だが思い出してみると、それは愛人との心中の果てに自分だけが生き残ったという悲惨な現実であり、そのことは男の妻という他者の未来にも翳りを落としてゆく[4]。仮に、思い出すことに少しの希望をはせたとしても、思い出してみたところ、悲劇性のなかから抜け出すことはできず結末は不安である。思い出さなければならないことは思い出せない、忘れようとしているのに忘れられない。結局、過去を超克することができない。そして、記憶の悲劇性からも受動性からも逃れられない。このように作中人物は忘却と想起の間を揺れ動き、思い出すにせよ出さないにせよ、結局は過去に囚われ翻弄される。能動的に何かを選択することが奪われた存在とも言える。

こうした作中人物の彷徨に、一つの出口を見出すことができたと思われるのが、一九六四(昭和三九)年刊行の『忘却の河』である。福永の小説系列において『忘却の河』が転換点に位置する作品であるということは、既にいくつかの観点から指摘されている。例えば、佐藤泰正は、第一章「忘却の河」から第七章「賽の河原」の作中人物「藤代」の変化から、「「忘却」ならぬ、罪を意識しつづけることこそまことの愛のあかしであり、生のしるしであることを作者はいま強く語ろうとする」[5]と述べ、そこに「罪の痛みにおいて捉え返され、より深い意志的、倫理的愛の発見へと転じていく」[6]主題を読み取っている。また堀竜一は、こうした変化を前作「告別」からの転回に位置づけて、「「告別」

から『忘却の河』一章「忘却の河」を経て、七章「賽の河原」に到る過程に、作品の世界観自体が、単眼から複眼へ、隠蔽から開示へ、現実超脱から現実回帰へと転回している」というように、作家の世界観の変化とまとめ、その後の作品への展開を示唆した[7]。さらに、福永自身も、菅野昭正との対談で、『忘却の河』辺りからの創作観の変化を示唆している[8]。

いずれにしてもこの『忘却の河』のなかに、作中人物が「冥府」以降の過去の呪縛から抜け出すことを促すような創作者としての認識の転換があったことは確かなようである。前章との関係で言えば、「冥府」の「僕」はボードレールの散文詩「人はみな幻想を」"Chacun sa Chimère"に現れたような、宿命を背負いその重みのなかで身動きがとれなくなっている旅人そのものであったが、『忘却の河』ではその身動きがとれなくなっている旅人を外から眺めるものになる。そして、荷物を背負いながらその背負わされた荷物の正体を見極め、そしてそれを知った上で背負い続ける覚悟をする。ボードレールと重ね合せれば、〈憂愁〉の世界にあって観察されるものから観察するものへの視点の転回、すなわち散文詩の語り手「私」の視点に近づいたということになるだろう。

『幼年』が完成したのは、この『忘却の河』の初版刊行の翌月である。『草の花』以降一〇年近く書かれなかった長編と二〇年もの宿願であった中編が短期間のうちに、相次いで完成したという事実は軽視できないと思われるが、これについては全集七巻の「序」で「恐らく久しい間の宿題であった長篇小説を片づけたので、今度はこれまた長らくいじくり廻していた中篇を一息に書こうとしたものだろう」[9]と福永自身さらりと流しているし、これまであまり踏み込んだ考察もされていないようである。

本章では、『幼年』の完成においてこの『忘却の河』がどのような意味を持ったのかを問題にする。まず、『忘却の河』という作品のなかでの過去意識の変化に着目して分析を進めたい。それを明らかにした上で、そうした作品における過去意識の変化が、福永にどのような記憶観の転換をもたらしたのか、あるいは福永のどのような心理的変化が読み取られるのかということを考察する。さらに、そのことが『幼年』の完成においてどのように関与したのかを考察し、最終的には、『忘却の河』が『幼年』における「万物照応」の理論の受容にどのように関係していくことになるのかにも踏み込みたい。

第一節　短篇から長篇へ――**読解の視点をめぐって**

『草の花』から実に一〇年ぶりに書かれた待望の長編『忘却の河』は、一つの思いつきから生まれた。発端は、一九六三年の『文藝』三月号に掲載された短編「忘却の河」である。その経緯は、全集七巻の「序」に詳しいが、大要は次のようになる。当初、短編「忘却の河」は独立した作品として書かれたが、福永は、「しかし書き上げてからこの作品のノオトやら資料やらを見ているうちに、どうもこの一作だけでは惜しいような気がして来た」[10]ため、「別の文藝雑誌から短篇の註文があった時に、さりげない振りをしてその続篇のようなものを書き、素知らぬ顔で尚も幾つかの短篇を書いた」[11]という。かくして、その後十ヶ月にわたって「六つの雑誌に七つの短篇を書き上げてから」[12]、翌年の一九六四年に、若干の加筆訂正を施し単行本にまとめたのが、長編『忘却の河』である[13]。

連作として意図したものを、それと告げずに複数の雑誌に分載するのはいかにも、推理小説を好んだ福永らしい韜《とう》晦《かい》[14]である。明らかに「読者」を試している。ちなみに時評によると、例えば、奥野健男は、雑誌発表時にいくつか読んではいたが、長編になるまで気づかなかったようである[15]。また駒田信二も、単行本刊行後に、「七章のうち四章は雑誌に発表されたとき読んだ記憶がある。独立した作品だと思って読んだ」[16]と述べている。唯一、佐古純一郎が、連載中に「夢の通ひ路」と「賽の河原」の二作を同時に評して、「あるいはこれらの作品は、ひとつのテーマを追求する連作として、やがてひとつの長篇にまとめられるのかもしれない。しかもそれぞれが、一応独立した作品になっているところに妙味がある」[17]と、福永の意図を鋭く見抜いていた。

以上のような経緯から、長編『忘却の河』の七つの章は、「主人公を異にし従って視点をも異に」[18]しており、独立性が高い。こうした文体の特徴から言えることは、全体を統括するような視点が存在しないということである。いわば、どこから読み始めても、全体を読めば筋が分るようになっており、仮に章の並びが入れ替わっても、あるいは章の途中から始まっても、それほど不都合なことはない。逆の言い方をすれば、全体を読まなければ、作中人物の性格や関係性を読者は全て把握できないということになる。

単行本発表当初の時評でまず着目されたのは、各章の視点人物である藤代家の家族の過去意識が過剰であるという点である。『忘却の河』の作中人物はみな、自らの過去と深く対話しており、そのことが全編を統一するテーマとなっていると指摘される。積極的に評価するものは特に、こうした作中人物の過去への眼差しの背後に共通する意識を読み取ろうとしている。例えば、奥野健男は「宗教のない日本人の孤独な罪意識を、民俗学や古歌やギリシャ伝説などを効果的に用いながら、深層意識の根源においてたしかめ、救いを見出そうとしている」[19]と分析し、手塚富雄は「この小説で非常に野心的な意図は、その一本の糸を、嬰児といえぬほどにもならず胎児のままで失せていった小さい生命のもの言わぬ声としていることである」[20]と指摘した。清水徹は、「魂に降りつもるなにか垢か澱《おり》のようなもの、それを払い浄めることはできぬまでも、せめてその存在を確認し、それをとおして魂のふるさとを求める姿勢」[21]と全編を貫くものを確認しつつ、時評の多くが藤代家の家族以外の視点から描かれた第五章「硝子の城」の意味づけが弱いことを指摘し、「ぼくたちはこの章のおかげで、すくなくとも藤代家の父親を他人の眼で見ることができる。福永氏は第五章を設定することによって、ある完了した事件を読者に提示し納得させる《物語《レシ》》から、ひろい現実のなかでなにごとかが行われてゆく《小説《ロマン》》へと志向したのだ。だがその志向は一歩踏み出したところで終ってしまった」[22]と、作品全体の構造を見渡した批評を提示した。この批評は第一章や第七章の内容だけでなく、構造や文体なども含めて『忘却の河』の全体に目配りした批評の必要性を示唆するものであり、このような各章の独立性が高い構成の作品において批評が陥りやすい危うさを、清水氏は指摘したと言える。この提言を引き継ぐようにして、この小説を「家族小説」として読むことで複数の章の関係性を探ったり[23]、表現上の特質から各章の文体の違いを分析したりといった、意欲的な「読み」がなされてきた[24]。

こうした全体的な読解を考慮したとしても、『幼年』生成との関係を知る上では、第七章「賽の河原」の持つ意味が大きいと考えられるので、本書では、やはりこの第七章「賽の河原」とそれと同じ視点人物から語られる第一章「忘却の河」を読解の軸として中心に置く。それを念頭に置きつつ、『忘却の河』の各章の関係性を探り、やがてそれが第七章においてどのように終結していくのかを考察していきたい。そして、その第七章における作中人物の過去意識及びそこから読み取られる書き手の記憶観の転換を検証し、その『忘却の河』における転換と『幼年』の「純粋記憶」というモティーフの定着との関係性を考察していく。それではまず、『忘却の河』における各章の関係を分析することから始める。

第二節　行き違う孤独——罪の意識

章毎に視点が異なり、語りの文体も異なっているこの小説を貫くものがあるとすれば、それは、罪の意識である。各章の作中人物は皆、どこか罪の匂いを漂わせ、しかもその罪ゆえに、自らの存在について後ろめたさを感じている存在である。短編「忘却の河」が発表されたとき、佐々木基一は、「過去を忘れようとしても忘れられぬ人間の重い宿命にたいする、そして、そういう人間の生存の仕方に対する作者の問いとなげきとが、一筋の赤い糸のように全編を貫いている」[25]と評したが、この「赤い糸」は、その後、続編として書かれた作品にも織り込まれているようだ。しかし、作中人物たちは別々のところでそれぞれ孤独にこのような罪の意識を抱えており、交わらない。それは、『忘却の河』の構成そのものである。

第一章「忘却の河」の視点人物「私」は、藤代という中年の男である。中小企業の社長をしている「私」は、ふとした偶然から知り合った女のアパートに通うようになるが、ある日、女は忽然と姿を消す。残された「私」は、女の去った掘割の側の安アパートを自ら借り受け、そこで大学ノートに手記を綴り始める。第一章はこの「私」（藤代）の手記である。

手記には、「私」の寝たきりの妻と二人の娘との生活、安アパートの女との出会いと別れといった現在の出来事やそこに生じる心情が綴られる。そうした現在の「私」の記述に、フラッシュバックのように入り込んでくるのが、「私」の過去の出来事である。その記述は、「私」ではなく「彼」という視点によって描き分けられている。三〇年前にサナトリウムで愛し合い、「彼」の子を身籠もっていることを恥じて古里の海に身を投げた看護婦（「彼女」）のこと、賽の河原のある「彼女」の古里を訪ねた時のこと、異国の戦地で目の前で死んでいった戦友のこと、左翼運動からの転向と仲間への裏切り、そして「えなの流れて来る河」という言葉が暗示する不吉な生立ち[26]などが、出来事の順序とは関係なくきれぎれに無秩序に、現在の「私」の記述に混入する。手記は「私」と「彼」の二つの視点を往還しながら、様々な時間と空間を行きめぐり、書き進められていく。

手記を綴っている現在の「私」は、「彼」という視点に移動することで一旦は過去を「私」から切り離す。しかし、「彼」は「私」の現在の意識のなかで繰り返し想起され、「私」は繰り返し「彼」の出来事をなぞる。そして何度想起しても、過去の出来事は変わらない。「私」の介入できないところで、既に終ってしまった出来事は、「彼」として「私」の現在に繰り返し立ち戻ってきては、「私」の罪の意識を呼び覚ます。それゆえ、「私」は、こうした出来事を忘れようとしてきた。以下のように、「私」は「彼」、すなわち現在の「私」に介入する過去の「私」を消したいと思っている。

私はもし出来たら何もかも忘れたいと望んでいる男だ。よく小説の中にあるように、過去の記憶を喪失して必死にそれを探し求めている人間の運命を選び取ることが出来るなら、私は悦んで今の私というものを擲《なげう》ちたい。もとより私は常識的には後ろめたい過去におびやかされているわけではないが、奇妙にこの罪という感じが附き纏って離れず、それが私に未練を持ちながらでなければ生きられないようにさせているのだろう[27]。

しかし一方で、過去を忘れることへの躊躇もある。過去を忘れていたということに対し、「私」はしばしば罪悪感を抱く。例えば、妻との間に生れた初めての子供の死を忘れていることを妻から責められ、「そして私は心の冷たい人間で、それを思い出すことはないというのか」[28]と思う。また、旅行した帰りにふと思い出して亡き戦友の生家を訪ねたときも、それまでは戦友を忘れていたということで、その母親に「顔を合せるに忍びない気持」[29]になる。さらに、濡れたビルの窓や水盤は死者の眼を連想させ、「お前は忘れているのか、忘れたままで生きていることが出来るのか」30という死者からの問いかけのように見える。

そしてこの「何もかも忘れたい」という願いと、「忘れたままで生きていることが出来るのか」という相反する問いに、「私」は絶えず引き裂かれている。『忘却の河』は、こうした「忘却」をめぐる分裂した意識の上に出発している。そして、この「宿命」を意味づけ、その志向の根底にあるのは、ここで「私」に語られている「罪という感じ」である。その源泉を辿っていくと、「えなの流れて来る河」の暗示する出生の問題へと辿りつく。「間引ぞこない」の子というイメージには、自らが存在したことが罪ではないかと、生の根底における懐疑がある。実は、藤代の娘たちを脅えさせているのも、こうした自らの実存そのものへの懐疑だ。

第二章「煙塵」の視点人物「彼女」は、この「私」の長女美佐子である。第二章では「彼女」(美佐子)の身の回りの出来事が「彼女」の視点から語られる。「彼女」は、子守唄の一節とともに時折不意に思い出される「不確かな過去」に怯えている。子守唄の正体を突き止めようとして、母親に尋ねてみたり、乳母であった女性を訪ねる旅にも出たりするが、一向に謎は解けない。ゆえに、自分が藤代家に貰われた子ではないかと悩む。彼女が抱えているのも、次のような、存在していることへの漠然とした恐怖である。

あたしたちはみんな宙ぶらりんだ、宙ぶらりんのまま生きているのだ、と彼女は考えた。生きることも出来ず死ぬことも出来ず、惰性のように毎日を送っているのだ。いつかは何とかなるだろうと、それだけを信じて。時計の針が反対の方向に動いていることにも気がつかずに。そして彼女はかすかに身顫《みぶる》いした31。

第三章「舞台」と第六章「喪中の人」の視点人物「彼女」は、美佐子の妹つまり藤代の次女香代子である。大学で演劇サークルに入っている「彼女」（香代子）が主役に抜擢されたサルトル「出口なし」の舞台までの日々が第三章に、その後の劇団員との恋愛が第六章に語られる。「彼女」は、ある日病気の母親のうわ言から、「呉」という男性と母親との過去の関係を疑い始める。その後、たまたま本屋で目にした戦没学生の手記に、「呉」という男性から母にあてたと思われる伝言を見つけたことから、自分の出生への疑いが確かな形を持ってくる。

　自分はひょっとしたら呉さんとママとの子かもしれない、そのささやかな、初めはごくロマンチックな空想が、次第に重たくなり、彼女の心を重石《おもし》のように抑えつけた[32]。

姉の美佐子よりも、快活な女性として描かれる香代子だが、実は姉以上に深刻な出生への疑いを抱いている。自分は不義の子かもしれないという疑いは、姉の疑惑よりも罪の色彩を帯びている。それゆえ、偶然、姉の美佐子が自分は貰い子ではないかという悩みを打ち明けたときにも泣いてしまう。「その、自分でも何とか忘れようと思い、もう忘れかけていた疑いが、姉の意外な告白で甦った」[33]というように、自分の生立ちは、香代子にとっては努めて忘れようとするものであるにもかかわらず、根底のところでくすぶっていた火種だったのだ。いわば香代子は、母親の過去を背負い、罪を背負っている。

　もちろん、藤代の娘たちに関わる過去の罪は、いずれも疑惑の域を出ない。また、若いということもあって、父親ほどには具体的な罪に染まってもいない。だが、罪の意識は、犯した罪の重大さによってではなく、それを受け止める個人によるものである。若く潔癖である藤代の娘たちにとっては、たとえ空想であるにせよ、神聖であるはずの出生に落ちる影は、重苦しい現実として心を曇らせる。ゆえに彼女らもまた父親同様に、あるいはそれ以上に、ぎりぎりのところまで追い詰められた存在であることには変わりない。例えば、「「忘却の河」創作ノオト」が公開されているが、そこには「B子の自殺（手記のあとにての可能性がある）、原因はまったく不明、それによる父とA子との接近、それによる二人の旅（追記、これではあまりにも暗い）」[34]というように、次女香代子の自殺という案があった。このことから考えても、次女香代子にとって出生の秘密は自らの存在を否定しなければならないほどの重さを与えられているという点で、第一章の「私」の罪の意識に共鳴するようなものであった。

第一章から第三章の作中人物のこの不安は、第四章「夢の通ひ路」の視点人物「わたし」にも見出される。「わたし」は藤代家のもう一人の家族、藤代の妻ゆきである。「わたし」（ゆき）は原因不明の病気でもう何年も寝たきりになっている。日常と言えば病床でテレビを見るくらいであり、ほとんどは死者の追憶の内に暮れていく。夭折した弟、名前をつける前に死んでしまった初めての子、震災で喪った母親、死に目に会えなかった父親、かつて愛した戦没学生の呉という青年、戦後の栄養失調で亡くした舅と姑。「わたし」はひたすら愛した者たちを思い出そうとする。このように追憶に暮れる姿は、家族に対しては、取り返しのつかぬ過去への拘泥といったイメージしか与えない。娘の美佐子は、「人はそんなにまで過去のことを考えながら、それも、もう取り返しのつかない過去のことを考えながら、生きているものだろうか」[35]と母のことを思う。「昔のことで、何としても取り返すことは出来ない。しかしそうした過去の中に現に生き続けている人間もいる。妻のように」[36]と藤代は見る。

こうしてみると、『忘却の河』の作中人物はみな、出生の秘密を直接の発端としながら、より本質的には自らの存在の根拠への疑いを持ち始めた存在である。過去に固執しながらも同時にそこから逃れたいという、ほとんど過去に依存しているといってもよいような状態のなかで、堂々めぐりの追憶が繰り返される。次女香代子の舞台の演題がサルトルの「出口なし」であることも、過去に縛られてそこから逃げることのできない生き地獄のような彼らの実存を暗示している。

彼らが脅えているのは、犯してしまった罪のゆえではない。他者とわかり合えないからでもない。彼らが向き合っているのは、もっと本質的な孤独である。根源的な存在の不安と言い換えてもよい。この項の初めに引用した「私」の「奇妙にこの罪という感じが附き纏って離れず」という言葉が示すような、自らが存在しているということの後ろめたさのような漠然とした観念のような不安である。やがて、こうした存在の不安は、存在の証としての「古里」という主題に結びついていく。それぞれに実存の不安を抱えていながらも、藤代家の家族は、それを互いに打ち明けることもなく、罪の意識と孤独にひたすら耐えている。特に、「わたし」（藤代の妻）はあえて孤独に閉じこもること、現在をなくし、記憶の時間に浸ることにより、深い孤独に耐えようとしている。

尚、このように過去と深く関わる藤代家の人々とは対照的に、第五章「硝子の城」の視点人物である三木は、過去をほとんど問題にしない。「己」という内的対話者の視点から、わずかに三木の過去が語られる箇所はあるが、最終的に三木は、「己は硝子の城に住んで、他人が愛したり生きたりするのを、批評家として眺めるだけの、つまらない人間になるだろう」[37]と自己の深みに下りることは回避するのである。これについて首藤基澄は、「三木だけがはっきりした志向をもっていない」のであり、「三木はつまるところ否定的な像でしかない」と指摘する[38]。三木はいわば、ほとんど無意識のうちに過去を忘れている人間として描かれ、過去との接点のない現在の生の薄っぺらさや孤独を象徴しているようでもある。罪を問うこと、言い換えれば記憶に立ち会うことのない人間には、現在という時間は表層的に流れるだけであり、生が厚みを持つこともないのである。

第三節　生き直される過去——ゆるしの眼差し

「私がこれを書くのは私がこの部屋にいるからであり、ここにいて私が何かを発見したからである」39と、第七章「賽の河原」は第一章と全く同じ書き出しで始まる。台風の晩に出会った女が借りていた安アパートの一室で手記を書いてから一年後、「私」は日本海に面した寂しい旅館の一室で再び手記を綴っている。一年前に書いた手記のことを思い出しながら「再び何かを発見したように感じ」40、ペンを取る。そして手記は第七章では、次のように展開する。

しかし心の底では、果して人が人生に何かを発見するということがあるのかどうか、嘗て私が発見したと信じたものは錯覚にすぎず、現に今も、過去を振り返り、過去の自分を第三者のように見詰めてみても、この私が生きて来たことに何等かの意義があるのかどうか、私にはどうも心もとないのである。しかし人はとにかく生きて行くほかはないし、その間に、生きていることは死ぬことよりも意味があると発見することもしばしばあるだろう。そういう時にのみ、言い換えれば他人は死んだが自分は生きていると考える時にのみ、生きる意味があるのではないかと思う。意識していない生は殆ど死と等価物のような気が私にはする41。

この冒頭には既に、「他人は死んだが自分は生きていると考える時にのみ、生きる意味があるのではないか」という形で「私」の「発見」が予告されている。またそれは「私という一個の微小な生きものが何を忘れ何を覚えているか、もし忘れたとしたらそこに何の意味があり、もし覚えているとしたらそこに何の発見があるかを知りたい」42という第一章「忘却の河」の「私」の問いの一つの答えともなっている。その「発見」がどのようになされるのかを綴ったのが第七章「賽の河原」の手記である。

たまたま目にした新聞記事がきっかけで、「私」は「むかし私の恋人が古里と呼んだ日本海に面した寂しい海岸」[43]を訪れる。その村で「私」は、三〇年前に訪れた賽の河原、かつてそこで「必死の注意を籠めて、一つずつ小石を積み重ねて行」[44]き、「それを終ると、最後に手にあった石をポケットに入れ、逃れるように」[45]あとにした、その賽の河原に再び赴く。第一章の「忘却の河」は、三〇年前に賽の河原から持ち帰った小石を、安アパートの側の掘割に投げ捨て、過去の忘却を望むところで終わっていた。しかし、過去は、掘割に沈んだ石のようには沈まなかった[46]。そして、第七章では、今度は掘割にではなく昔の恋人が命を断ったこの寒村の賽の河原に、「彼女と、そして生れることもなくて彼女と共にその胎内で死んだ私の子供とが、この賽の河原に於て、私をゆるしてくれるかもしれないような罪」[47]を捨てに赴く。

私は基督教でもなく佛教でもない一つの穢れとしての罪を感じていた。救済とか済度とかいうのではなく、この罪から逃れたいと悶えていた。この罪、それは神によっても佛によっても消すことの出来ないものであり、ただ彼女だけがそれをゆるすことが出来るように感じられる罪である[48]。

なぜなら「私」の罪とは、右のような「一つの穢れとしての罪」であったからである。またそれは、当事者のゆるしを請う罪でもあり、それゆえに、既に死者である「彼女」のゆるしを求めて行く場所は、その賽の河原しかなかったからである。このように、「一つの穢れとしての罪」、いわば穢れを落とす場所として、ゆるしを請う「彼女」の眠る場所を求めて「私」は賽の河原を再び訪れることで、一年前と同じように過去と決別しようとする。

ところが、その罪障の場所として赴いた賽の河原からの復路で、偶然にも海辺の無縁墓地を見つけたことが、「私」

を別の方向へいざなうことになる。

> ……そしてまさにそこに、私が三十年前には見なかったものを、そして私が今、見なければならないものを、見たのである。それは海沿いにあるひと囲いの無縁墓地だった。（中略）これは漂い着いた水死人や、ここで行き倒れになった旅人たちの墓どころであろう。名も知られずに死んだ人、恥辱の中に死んだ人を埋めるところであろう。そして私の恋人が眠っているところも、まさにこの無縁墓地のほかにはなかった。どこの誰とも分らぬ男のために子を宿し、一家の恥として西が浦に身を投げた娘の葬られるべき場所は、名誉ある出征兵士の骨を埋めた山の墓地ではなく、この海沿いの、荒浪の飛沫《しぶき》が散りかかる無縁墓地のほかにはなかった[49]。

「海沿いの、荒浪の飛沫《しぶき》が散りかかる無縁墓地」にしか眠ることができなかった恋人。おそらくそれは、それまでによみがえったどんな記憶よりも「私」にとっては生々しく残酷な現実である。その前に「この部落の人たちが眠る広々とした墓地」[50]には、「彼女」の墓を見つけられなかった「私」にはなおさらである。「彼女」も人々に断罪されたことを知る。

「私」が「母親のことを想」うのはその時である。「東北の片田舎で間引ぞこないの子供として生を享け、幼いうちに東京のここの家に貰われて来た」[51]という「私」の生立ちは第一章における罪の意識の根幹をなしていた。ゆえに「私」にとって生母は、その面影すら思い出せないままに、「家がいくら貧しかったからと言って、棄児同然に私を遠くへやってしまった母親」[52]として、極めて暗く重い記憶の中に押し込められたものだった。ところがここで、「私」にとっては最も重い過去でもあるこの母親の罪を、「私」はまざまざと「思い出す」のである。

私は雨に濡れながら、その時初めて私の母親のことを想った。雪深い東北の村、えなの流れて来る河、暗い顔をして泣いていたであろう母親、私はこういう遠い記憶を喚び覚ました。そして母親となる前に、私への愛を抱いてお腹の子と共に死んだ彼女のことを想った。それは罪深い行為だったと人は言うだろう。しかし誰が、彼女を責めることが出来るのか。誰が、私の母親を責めることが出来るのか。私たちはみな生きることによって、穢れた魂と罪の意識とを持ちながら、しかも生き続けて行くのではないだろうか。そのためにこそ賽の河原というものがあり、旅人は死んだみどり児の代りに、一つ一つ小石を積み重ねて自分が生きていることの証《あかし》とするのではないだろうか[53]。

ここで「私」は、「初めて母親のことを」、その罪のことを「想った」。「間引ぞこないの子供」であること、かつての恋人とお腹の子を死に追いやってしまったこと、戦友を見殺しにしたこと、左翼運動から転向し仲間を裏切ったことなど、自分の罪ばかり見詰めていた「私」が、「死んだ母親」や「死んだ彼女」の罪のことを初めて「想った」のである。そしてその罪を知った上で、「しかし誰が、彼女を責めることが出来るのか。誰が、私の母親を責めることが出来るのか」と、こうした死者にゆるしの眼差しを注いでいく。自分がゆるされることばかり願っていた過去の罪を死者の側から見たときに、死者もまた罪を犯しゆるしを求めていたのだと気づく。ゆるされたいのは自分だけではなく、他者もまたゆるされたかったということを発見する。

そして、そのことに気づかせたのは、他ならぬ母親の罪であり、その罪を背負った母親その人を思い出すという行為であった。「間引ぞこないの子供」である「私」は、いわば母親とともに罪を犯した人間である。その「私」の罪がゆるされることがなかったのは、「私」がこの母親を忘却に沈めることでその母親と自分の罪から目をそむけていたからであった。また、母親との過去を消そうとすることは、根底において母親をゆるしていなかったということでもある。しかし、その罪の全てを曇りのない現実として受け止めた上で母親を思い出し、母親にゆるしの視線を向けたとき、そこにその母親とともに罪を犯した自分自身に対するゆるしもあった。そしておそらくは、最も根が深く重かったその罪からゆるされたときに、その根源的な罪になだれ込み絡みつくようにしてあった他の様々な罪からもゆるされ、そこに罪の乗り越えもあったのである。

他者のゆるしを請うのではなく、想起のうちに過去をまざまざと受容することによってまずは他者をゆるし、そのことによって自分もゆるされる。このように、自らの罪に正面から向き合うという意識は明らかに、賽の河原に「私」を誘った「一つの穢れとしての罪」という罪とは異なる罪の意識である。異なるというよりも、本質的な罪の所在を知ることになったと言ってもよいかもしれない。つまり、それまで「私」は「穢れ」を落とすように過去の罪を沈めようとしていたが、実はそのように忘れるということこそが、本質的な罪であったということに気づくのである。「私」が犯していた本当の罪とは、この罪を忘れるという罪であった。「私」が過去の罪から本質的に救われなかったのは、おそらくそれゆえであろう。ここにおいて賽の河原は罪の捨て場所ではなく、石を積むことによって「自分が生きていることの証」とする、すなわち魂の「再生」を導く場所となる。そして、先に引用した第七章の冒頭における「意識していない生はほとんど死と等価物」という「発見」の意味が明かされることになるのである。

また、このように罪を受容していく意識が生まれたところに、過去を忘れないということが積極的な意味を持つこととなる。もはや「私」は忘れたいとは思わない。過去をありのままに引き受けることによって罪に向き合い本質的な意味での贖いを見出し、ゆるしの出発点を見出していく。そのために、現在に記憶として現れる過去を現在との関係のなかに受容していこうとする。そして、そのように現在の瞬間毎に記憶を再び見出していくことは、現在の生を確認することとしても、積極的な意味を与えられる。ここにおいて記憶は、忘却するべきものではなく、想起するべきものとなる。そして、この罪と過去に対する視点の変化は、「私」にとっての罪の超克につながるものであると言える。

いわばそれは、「私」の根底において思い出すことを阻んでいた心理的バリアの超克でもあり、こうした超克を経て、過去の受容が「私」にとって意志的になされるようになるのである。

ここに「私」の明らかな過去意識の変化がある。そして、こうした「私」の過去意識の変化は、娘たちとの関係を少しずつ変え、それが娘たちをもまた、出生の疑惑から解放することになる。実父母に望まれなかった命かもしれない、誰かの代わりに死んでしまうべきだったのかもしれないといった、生の根底における実存の揺らぎを、『忘却の河』の作中人物は、それぞれが背負っていた。そして、その揺らぎとどのように向き合うかということにすら答えを出せないまま、宙吊りになっていた。その孤独な作中人物たちは、第七章の「賽の河原」において、和解へと導かれ、かすかな光を与えられた。

和解の一つの鍵として、彼らは、互いに告白する。そして、その互いの告白が、それぞれの抱えていた問題を決着させるのである。第七章で次女香代子は父親である「私」に、悩み続けてきた出生の疑惑を打ち明ける。それに対して「私」は、香代子の不安を取り去りながら、自らが藤代家の養子であることを打ち明ける。このやりとりによって、香代子の不安が解消されるだけでなく、それまでの父と娘のわだかまりも溶解していくことにもなる。また、「私」の長女美佐子の不安は、思いがけない偶然から解ける。賽の河原からの帰り道に雨に打たれた病後の「私」を見舞いながら、美佐子は彼女の疑惑の中心であった子守唄をふと口ずさむ。それを聞いた「私」がそれは、父親である自分が歌っていたものであるということを美佐子に語ることによって、美佐子は、思いがけず不安から解放される。そして「私」も、香代子の出生の疑惑についての告白から亡き妻の恋を知ることで、妻にも幸福な時間があったことを覚り、自分が妻を不幸にしたのではないかという重荷を少し軽くした。また、美佐子につられて生れ故郷の子守唄を歌っているうちに、「それを口にしている間に、私はあの河のほとりの道を、手拭をかぶった母の背中に負われてあやされていたに違いない幼い自分というものを思い出していた」54と、再び母とともにあった幼い自分を思う。

さらに、この第七章と重ね合せてみると、第四章「夢の通ひ路」においてひたすら過去の追憶に向かう「わたし」(藤代の妻)の追憶も改めて意味を持ってくる。それは過去に拘泥しているといった消極的なものではない。むしろ、死が奪っていった人間を再び生かし愛するという積極的な意味を持つものである。なぜなら、「わたし」の眼差しは、取り返しのつかない自分にではなく、かつて愛した者に向かっているからである。例えば、呉というかつての恋人に呼びかける「わたし」の独白は、死者への愛に満ちている。

しかしわたしはまだ生きていて、あなたのことを思い出している。生きているから思い出すのか、思い出すから生きているのか。わすれてはうちなげかるるゆふべかなわれのみ知りて過ぐる月日を。それを知っているのはわたしばかりだ。わたしがこうして生きているかぎり、あなたはわたしといっしょに生きている55。

「あなたはわたしといっしょに生きている」という言葉には、死者を自らの追憶のなかで、生かし続けようという明確な意志が見出される。つまり、「わたし」にとって忘れるということは、死者の死を意味しているのである。生者の記憶のなかに生かすことによって、死者は永遠の生を獲得することができる。ゆえに、残されたものは忘れてはならないのである。「わたし」にとって過去を思い出すことは死者を生かすことであり、それが死者への愛であるからこそ、いかに救いがたい過去であろうと、「わたし」は積極的に思い出す。ただ、ここには、自分自身の罪を内省的に見つめる視点はない。ゆえに「わたし」の愛は、愛する者の喪失の悲しみ(あるいは死を前にした現在の空虚)を埋め合わせつつ、思い出のなかに死者を活かし自らも過去を生きるという、慰みに似た表層的なものとも思われる。しかもそれは近く訪れる死を前提としている。それゆえ、「わたし」はそれを生きた他者と分かち合うことがない56。

しかし、この本質的には自己完結していた第四章の「わたし」の愛は、その死後に、『忘却の河』第七章における展開、他の作中人物たちが自らの過去を告白することで他者を救い他者の過去を知ることで自らが救われるという相互性のなかで、意味を持ち始める。例えば、第六章の「彼女」（香代子）は、母親の愛を思うことで自身と恋人の愛の不毛性に気づく。第七章の「私」（藤代）は、妻が死の少し前に語った「古里」という言葉に導かれて、賽の河原に赴いた。わずかではあるが他者の過去や死者の過去も共鳴させながら、作中人物はそれぞれの現在に意味を見つけ始めるのである。そのために、自ら思い出し自ら過去を語り直す。かくして、忘れることを求めるところから出発した小説は、忘れないことの意味を明確に肯定して終る。第七章の「賽の河原」において、「私」と二人の娘たち、そして亡き妻との間に生じた心の変化は、この小説の作中人物全てを、静かにゆるす眼差しとなっている。

第四節　記憶観の転換——創造的記憶の発見

ここにあるのは、大きな変化ではない。しかし、過去というものに対する、本質的な書き手の認識の変化がここには投影している。自己の罪も他者の罪もありのままに認め引き受け、かつゆるしゆるされる。自己に対しても他者に対してもそれを可能にするような愛の形を、長編『忘却の河』では最終的に示している。そこにおいては、記憶はこうした罪に出会う場であると同時に、その罪をそのまま引きうけることによって本来の自己を見詰め、他者をゆるす場でもある。さらに、こうしてそれまで許しえなかった他者をゆるすことによって自己もまたゆるされうるという愛へといざなう出発点としての意味を持つようになる。なぜならば、ここでは追憶が、固定的な過去を発掘する行為ではなく、刻々と変化する現在の瞬間において過去を再構築する行為となっているからである。忘却を切望していた作中人物が、結末では過去の罪を再認することによって、他者及び自己のゆるしの可能性が開かれていく。確かに過去の事実は事実としてあるけれども、現在にあって記憶として再現するに当たっては、過去は不動の固定的な事実ではなく現在との関係において動的に捉え直し新たな展開を与えうるものであるという認識を、この小説の執筆によって福永は獲得したのである。

また、「私」が忘れないことの意味を見出していくこの展開を記憶という視点から見てみると、そこには、記憶を創造的なもの、すなわち現在において再構築される動的なものとして捉える考え方が見て取れる。別の言い方をすれば、ここに現れる記憶は、過去の写しであると同時に、その変化する現在の写しでもある。つまり、こうした過去意識においては、記憶というものは、過去だけではなく現在とも関係を持つ時間となる。さらに突き詰めて言えば、ここで「私」の記憶として現れるものは、過去でも現在でもない、一つの別の時間である。そして、この記憶を連続して見れば、当然断片的で無秩序なものとなる。不確かで不条理でもある。しかし、『忘却の河』における第七章の「私」の過去意識の転換には、こうした不確かな記憶に、現在という時間との関係から創造的な意味を見出していくという方向性がある。そこからは、こうした創造的記憶を積極的に受け入れようとする書き手の意識が窺われる。

実は、ここで作中人物に開かれているゆるしの眼差しは、福永自身の現実と深いところで関わる問題であった。首藤基澄の調査によると、福永は、父末次郎の実子ではない。母トヨが結婚前に別府で温泉療養していた際に、同じく療養中であった銀行員との間に授かった子であるという。トヨの妊娠を知った兄（秋吉利雄）が、遠縁にあたる末次郎との間を取り持った。武彦が生まれたときには、末次郎とトヨは夫婦であったが、武彦は二人の間の子ではなかったのだ。首藤基澄は、ゆえに、『忘却の河』はこうした生立ちと根底で響きあう作品と言う57。確かに出生の影は、自らの出生に暗い影を感じている『忘却の河』の作中人物たちの罪の意識に投影されていると考えられる。福永は彼自身の最も罪深い記憶に、それぞれの作中人物の視点から、何度も立ち会っているのだ。複数の章をつないだ存在の不安は、福永自身の不安と響き合っていた。

つまり、第七章「賽の河原」で「私」が母の罪に向き合うという行為は、認識として、福永自身もまた自らの過去を生き直し解釈し直した行為と言えるだろう。実は、福永の作品において父親はしばしば描かれるが、母親、しかもこのように遠い過去において罪を背負う母親が描かれるのは、『忘却の河』のあの場面が初めてである。「私小説」的に福永自身の客観的過去の出来事を語ったわけではないが、彼はこの作品のなかで、心の最も奥につきささり、抜こうとすればするほど傷口がにじむ棘のような過去、それまで意識的に語ることを避けつつも罪の根幹として現在にも深く刻印された過去を、密かに告白していたのだ。そして、母の罪と自らが負わされた罪深い子の傷と向き合っていた。したがって『忘却の河』は、福永自身が、自身の幼年の記憶を書くに当たって、ぎりぎりのところで、母に立ち会うことをためらわせていた彼自身の本質的な罪を見詰めた作品と読むこともできる。

「私小説」的な小説とは異なる方法を摸索したこの小説家にとって、生立ちという極めて個人的な現実を重ねて読まれることは、おそらく本意ではない。しかも、画家や作家などの芸術家を作中人物にすることの多い福永の作品中、中年の会社社長とその家族を作中人物とするこの小説は、一見すると福永自身の現実とは最も遠いところにある。しかし、『忘却の河』における罪の意識に関しては、この人間福永の本質的な罪に触れる問題との接点を見過ごすわけにはいかないだろう。

そして、『忘却の河』における作中人物の変化は、人間福永の罪の超克にも向かっていると言えるだろう。忘れていた過去を思い出すことは罪を確認することである。つまり、思い出すこと、現在において過去を生き直すことによって、罪と向き合い、ゆるしゆるされる。『忘却の河』を書くことによって、思い出すことの積極的な意味に気づいたことは、書くということによって露呈するのではないかと絶えず脅えていた自らの忘れられない過去から福永を解放していく。「忘れられない」ことからも、「思い出せない」ことからも精神が自由になった福永は、「忘れられない」ことの恐怖から解放されつつ、同時に「思い出す」ことの至福を見出していった。そういう意味で『忘却の河』を書き上げたことは、作中人物にとってばかりでなく、人間福永にとっても、精神的な死と再生を意味したとも言えるのである。

さらにこれは、人間的な解放であるとともに、小説家としては、「虚構」の方法にも関わる認識の転回でもある。なぜならば、右のような記憶観に基づけば、自らの過去を素材とした「虚構」が真に可能となるからである。記憶が、既に過ぎ去った出来事に関わるということには変わりがない。しかし、こうした記憶観のもとでは、その過ぎ去った時間は、絶対的な揺るぎない時間ではなく、現在との関係において相対的に揺らぐ時間となる。ゆえに、記憶は固定的な過去の出来事や客観的事実としてではなく、現在の意識の変化に応じて繰り返し更新される動的な時間として認識される。そして、そういう認識を前提とすれば、現在でも過去でもない時間として、記憶を新たな時間として創造することが可能となるのだ。つまり、『忘却の河』における記憶観は、福永自身の人間としての罪の超克という問題と小説家としての方法意識の問題が交差したところに見出され、その人間的な解放が、小説家としての方法意識にも影響したものと考えられる。また、『忘却の河』において自らと母の罪を「告白」しつつ乗り越えたことによって、その記憶のなかで、母親と対面することもゆるされた。現実と虚構の間で揺れていた幼年の記憶を、「事実と想像との境に立っているような、一種の内的な記録」58として書くことが可能になったとき、『幼年』は心理的にも方法的にも完成に向かったのである。

二〇年間難航した『幼年』が完成した背景の一つには、このような『忘却の河』の執筆における作家の記憶観の転換があったと言えるだろう。つまり、こうした記憶観に裏打ちされて、福永が、自らの罪という心理的バリアを乗り越え、自分自身の記憶の表象において、想像力の幅を広げたことが、自らの核心的な記憶の小説を遂に書き上げるに至った一つの契機と見ることができる。過去は変えようがないが、その過去をどのように解釈するかは自由だ。問題は、どういった過去があったのかということではなく、現在において、どのように過去が解釈されるのかというところにある。現在において解釈され受容されていく過去、その過程においてフィクションとして想像＝創造される時間が、「記憶」なのである。そして、この創造的記憶の発見によって、福永はボードレールの記憶観に接近する。それは、やがて「純粋記憶」というモティーフの描写を完成させるに当たって、ボードレールの記憶観を方法的に組み入れるためにも、必要な過程でもあったと思われる。

第五節　「忘却」と「想起」、そして創造へ

この小説を経由して、ようやく福永の作中人物は〈冥府〉から抜け出した。ここにおいて、福永の視点は、〈憂愁〉の内側から外側に移ったと思われる。「冥府」では、〈憂愁〉の風景に溶け込んでいた作中人物の視点は、〈憂愁〉の風景を眺める観察者のものへと転換する。視点は、『パリの憂愁』の「人はみな幻想を」の「幻想」を背負っていた旅人のものから、「幻想」を背負った旅人を眺める視点人物「私」のものに移るのである。つまり、現在の〈憂愁〉を客観的に眺める視線を獲得したのである。その視点は、〈冥府〉に住まいつつも、その外側にいるという『パリの憂愁』の「私」の視点に近いものである。言い換えれば、〈冥府〉の観念を正確に引き受けることにより、ようやく〈冥府〉を超

克することができたのである。「冥府」という小説では、ボードレールにとって〈冥府〉というものの併せ持つ「永遠」への回路が、現れていないまでも方法的に定着してはいなかった。そういう意味で、福永はボードレールにとっての〈冥府〉を、この『忘却の河』という作品において、深く理解し血肉化するに到ったのである。

例えばそれは、「忘却」というものに対する視点の転換ということもできる。「過去」が新しく思い出されるものである以上、繰り返し記憶を更新することはできる。重要なのは繰り返し思い出すことである。一つの記憶を「忘却」し新たな記憶を創り出すというその繰り返しの隙間にふと、我々の自我の本質が露呈するからである。そして、その本質を知ることは自己の罪をゆるす視界を開くかもしれない。ここにおいては、「忘却」は消極的な死ではなく、創造的記憶の出発点としての「想起」と不可分の行為として積極的な意味を与えられるのである。それが、『忘却の河』をそれ以前の作品と分かつ点である。『忘却の河』においてその「想起」は、手記を「書く」という現在の行為によって具現化されるものとなっている。このように「忘却」を「想起」と不可分のものとして捉え、それを小説創造の前提と認識したとき、福永の時間意識は、例えば次のような福永自身のボードレール解釈に近づいたと言えるだろう。

> 僕たちが一つの生を生きる限り、与えられた時間を逃れることは遂に出来ない。僕たちに出来るのは、ただこの時間の中に別の時間を持つことだけだ。そして別の時間を持つとは、与えられた時間を忘れることに他ならないだろう。「倦怠、陰鬱な、好奇を欠いた心の木の実」（「憂愁」千年の齢を持ったよりも……）を口に味わないためには、自分自身の時間を創造して現実の時間に対しなければならない[59]。

『ボードレールの世界』の第四章「旅」のなかで福永は、ボードレールにおいて「与えられた時間」の「忘却」は、現在のなかに「別の時間」を創ることであると捉えている。「忘却」と「想起」の反復のなかに記憶を見出していくことに積極的な意味を与えるという『忘却の河』の時間意識は、ここで福永が指摘する「与えられた時間」の「忘却」のなかに「自分自身の時間を創造」するというボードレールにとっての時間の「旅」と重なってくる。さらに、福永は、ボードレールにとって詩作もまた、この「与えられた時間」の「忘却」、すなわち現在時からの「旅」であると解釈する。

従ってボードレールにとって、愛が仮初の死、或は忘却を、彼に喚び起したように、詩作も亦、強制された死であり、同時に、永遠への思慕、——この世の時間以外の時間への、一つの旅に他ならなかった。彼はこの旅に誘われることによって、現実の生を忘れ、別の生を生きた。そしてこれこそが、部屋の「扉や窓をすべて鎖し」(「風景」)、ひとり孤独と向き合いながら、詩人が幾たびか試みた旅だったと言えるだろう60。

このように福永は、ボードレールの詩作を「この世の時間以外の時間への、一つの旅」と見る。したがって、ここでは「忘却」は「忘れる」ということと「思い出す」ということの両面性を背負っている。現在の「忘却」のなかに一つの時間が忘れられ別の時間が現れるという絶え間ない繰り返しの結果として生まれるのが詩であるという認識である。詩作とは、一つの時間の「忘却」である。そして、別の時間を思い出すことによって、「現実の生を忘れ、別の生を生き」ること、すなわち「永遠」という形而上学的な世界に触れることができる。このように、福永武彦は、ボードレールにとって「忘却」と「想起」を創造行為において不可分にして不可欠のものとして捉えている。「ひとり孤独と向き合いながら、詩人が幾たびか試みた旅」とは、例えば、散文詩「午前一時に」"À une Heure du Matin"に現れるような、詩作の旅である61。ゆえに、『忘却の河』において母のゆるしとともに獲得した「忘却」の意味づけは、このボードレールの解釈に作品世界を接近させている。そして、「記憶」とはこの「忘却」のなかにおいて立ち現れる創造的な時間である。現実のなかにありながら、現実とは異なる時間を創出していくことである。ここにおいて、ボードレールが詩を書くことと福永武彦が小説を書くこととが、福永のなかで近くなる。

この点が、「冥府」及びそれ以前の小説と『忘却の河』を分かち、『忘却の河』と『幼年』以降の小説を近づけるところである。既に本書の第三章で分析したように、「冥府」において、小説構築の契機としての記憶の存在価値は確認されていた。そして、核となっている書き手自身の記憶から、具体的なイメージが展開し増殖していくことにより、小説世界を形成するというような描写もあった。しかし、それは、核となるものからイメージが増殖するという意味では結果として方法を共有していたかもしれないが、必ずしも、理論的背景によって裏づけられた摂取とは言えなかった。なぜならば、その時点では福永は、記憶と創造の関係性に漠然と気づきつつはあったが、それを自らの小説の理論的背景として位置づけるというような認識に達していたとは言えないからだ。つまり、そこで核となっている記憶の実体、つまり核にあって小説構築を促しているものの実体を客観的に把握していなかった。例えば、そうした福永の意識は、「形見分け」のなかの記憶喪失の画家の、次のような苦悩にも投影していると思われる。

> 絵を描く時に記憶はどれだけの作用を果しているのか　物を見て絵を描く　物は見られることによって記憶の中に積み重ねられその本質をカンヴァスの上にさらけ出す物が現実の物でなく　変形され　蒸溜され　抽象化されていた場合にも　やはりその物の記憶は僕等の内部にある筈だ　その物とは何だろうか　僕等の意識がそれを知らずカンヴァスの上に定着されて初めて物として認識されるような　だから僕等の内部には定着されることを待ち望んでいる無数の物たちがいるのだ　無数の物たちがうごめいているのだ　そういう物たちと過去の記憶との間に　僕の喪われた記憶との間に　一体どういう関係があるのだろう[62]。

「形見分け」の画家は、「喪われた記憶」を取り戻したいと思っている。そして、自分が絵のなかに定着する「物たち」

とその「喪われた記憶」とはどのような関係があるのだろう、その「物たち」から「喪われた記憶」を回復する手がかりはないものかと問う。漠然とその関係性に気づいているが、「僕」はそれを規定できないでいる。創造されたものが、客観的真実そのものの再現でなくとも、実は内的真実を顕わにするものである、そしてそれこそが創造的記憶であるということに、ここではまだ福永は納得できていない。

『忘却の河』において記憶とは、過去の「忘却」のなかに忘れられる時間ではなく、現在の「忘却」のなかに新たに創造される時間である。そして、その現在において新たに創造される時間こそが、実は、内的真実を露呈させるものではないかという認識に福永は達している。だからこそ、過去の客観的事実に捉われることなく、現在において記憶として創られるもの、記憶力によって取り戻されるものが受け入れられるようになる。現在において創造される時間、そして創造された上で受肉される「過去」である記憶、言い換えれば創造的記憶の意味を見出した。ここにおいて初めて、福永はボードレールの認識や方法を、自分自身の創作の方法として意識的に取り入れる、すなわち血肉化していくための具体的な手がかりを見出したと言うことができるのである。

おわりに

結局のところ、『幼年』の完成において『忘却の河』が持つ意味は、福永自身の人間的過去と小説の作中人物の過去との関係に、一つの方向性が見えたということである。「記憶」が現在の変化する意識のなかで絶えず生成されるものであるという認識は、小説のなかで、自らの記憶を再創造することを許すからである。そして、現実に基づきながらも想像力によって一つの世界を現出させる方法は、このように絶えず生成される時間を書き写すという行為によって完成することを福永は実感する。それが、福永にとっての小説創造の方向性を規定した。

仮に、そこに作家の過去の現実が介入していようとも、それが作家の現在の意識で切り取られ、時間的な配置も与えられたという意味において、それは想像力の産物としての世界である。こういう地平に立ってようやく、『独身者』によって問題提起されていた「純粋な記憶」の問題意識、すなわち「現在」における「虚構」として定着される「幼年」というモティーフに福永の認識が追いついたと言えるだろう。そして、ここで見出された記憶と創造との関係は、小説家の創作観としては、どういう物語が生まれるかではなくどのようにして物語が生まれるのかを意識的に書き取る姿勢、小説の誕生する瞬間を意識的に書き留めようとする態度に連なっていくのである。

ここにおいて「書く」という行為は、「過去」を掘り起こすことではなく、「現在」を深く受肉する行為となっていく。実はこれは、『忘却の河』の冒頭で作中人物の「私」が提起した問題意識そのものである。

私がこれを書くのは私がこの部屋にいるからであり、ここにいて私が何かを発見したからである。その発見したものが何であるか、私の過去であるか、私の生きかたであるか、私の運命であるか、それは私には分らない。ひょっとしたら私は物語を発見したのかもしれないが、物語というものは人がそれを書くことによってのみ完成するのだろう63。

自らの体験を書くのではなく、体験するために書く。それは、日本の近代文学あるいは自然主義の系譜上にある小説が、影のように引きずってきた「私小説」的な風土との、きっぱりとした訣別と言ってもいいかもしれない。作中人物を書き手の「私」に同一化させるのではなく、作家が作中人物に入り込み、書き手が作中人物を演じることにより、作中人物を通して、作家自身の自己再生をする物語である。そうしたパラダイムの転換がそこにあったのではないか。

つまり福永は、それまでは「物語」を構築するための一つの手段に過ぎなかった「書く」という行為の意味を抉り出し、行為そのものを「書く」ことの目的とした。自分がなぜ「書く」という行為に向かうのか、あるいは「書く」という行為に向かっている小説家とは何者かということを知るために、言葉を映し出すということを自らの方法として意識化したのである。そして、そのようにして映し出されることで、作中人物の「過去」は深く受容され、「現在」は深く生きられることになった。

『忘却の河』の、書き手にとっての意味は、そういう意識にしたがって書いたところに、物語が「完成」し「発見」が成ったというところにあり、自ら「現在」を深く受容していく成果が確かめられたことにある。そしてそこに「過去」によって「現在」を書くことの深さ、そのようにして、作中人物だけでなく書き手も「現在」を深く生きるということの意味を見出し、未来に向かう人間としてのすべてを含めての実存を描く方向性を見出したところに、福永の小説家としての内的進化があった。かくして、福永の小説の方向性は「現在」において想像力によって創り上げられる世界への幅を広げることになり、そこに「純粋記憶」というモティーフの定着も具体化することになるのである。

こうした創造的記憶を定着させていくことが、その後の福永の小説創造の基本的な姿勢となる。『幼年』の「純粋記憶」もまた、こうした現在において新たに見出される幼年の記憶を書き取っていく行為のなかに見出されていく。そして福永は、『独身者』から二〇年近く温めていたがなし得なかった、自身の失われた記憶の小説『幼年』をついに書き上げる。さらに『幼年』に続けて着手された長編『死の島』では、自らの「過去」だけではなく他者の「過去」も含めたより開かれた複合的な視点のもとに、創造的記憶の追求に向かう。例えば、「己は己にとっての第三者であるM子とA子という別の現実をつくり、そこに想像力による己自身の世界を築き、そこに人間の意味、生きることの意味を探り出したいと思った。そういう別の現実の中で、彼女等を通じて、我々のすべては根源的な不安の中に生きているし、生への絶望を乗り越えて生きなければならないことを、己の「小説」は目的としていた筈だ」64という作中人物の問題意識に現れるように、他者の世界を想像力によって構築するという試みにつながっていった。

註

1 全集三巻、一八六頁。
2 前章（一〇一頁）において触れたボードレールの散文詩草稿に現れる表現の一部。
3 上村周平「福永武彦「時計」論――記憶をめぐって」（『福永武彦研究』6号、二〇〇一年八月）及び「「世界の終わり」論」（『国語国文薩摩路』46号、二〇〇二年三月）参照。
4 記憶の再生が他者の不安を引き起こすというイメージは、例えば「夜の時間」の結末に現れる「冴子」の不安や、「未来都市」の結末における「哲学者」の死という形で、この時期の他の小説にも現れるものである。
5 佐藤泰正「福永武彦における主題　その往相と還相――『忘却の河』を中心に」、『国文学　解釈と鑑賞』一九八〇年七月号、三九頁。
6 本章註5の佐藤論文、四〇頁。
7 堀竜一「福永武彦の転回――「告別」から『忘却の河』へ――」（『文化』48号、一九八五年二月）参照。引用は一九五頁。
8 菅野昭正・福永武彦対談「小説の発想と定着――福永武彦氏に聞く」（『国文学　解釈と教材の研究』一九七二年一一月号）のなかで、『忘却の河』や『死の島』に「抒情性の効果」（二二頁）を見出したという菅野昭正の発言に応えて、福永は、「初期の作品よりも、だんだんにおしまいを暗くしないように、少しでもほの明るいものにしようという気はありますね」（同頁）と述べ、「それは、例えば「忘却の河」なんていうのがちょうど境目に当たるんじゃないかと思いますが、あれで主人公が救われるとはもちろん思わない、けれども、救われる方向へ、せめて、向けておきたいですね。でないと、あまりにみじめだ、という気がする」（同頁）と続けている。
9 全集七巻、四頁。

10 全集七巻、四頁。
11 全集七巻、四頁。
12 全集七巻、四頁。
13 それぞれの初出は以下の通りである。一章「忘却の河」(『文藝』一八六三年三月号)、二章「煙塵」(『文學界』同年八月号)、三章「舞台」(『婦人之友』同年九月号)、四章「夢の通い路」(『小説中央公論』同年一二月号)、五章「硝子の城」(『群像』同年一一月号)、六章「喪中の人」(『小説新潮』同年一二月号)、七章「賽の河原」(『文藝』同年一二月号)。
14 福永の推理小説好きは、『エラリイ・クイーンズ・ミステリ・マガジン』に「深夜の散歩」というエッセイを連載(一九五八年三月号から一九六〇年二月号まで一八回)していたことでも知られており、加田伶太郎というペンネームで自らも推理小説を書いている。最初に推理小説を集めて、加田伶太郎『完全犯罪』(大日本雄弁会講談社、一九五七年)として刊行した際には、友人の福永武彦として「序」を寄せているというところなどからも(「「完全犯罪」序」、全集五巻、五一一—五一五頁参照)、福永の韜晦趣味が窺われる。
15 奥野健男「福永武彦著『忘却の河』」(『週刊朝日』、一九六四年七月三日)参照。
16 駒田信二「福永武彦著『忘却の河』」(『図書新聞』、一九六四年七月一一日)参照。
17 佐古純一郎「文学12月の状況」、『週刊読書人』、一九六三年一一月一八日。
18 「「忘却の河」初版後記」、全集七巻、四九三頁。
19 本章註15に同じ、一〇〇—一〇一頁。
20 手塚富雄「福永武彦著 忘却の河」、『週刊読書人』、一九六四年七月二〇日。
21 清水徹「構造的批評を——〈文芸時評〉——」、『文學界』一九六四年九月号、一四二頁。
22 本章註21の清水論文、一四三—一四四頁。
23 例えば、宮島公夫「『忘却の河』論——家庭問題を視座として——」(『イミタチオ4号、一九八六年四月)、広川和子「『忘却の河』論——自己再生への試み——」(『論究日本文学』52号、一九八九年五月)などがある。
24 高木徹「福永武彦における表現の特質——『忘却の河』の基礎調査より——」(『名古屋近代文学研究』9号、一九九一年一二月)

参照。

25 佐々木基一「文芸時評」、『東京新聞』、一九六三年三月一日夕刊。

26 全集七巻、五四頁。日本国語大辞典によれば、「えな」は「胞衣・胎衣」と表記され、「胎児を包んでいる膜や胎盤などの総称」を意味している。したがって、「えなの流れて来る河」というのは胎盤の流れる河ということになり、堕胎の事実、とりわけ戦前の農村部で貧困から行われていた間引の事実を暗示するイメージである。『忘却の河』の第一章と第七章では、東北の貧しい農家から養子に出された「私」(藤代)の過去としてしばしば思い出される。

27 全集七巻、二七頁。

28 全集七巻、三六頁。

29 全集七巻、四三頁。

30 全集七巻、二二一—二二三頁。

31 全集七巻、一一三頁。

32 全集七巻、二二九頁。

33 全集七巻、一二三頁。

34 全集一二巻、三六一頁。

35 全集七巻、九七頁。

36 全集七巻、三六頁。

37 全集七巻、二一七頁。

38 首藤基澄「第五章　忘却の河」、『福永武彦・魂の音楽』所収、おうふう、一九九六年、二九五頁。

39 全集七巻、二四三頁。

40 全集七巻、二四三頁。

41 全集七巻、二四三—二四四頁。

42 全集七巻、一五頁。

43 全集七巻、二六八頁。
44 全集七巻、七六頁。
45 全集七巻、七六頁。
46 「石は沈んでも記憶はやはり意識の閾《しきみ》の上を、浮くともなく沈むともなく漂っている」(全集七巻、二五四頁)というように、第七章では第一章「忘却の河」で忘れようとした過去は忘れられないものとして描かれている。創作ノオトにも「石を投げすてても過去は忘れられない、過去は新しく思い出されて来る」(全集一二巻、三六一頁)と書かれており、過去が忘れられないということが重要なテーマとなっている。
47 全集七巻、二七九頁。
48 全集七巻、二七九頁。
49 全集七巻、二八〇頁。
50 全集七巻、二七五頁。
51 全集七巻、二五〇頁。
52 全集七巻、二六六頁。
53 全集七巻、二八一頁。
54 全集七巻、二八六頁。
55 全集七巻、一五四頁。
56 このように生者の記憶のなかに死者を生かすという愛の形は、先の長編『草の花』の、やはり死を前にした汐見茂思から連なる系譜である。「一人の人間は、彼が灰となり塵に帰ってしまった後に於ても、誰かが彼の動作、彼の話しぶり、彼の癖、彼の感じかた、彼の考え、そのようなものを明かに覚えている限り、なお生きている。(中略)従って生者は、必ずや死者の記憶を常に新たにし、死者と共に生きなければならない」(全集二巻、三五六頁)という心境に近く、自らの生の証というよりは、死者を生かすという意味合いが強く、現在よりも過去に根ざしている。『草の花』と『忘却の河』の第七章の転回との連続性もこの第四章は示唆している。

57 首藤基澄「父なるもの——「河」を中心に——」(『福永武彦・魂の音楽』所収、おうふう、一九九六年)参照、特に二一七—二一九頁。

58 「「幼年」について」、全集七巻、四九六頁。

59 全集一八巻、五〇頁。

60 全集一八巻、五二頁。

61 「午前一時に」"A une Heure du Matin"は、『パリの憂愁』のなかの一篇であるが、深夜の孤独のなかで一日の回想を終えると、視点人物「僕」は、次のように言う。「今や夜の静寂と孤独との中にあって、僕は自らを償い、多少の誇りを取り戻したいと願う。僕がむかし愛した人々の魂よ、僕が嘗て歌った人々の魂よ、僕を強くし、僕の弱さを支え、世の一切の腐敗した臭気と虚偽とを僕から遠ざけてほしい。そして爾《なんじ》、我が神よ、僕が人間のうちの最も末なる者でなく、僕の卑《いや》しむ人たちよりも尚劣った者でないことを自らに証《あかし》するために、せめて数行の美しい詩句を生み出せるよう、願わくは慈悲を垂れ給え。」(PL 1, p.288.〔訳文は人文書院版『ボードレール全集』第一巻、一九六三年、二九四頁の福永訳を用いた〕)。

62 全集六巻、三四二頁。

63 全集七巻、一五頁。

64 全集一〇巻、二九五頁。

第五章　失われた記憶の小説『幼年』

――「純粋記憶」と「万物照応」

はじめに

『幼年』(一九六七年刊、初出は『群像』一九六四年九月号)には、衝撃的な告白も、引き込まれるような筋立ても、何かに向けた強烈なメッセージもない。始まりも終わりもなく、いくつもの出来事や風景、想念などが、時間や空間とは無関係に、断片的に現れては消え、無秩序に折り重なっているだけである。この小説には何が書かれているのかと聞かれても、それに応えるのは難しい。作中人物のキャラクター、全体の筋、テーマといった、小説を解読するためのごく当たり前のコードが見えにくいと言えばよいだろうか。あるいは、最初からそうしたコードなど与えられていないのではとも思わせる。そもそも「小説」とは何だったのかと、問い直さずにはいられなくする作品である。

文体も特異である。現在の「私」が語っているかと思うと、不意にその「私」が消える。それに伴って文章の途中でいきなり改行があり、そこからは、「子供」という視点による叙述に変わる。そしてしばらく「子供」の叙述が続くと、また不意に途切れて改行があり、「私」による叙述に移る。こうした視点人物の転換とそれに伴う改行が、テキスト全体に渡って繰返されている。文の途中での改行や反復といったリズムの作り方は、見方によれば詩のスタイルとも似てなくもない。福永自身も「小説と散文詩とエッセイとの混り合った一種のアマルガム」[1]と述べているが、形式もまた「小説」の境界に佇《たたず》んでいる。発表当初から、この作品が難解と語られてきたのも無理はない[2]。

この小説の材源としては、個人的に師事していた堀辰雄の『幼年時代』(一九四二)との関連が、既に多くの論者から指摘されている[3]。また、ジョイスの描写の文体を、一九四四(昭和一九)年に一部執筆して未完に終わった小説『独身者』(一九七五年刊)の頃より意識しており、結果的にそれらがテキストに反映していることを検証した論考もある[4]。このように、比較的早い時期から作品の構想に関わっている背景はいくらか示唆されているものの、二〇年近く難航した小説を最終的に完成へと導いた背景については、ほとんど明らかにされていない。

その一つとして、『幼年』執筆の前月に上梓した『忘却の河』（一九六四）執筆に伴う作家の過去意識の転換という心理的背景については、既に前章で考察した。この転換によって福永は、自らの過去に対しての想像力の関与を積極的に認める視点を獲得した。結果としてそれは、自らの内的記憶を定着させていくに当たって想像力の働きによって記憶の具体的なイメージを展開させることを可能にし、そのことが「純粋記憶」というモティーフの定着を準備した要素の一つとなったと言えるだろう。しかし、それは記憶の具体的なイメージを展開させることを可能にはしたが、依然として想起の出発点において、漠然とした情緒のようなものとしてしか実在しない記憶からどのようにして具体的なイメージを出現させるか、言い換えれば、「純粋記憶」の真実性を保障する根源、想起の出発点をどのようにして小説に定着させるかという問題は残っていた。

この出発点におけるイメージ構築の方法に手がかりを与え、最終的に「純粋記憶」を表現として定着させることに深く関与したと考えられるのが、ボードレールの「万物照応」の理論である。直接的には、福永の評論『ボードレールの世界』（一九四七）や「詩人としてのボードレール」（一九六三）のなかに展開する「万物照応」についての彼自身の解釈が、「純粋記憶」の描写に反映しているのではないかと思われる。

本章で問題にするのは、「純粋記憶」というモティーフにボードレールの「万物照応」の理論がどのように関与しているのかということである。この小説において「純粋記憶」はどのように描写され、その描写はボードレールの「万物照応」の理論をどのように引き受けているのか。そういう視座から、『幼年』という「小説」が書かれた背景に迫り、またこの「小説」が福永にとって持った意味を探りたい[5]。

第一節　記憶の闇──失われた幼年時代

『幼年』はじつに特異な作品である。なぜなら、「幼年」と題されながら、そこでは《幼年》はほとんど語られていない、あるいは直接的にはほとんど語られていないのだから」[6]と、清水徹は指摘している。確かに、テキストのなかで、具体的な幼年時代はほとんど像を結ばない。そればかりではなく、「私」の叙述においても「子供」の叙述においても、次のように幼年喪失が語られる。

子供は何も思い出さなかった。──ふと折々、風のように、霧のように、精霊のように、彼を掠めて過ぎて行くものをのぞいて──何も、そう何も眠りの間のことばかりではない、目覚めている間、昼の間、彼がその乳を呑み、その懐に抱かれ、その声を聞きながら眠ったお母ちゃんの面影さえも、彼が嘗てどこにいて、どのような生活をしていたかを、たとえお父ちゃんが一緒にいる時でも、もう決して（ほんの僅かばかりの記憶をのぞいて）思い出さなかった[7]。

私の幼い頃の記憶は、──果してそこにどのような打撃があったのか私にはすべて不明だが、一面の闇としか言いようがない程、私の視野から掻き消えてしまっているのである[8]。

これ以外にも、「思い出さなかった」、「覚えているわけではない」、「忘れてしまった」というような喪失の表現が随所に反復されることで、幼年喪失は全体的なイメージとして強調される。もちろん、「私」や「子供」の語りには、追憶のイメージらしきものは現れる。だが、冒頭の一文に、「子供の頃、と言ってもそれは私がその記憶を純粋な状態のままに保存している、そして私がその幾つかを（しかもその殆どすべてを）語りたいと思っている幼年時代のことではないが」[9]と断られているように、厳密にはそれは幼年時代と区別される追想である。「幼い頃の記憶」は「一面の闇」に覆われていて、「風のように、霧のように、精霊のように、彼を掠めて過ぎて行くもの」として、ごくわずかに認識されるばかりである。「幼年」は、霧に覆われた漆黒の森の奥深く仄かに浮ぶ薄明のような、イメージにもならない雰囲気のようなものとしてしか表現されない。

発表当初、林房雄は時評で、「福永武彦氏の「幼年」（群像）はたいへんむずかしい小説で、散文詩風のこった文章で書かれているが、幼年よりも作者の現在の年齢が厚い水苔《みずごけ》のように表面をおおっている実験用のプールに似ていて、底の方に幼魚らしいものがチラチラするが、幼年のイメージはさっぱり浮き上がって来ない」[10]と形容した。「実験用のプール」とは手厳しいが、林房雄のこの批評は、多くの読者がこの作品について抱いたであろう不可解な印象を率直に捉えていたはずだ。『幼年』と題していながら、読み進めても一向に明確な幼年像に突き当たらない。少なくともここに幼年の「物語」を読もうとしていた読者が直面したはずの、はぐらかされたような印象やジレンマのようなものを、林房雄は的確に言い当てている。

しかし、このような批評こそが、実は福永がこの小説に対して予測していた反応ではなかろうか。あるいは期待していた反応と言ってもよいかもしれない。なぜなら、福永が『幼年』という作品で表現しようとしていた「幼年」、すなわち「純粋記憶」というモティーフによって具体化しようとしていたものは、単純な幼年時代の「物語」ではなく、成人の意識に純粋に残る幼年時代の記憶としての「幼年」であったからだ。それはむしろ林房雄のいう「実験用のプール」に近いようなものであったと思われるからである。例えば、一九七七（昭和五二）年の清水徹との対談「文学と遊びと」において、福永が語る「純粋記憶」のイメージと照らし合わせると、それは明確である。

純粋記憶という言葉は、逆に言えば忘れられた部分、つまり闇の中に消えてしまった部分が非常にたくさんあるということを同時に意味するわけですね。（中略）純粋な記憶的なものがあるとその回わりに十重二十重に闇がある、逆に言えば闇があるためにその中心にあるものが非常に鮮明に記憶される。（中略）つまり匂いのようなもの、あるいは音楽のようなもの、もちろんイメージのようなものも総て含んで、結局それは一種の情緒と言ってもいいんですが、その情緒として非常に鮮明に闇から離れてある11。

このように、福永の考える「純粋記憶」とは、大人の精神に内在的に残っている幼年時代の記憶のことである。大人にあっては、幼年時代の記憶のほとんどは意識としては顕在化していない。いわば、それは忘れられたものであり、ほとんど「闇の中」に消え去っている。「純粋記憶」の多くは精神のなかの「忘れられた部分」に入っているために、こうした闇も含めて「純粋記憶」であるというのが、福永が「純粋記憶」というモティーフについて持っていた認識だった。こういう認識に基づいて、「純粋記憶」に具体的イメージを与えようとするならば、まずはこの闇を記述するしかない。ゆえに、『幼年』において、「幼年」のイメージがほとんど現れないのは、「純粋記憶」というモティーフによって切り取ろうとしている「幼年」を写実的に描写するための意図された空白と言える。

また、「闇があるためにその中心にあるものが非常に鮮明に記憶される」と言っていることから、幼年の闇の描写は、「純粋な記憶的なもの」、すなわち残されているものを際立たせていくための表現方法であったとも言える。残されたものがいかにわずかで漠然としたものであっても、そのわずかなものを認識できるのは、それが「闇の中」にあるがゆえである。一枚の絵画に準《なぞら》えてみよう。白い画布の上に直接うっすらとした光を描きこむよりも、暗い背景のなかに浮き上がらせるほうが、光の色や温かみが際立ってくる。光が弱く淡いほど、背景となる闇は深くなければ鮮明に浮き上がらせることはできない。表現として「純粋記憶」を際立たせて行くためには、その光を覆い隠している周りの闇を強調する必要があったのではないか。『幼年』のテキストで、あえて幼年喪失が繰り返されるのにはそうした表現上の意図もあろう。

さらに、こうした闇の認識は「純粋記憶」を、思想的にも特別な価値を持つものにしていく。例えば、喪失の表現に織り込むように、「殆ど失っている」[12]、「それでも幼年時代を闇であると言い切ることは出来ない」[13]、「彼を掠めて過ぎて行くものをのぞいて」[14]など、わずかに残るものが認識されることにより、追憶の核心はなぜ多くのことを忘れわずかに覚えているのか、覚えていることとは一体何なのかという方向に収斂してゆく。「私」は、圧倒的な記憶の闇にかすかに漂う薄明のなかに、「私が私であるための一切の要素が隠され、生の秘密はすべてそこから生れて来たのではないだろうか」[15]と考える。そして、「僅かばかりの記憶」[16]を探り、さらにはそれを出発点として幼年時代の記憶の空白を埋めて行くという行為が、本質的な自己の発見に結びつくものとなる。

> まだ遅くはないだろう、塵から出たものは塵に、虚無から出たものは虚無に帰るとしても、その前に、まだ一切が失われたわけではないのだから、もう一度自我の原型に行き当り、嘗て幼い頃、無意識の裡に生きていた頃のその秘密を、もう一度自分のものにすることは出来ないだろうか、それが私の生の形見、それこそが私なのではないだろうか、と[17]。

このように、圧倒的な喪失の果てにそれでも残されるもの、いわば失われなかったわずかな「幼年」が、「自我の原型」という本質的なテーマとして認識されている。それは「自我の原型」として、常に精神のなかに〝在る〟のだけれども、ほとんど意識化されないものである。なぜならば、それは「嘗て幼い頃、無意識の裡に生きていた頃」というそもそも意識化されていなかった時代の記憶であるからである。それゆえに、その記憶を再生するということは、かつて知覚されていたが忘れられてしまったものを呼び覚ますという形ではありえない。少なくとも福永はそういうものとして彼自身の「幼年」を想定しており、「純粋記憶」とは、過去の遺物として意識から無意識に入ったものではなく、最初から無意識として〝在る〟ものなのである。したがって、ここでの記憶の再現は、突き詰めて言えば、このように最初から無意識として実在し、そのような実在から何らかの「虚構」によってイメージを立ち上げなければならないというものの再現ということになるのである。つまり、「無意識の裡」にある幼年時代の体験は、後に思い出す者に忘れられたというよりは、その時代を生きていた子どもにあっても意識として顕在化していなかった。それゆえ、ここでの喪失の表現は、個人的事情や物理的な時間を反映しつつも、同時に幼年時代という無意識の時代を言語化することの本質的な困難に食い込んでいる。

そして、幼年時代が「無意識の裡」にあったからこそ、その記憶も大人の無意識のなかに継承されるしかない。「幼年」の無意識の周りに、「子供」の、そしてその周りに「私」の幼年喪失が入れ子状に形成されて行く。しかし子どもの無意識から大人の無意識のなかに引き継がれていった体験が、ごくまれに大人の意識のなかに炙《あぶ》り出される。また、炙り出されたことによって「自我の原型」に気づかされる。ここにおいて「幼年」は、「自我の原型」という個人の本質に関わるものと認識され、もはや単純な幼年時代の物語ではなくなっている。幼年時代の物語というよりは「幼年」とは何かという認識に踏み込んでくる。結局のところそれは、現実の「幼年」かどうかはわからないが、ずっと以前から繰り返し精神のなかに存在していたと思われる何かを定着していくということである。

さて、幼年時代についての記憶をほとんど欠いているという現在から出発して、それでもなお、このテキストは無意識のなかにある遠い過去の再現に向かう。物語らしい筋のないこの小説に、あえて物語性を見出すとすれば、こうした「自我の原型」、すなわち「嘗て幼い頃、無意識の裡に生きていた頃のその秘密」はどのようにして取り戻されるのか。言い換えれば、無意識の時間はどのように意識化されるのかということである。われわれは、暗い背景に浮き上がらせてある光を、もう少し拡大し、近づいてみるとしよう。

第二節　繰り返し見る夢――記憶を取り戻す旅(i)

「就眠儀式」、「飛翔」、「沈下」、「夢の中の見知らぬ人」などの章に再現される夢は、直接幼年時代を表象するものではないが、幼年時代への回路として働き、そこに接近しているものである。『幼年』の第一章「就眠儀式」は、「私」が「子供の頃」の眠りに関する不思議な習慣を語ることから始まる。尚、ここで「子供の頃」というのは、幼年時代よりも少し時間的に下った少年時代のことである。

「就眠儀式」は、幾つかの決められた姿勢を自分に課した状態で眠りを待つという習慣である。眠るために行っているはずなのに、「子供」はどうしたわけか、「まだ駄目、まだ眠ってはいけない」[18]といったことを眠りに就くまでの間中自分に言い聞かせたり、「眠りまでの時間が長ければ長いほど、眠りの中で約束されている夢は愉しい筈」[19]と信じ、眠りを遠ざけようとする。この習慣は現在の「私」にあっても精神的な意味では続いているという。この一見矛盾した儀式は、曽根博義が「それ以前の幼年(母)の記憶を失わないための、あるいは夢の中に幼年への回路を設けるための睡眠忌避の行為」[20]という説明を与えているように、最終的には夢を見ること、また夢のなかに幼年を見出すという方向に結実して行く[21]。これは「就眠儀式」において夢の前座に置かれる二種類の空想が過去への志向を持つことからも明らかである。

空想の一つは「飛翔」で、小さな飛行機で自在な飛行をするというものであるが、やがてこれは宇宙飛行へと展開し、最後には光速よりも速く進むロケットで時間を逆行しているイメージとなる。この空想のなかでは、「子供」は限りなく過去へ遡行して行き、「もっと昔に彼が絶え間なく耳にしていたであろうような」[22]遠い記憶すら垣間見ている

もう一方の「沈下」は、潜水艦で海底深く沈んでゆくという空想で、これは「ロケットによる宇宙飛行の空想とよく似ていて、真空の代りに水圧があり、星の代りに魚や海草がある」[23]というが、海底の漆黒の闇に探照燈とか魚の眼などのわずかな光がきらめくなかをひたすら眺めるというものである。ここで、「子供」が眺めている闇のなかのわずかな光は、記憶の闇に明滅する幼年に重なっている。

こうした空想は夢に近づいていく。作中人物はまず、幼年とのタイムラグが少ない「子供」が見ていた夢を入り口に、失った幼年の記憶に近づこうとするが、夢の内容を「子供」は思い出せない。眠りから覚めて残っているのは、「ただ面白かった、美しかった、甘かった、やさしかった、というふうな印象」[24]ばかりである。夢の余韻は現在の「私」にとっても同様で、「夢らしいものがあったという記憶」[25]、「音楽のような、匂のような、光のようなもの」[26]が残される。それが具体的な情景ではないにせよ、まず、夢に付随するこうした漠然とした感覚が「今の私にとっては、そこはかとないこうした感じこそ最も大事なもの」[27]と重要視されている。

やがて、思い出せない夢の内容は、現在の夢と結びつくことで具体的に発展して行く。「子供の頃」から繰返し現在まで見る夢を出発点に「子供」の夢へ、さらには一つの情景としての幼年時代へと遡行できないかと、「私」は考えるのである。例えば、こんな河の夢を「私」は見る。

そこにあるのは一つの河である。それは絶え間もなく河音を響かせて流れているが、子供の眼から見れば（中略）そし

て子供はその寂しい河の前に立って、流れて行く水を眺め、おおい、と大きな声で叫ぶ28。

このように、夢の途中で「私」の叙述は不意に途切れて改行し、「子供」の夢の世界に移る。「子供」は道に迷って寂しい河の前に立ち、「おおい」と人を呼ぶ。そしてやがて、

待ってらっしゃい、もうすぐ行くわよ、
じっとしているのよ、
早く、こっちよ、
という声が何処からともなく聞えて来て、子供は安心したような、しかしまだ少し不安な気持で、
どこにいるの、
と問い返すが、声の主は決して姿を見せず、……29

という風に声だけが聞えてくる。この河の夢は、覚醒時に、「ああ私はまた昔の私に帰って行った」30という実感を伴うものであるという。しかし、家族に確かめても、夢に見る河と同じ風景は実在するものではないらしい。つまり、実在の河が夢の中に発見されているわけではない。にもかかわらず、その河の風景は過去としてのある種の現実性を帯びている。

また、やはり繰り返し見る夢に、「誰か分らない女の人を待っている夢」31というものがある。「子供」が待っているのは「一種の顔のない女、それも大人であり、やさしくてすべすべした肌を持」32つ女である。そしてここでも、「女」は姿を見せることなく、「待ってなさい、もうすぐ行くから、／いま忙しいの、／お悧巧でしょう、もうじきだ

から、」33という声だけが聞こえるという。

ここに確認したような河の夢も人を待つ夢も、「私」や「子供」が繰返し見る夢の内容はいずれも、切れ切れの非連続的な情景であり、しかも現実の情景の再現でもない。しかし、これらの夢のなかでは、異なる夢の異なる状況のなかでいくつかの似通ったイメージが繰り返し現れる。誰か（おそらく女性）が呼ぶ声、現われることのない声の主、待たされる人。こうしたある種の寂しさを漂わせた夢のイメージは、複数の夢で繰り返されることによって、作中人物の内的真実に触れているものとして暗示されているとも言えるだろう。

第三節　絡み合った感覚——記憶を取り戻す旅(ii)

以上から、この小説では、幼年時代の記憶への接近は、夢、特に繰り返し見る夢のなかに求められていると考察できる。作家の視点から言えば、夢や空想を無意識への回路として利用したということになろう。そしてやがて追憶の視点は、夢や空想といったある種の非現実的な世界のなかにではなく、現実世界のなかに押し広げられていく。記憶の闇のなかにわずかに覚えていることを凝視し、それ自体を描写することで、ほとんど闇に近いほど暗く遠い薄明の世界のかすかな光を直接的なイメージとして捉えていくのである。例えば、第八章「薄明の世界」においては、こうした薄明に残っているイメージを直接突き止めることが中心となる。

まず薄明のなかに時折ほのかに浮び上るというのは、次のような一種の雰囲気のような記憶（記憶と呼べるとしたら）である。

そして私の場合に、それ以後が比較的明るい部分を保っているのに、それ以前は殆ど闇に近いほど暗く、ただ濃霧の中にぼんやりと燈火が滲み出るように、一面の草原の中で遠くに咲いている花の匂がふと鼻孔をふくらませるように、ほんの時たま、仄かな明るみが、かすかな風の息吹のようなものが、私を吹きつけて過ぎて行くだけにすぎない。しかしそういうものを感じる時、私の心は急に悦びにふるえ、この魂を不意に訪れた何か、快く人を眠らせ夢みさせるこの仄暖かいもの、次第に遠くから近づくやさしい音楽、朝の薄靄よりも淡く立ちこめる匂、やわらかく射し込む光に、恍惚として立ち竦んでいるが、それを光とか音とか匂とかに一つ一つ取り分けることも出来ないほど絡み合った感覚は、私が成長して感受性を一層研ぎ澄ますようになった以前に於ても、いな以前の方が尚さら、鋭かったように私は思う34。

最初に、漠としていてほとんど知覚することはできないがそれでも闇のなかに確かにある「仄かな明るみ」、「かすかな風の息吹のようなもの」、「魂を不意に訪れた何か」といった雰囲気が匂わされている。そしてその雰囲気に入り混じるようにして「快く人を眠らせ夢みさせるこの仄暖かいもの、次第に遠くから近づくやさしい音楽、朝の薄靄よりも淡く立ちこめる匂、やわらかく射し込む光」というようなほとんど輪郭ははっきりしないが感覚のようなものや「それを光とか音とか匂とかに一つ一つ取り分けることも出来ないほど絡み合った感覚」といった感覚が未分化に融合しているようなものが描かれる。またこうした描写は、前節で触れた夢の記述において、夢の名残が「最も大事なもの」と示唆されたあとに続いた「音楽のような、匂のような、光のようなもの」35という印象とも重なっている。

そしてこの「絡み合った感覚」の描写に連動していくようにして、「私」の記憶は遡行し、それはやがて「子供」に連なり、近いほうからより遠いほうへと記憶が具体的なイメージを伴って現れてくる先に、ある情景が浮かび上がる。

母親の傍らで眠る幼子の情景である。テキストに即して言うならば、右に挙げたような、現在の「私」が闇のなかに残っているものの雰囲気を想起している叙述の後に、夕食の前後、黄昏時に中学生が吹くハモニカの記憶が促され、そこから徐々に展開していく。少し長いが、重要な箇所なのでまとめて引用する。

私が雑司ヶ谷の寮にいた頃、夕食の前後、特にそのあとの黄昏どきに中学生の一人が上手にハモニカを吹いていた。そしてその「ユーモレスク」とか「アメリカン・パトロール」とかいうような曲のゆるやかな顫えを帯びた旋律を聞いていると、

何かしら忘れてしまった最も大事なことを子供は急に思い出し、ぼんやりと佇んで暮れて行く空を眺め、庭の向うの西洋館の二階の窓に点いた灯《ひ》の明るさ、食堂のそばの桐の木の葉ずれの音、夕餉のそこはかとない匂にまじって、

坊やは寂しくなんかないわね、

とささやいている誰かの声を聞き、

うん僕は寂しくなんかない、

と答えながら、また事実少しも寂しさなんか感じもせずに、ただどうしてこのハモニカの曲が魂を促して遠い方へと彼を連れて行くのか、その遠い方には一体何があったのかと考えてみる。いや考える必要もなく、一つの情景がまるで炙《あぶ》り出しの紙片を焰の上に挿《かざ》したように子供の心に浮んで来るが、それは手廻しの小さな蓄音器であり、まだほんの小さかった子供の枕許に置かれていて、その傍らに坐ったお母ちゃんがぎいぎいと軋むハンドルを廻していた。そのハンドルが充分に螺子《ねじ》を巻かれるとレコードが廻転し始め、魔法のように一つの音楽がそこから流れ出して子供は大きく息を吸い込む。恐らくその息を吐き出した時には、彼はもう眠っていたのだ36。

「絡み合った感覚」の叙述は、「子供」が夕食の前後に聞いていたハモニカの記憶につながり、「ハモニカ」の旋律が呼

び覚まされる。ここで視点は「私」から「子供」に移り、ハモニカを聞いていた「子供」の見る風景へとつながっていく。その風景に誘われるように、「何かしら忘れてしまった最も大事なこと」という漠然とした印象が「子供」に突如呼び覚まされる。それから、「暮れて行く空」、「灯《ひ》の明るさ」、「木の葉ずれの音」、「夕餉のそこはかとない匂」などの感覚と結びついた情景が見出されていく。そこに「坊やは寂しくなんかないわね」とささやく「誰かの声」とそれに答える「子供」の声がこだまし、より「遠い方」へと「子供の心」は誘われる。さらに遠い声の記憶へと意識が促されていくのである。そして、「炙《あぶ》り出しの紙片を焰の上に挿《かざ》したように」、「一つの情景」――蓄音器を廻す母と傍らに眠る幼子という鮮やかな「幼年」のイメージが浮んでくる。『幼年』という小説のなかで、最も美しく「純粋記憶」が定着されている箇所である。

このようにして、現在に雰囲気として残る過去すなわち「純粋記憶」的な雰囲気に喚起されるようにして、「それを光とか音とか匂とかに一つ一つ取り分けることも出来ないほど絡み合った感覚」が現れる。そして、その未分化な感覚に促されつつそこに接合するようにして、具体的な記憶のイメージが徐々に現れ、過去からより遠い過去へと記憶が遡行し、展開していく。そして、その先に、「炙り出し」のようにぼうっと幽かに幼年の記憶、すなわち「純粋記憶」の核心的イメージが浮かび上っている。そして、「子供はより小さかった頃を思い出すことによって、今、黄昏の黄ばんで行く空を見上げ、ハモニカの哀愁を帯びた旋律を耳にしながら、幸福な気持でいた」37というように、その記憶の再現は、追憶者に幸福な瞬間を授けるものである。また、それは、「ハモニカの哀愁を帯びた旋律」につながるような情緒に浸されている。

尚、この黄昏時に空を見上げて過去の情景を思い浮かべながら幸福感を抱く「子供」は、第十章「海底の思い出の破片たち」にも繰返されている。ここでは、その「子供」の前後に、「無意志的」38に想起している「私」の状況が語られていて、二つの情景は重ね合わせてある。そして、「私」にとって「無意志的」に訪れる想起は、「この上ない浄福感」[39]を伴う神秘的体験であり特権的体験とされている。

この他にも、第十一章「錨」のなかで「私」は、「道は六百八十里／長門《ながと》の浦を船出して」[40]と言う軍歌の二行を意志的に追憶の契機として用いることで、「三つか四つぐらいの昔」[41]に遡ることができるという。そしてその追憶も、次のような未分化な感覚の出現と不可分のところで起こっている。

その小さな子供を
軍歌の二行の文句とその旋律とによって私は必ず思い浮べるのだが、同時に私は薄荷の味のついたロシア飴の味を舌の上に感じ始めている。（中略）それは佐世保の記憶と不可分に結びついているもので、その舌の上につんと来る味と共に、その色と形もやはり同時に浮び上るが、それは赤や青や白や緑や黄など、つまり満艦飾の万国旗のような鮮かな色彩をだんだらに染め上げた細長い小さな飴で、そのエクゾチックな感じは味覚と共に視覚をも愉しませた[42]。

この他にも、風邪を引いたときの水薬の味とか湿布の匂いとか冷たい手拭などの様々な感覚が結びついた雰囲気のなかで、具体的な記憶のイメージが徐々に思い出され、「ヴァニラの味をつけた暖かい葛湯」[43]（間接的には母親）を思い出す。また、「その顔はもう思い出さなくてもそのやさしさだけは魂の羽ばたきのように残っている人たちの声」[44]を「子供の記憶」のなかに遡ると、「子供自身も女の子のように髪を長く延し、お人形さんを抱いてままごと遊びをしていた相手の／女の子のことをぼんやりと思い出す」[45]。

このように、意志的にせよ無意志的にせよ、何らかの契機（それは「旋律」とか声や匂いや味などの感覚が融合したようなイメージなど、しばしば暗示的な表象を持つことが多い）があると、それに接続するようにして具体的な記憶のイメージが徐々に連なり、展開していく。そのような記憶の具体的なイメージのなかに、ごくまれに炙り絵のように、幼年の具体的なイメージと思しきものが、はかなく断片的に浮かび上がっている。それは、作品全体のなかに位置づけてみれば、上述の「私」の「それを光とか音とか匂とかに一つ一つ取り分けることも出来ないほど絡み合った感覚」に続いて起こったような記憶再生のプロセスに連なるものとして読むこともできる。つまり、『幼年』における「純粋記憶」の具体的イメージは、この漠然とした「純粋記憶」の印象から生じた「絡み合った感覚」が中心にあって、そこから促されつつ徐々に広がっていくイメージとも言うことができるようである。

第四節　「万物照応」の理論

では、このような『幼年』における「純粋記憶」の描写が、ボードレールの「万物照応」の理論とどのように関係しているのか。それを比較するに当たって、ここではまず、ボードレールの「万物照応」の理論とはどういうものであるか、また福永はそれをどのように解釈しているのかということを整理しておこう。

「万物照応」"Correspondances"（「コレスポンダンス」と訳されることもある。福永が評論のなかで「万物照応」と用いることが多いので、ここでは「万物照応」と訳す）は、ボードレール『悪の華』*Les Fleurs du Mal*（初版は1857〔再版は1861〕）に含まれる詩篇である。ボードレールにおける「万物照応」の理論（「コレスポンダンス理論」）が呈示されると同時に、その理論の実作でもあるものとして、ボードレールの詩学を解するに当たって特に重視されてきたものである。形式は、abba—cddc—efe—fgg の二種類の抱擁韻による四行詩とからなる変格ソネット、制作年代については、一八四〇年代とするものから『悪の華』初版刊行（一八五七）に近い時期とするものまで諸説があり、いまだ確定していない。一般的には、第一節において「万物照応」の理論が表明され、第二節から第四節においてその理論に基づく具体的な現象が提示されると解釈される。以下、詩の展開に沿いつつこの詩の解釈を簡略にまとめていくに当たって、まずは全文を引用する。上段が原文、下段が福永自身による訳である。

Correspondances

La Nature est un temple où de vivants piliers
Laissent parfois sortir de confuses paroles;
L'homme y passe à travers des forêts de symboles
Qui l'observent avec des regards familiers.

Comme de longs échos qui de loin se confondent,
Dans une ténébreuse et profonde unité,
Vaste comme la nuit et comme la clarté,
Les parfums, les couleurs et les sons se répondent.

Il est des parfums frais comme des chairs d'enfants,
Doux comme les hautbois, verts comme les prairies,
–Et d'autres,corrompus, riches et triomphants,

万物照応

「自然」は一つの宮殿、そこに生ある柱、
時おり、捉えにくい言葉をかたり、
行く人は踏みわける象徴の森、
森の親しげな眼指《まなざし》に送られながら。

長いこだまの遠くから溶け合うよう、
涯《はてし》もなく夜のように光明のように、
幽明の深い合一《ごういつ》のうちに、
匂と色と響きとは、かたみに歌う。

この匂たち、少年の肌に似て爽やかに、
牧笛《まきぶえ》のように涼しく、牧場《まきば》のように緑に、
——その他《ほか》に、腐敗した、豊かな、勝ちほこる

Ayant l'expansion des choses infinies,
Comme l'ambre, le musc, le benjoin et l'encens,
Qui chantent les transports de l'esprit et des sens[46].

匂にも、無限のもののの静かなひろがり、
龍涎《りゅうぜん》、麝香《じゃこう》、沈《じん》、薫香《くんこう》にくゆり、
精神と感覚との熱狂をかなでる。

そもそも、伝統的な神秘主義の概念にCorrespondances（「万物照応」）というものがある。天上界（霊界）と地上界（自然界）、精神界と物質界との間には神秘的な照応関係が成り立ち、その照応が万物の象徴となり世界の統一を形づくるという思想である。この思想に関して、ボードレール自身が、一八世紀の哲学者スウェーデンボルグの「万物照応」Correspondancesや、空想社会主義者フーリエの説いた「普遍的類推」analogie universelleといった理論にしばしば言及しているので[47]、『悪の華』の「万物照応」も、一応はこうした思想に影響を受けているものと考えられている。

第一節は、こうした思想との関連から、次のように読まれることも多いものである。「自然」(La Nature)は「宮殿」(un temple)すなわち天上の声が伝えられる場所である。その声は時折「捉えにくい言葉」(de confuses paroles)として現れるだけである。その「宮殿」に赴くものは、「象徴の森」(des forêts de symboles)を経由することにより、その天上の発する「捉えにくい言葉」を解し、そこに「親しげな眼指《まなざし》」(des regards familiers)で迎えられる。このように、第一節には、「自然」のなかに「象徴」を読み取ることにより、人間は天上の言葉を解することができるという意が読まれている。つまり、地上界と天上界の垂直的な照応関係を示唆しつつ、その関係を成立させるための「象徴」という概念を呈示する理論という解釈である。

もっとも、第一節の示唆する照応関係をスウェーデンボルグ的な垂直性に限定しない見方もあり、新版のプレイヤッド版全集（1975）の註釈[48]や筑摩書院版『ボードレール全集』第一巻の註釈[49]などでは、人間と神との垂直的な「照応」ではなく人間と「自然」との諸関係という水平的な「照応」と考察している。例えば、右の筑摩書房の全集の註釈において阿部良雄は、ボードレールにおける「照応」という語の用例を検討した上で、「照応」が厳密に言って超越的な意味で用いられているのは一例のみと判断する。それゆえにこの詩でも、「人間から神へのあるいは地上から天への超越としての『照応』ではなく、人間と〈自然〉（ただし双方とも精神的な負荷をもつものではある）相互の『対応』としてのコレスポンダンスが問題」[50]とまとめている。

このように、第一節の「照応」を天上界と地上界のものとするか、人間と「自然」とのものとするかという見解の相違はあるが、いずれの場合でも、ボードレールにおける「照応」が、精神的なものと物質的なものとの間の照応関係を示唆しており、「象徴」がその媒体となるという点は変わりないと見てよい。結果として、ボードレールは、伝統的な神秘思想からヒントを得ながらも、それをそのままの体系として取り込むのではなく、自分自身のスタンスに引き寄せながら取り込み、自分自身の美学を支えるような「照応」観を構築したのだと、ここではまとめることができる。

第二節で呈示されるのは、第一節に表明された照応関係のもとに生まれる「幽明の深い合一《ごういつ》」（une ténébreuse et profonde unité）という統一された世界である。その「幽明の深い合一」のなかでは、「長いこだまの遠くから溶け合うよう、」（Comme de longs échos qui de loin se confondent,）、「匂と色と響きとは、かたみに歌う。」（Les parfums, les couleurs et les sons se repondent.）といった異なる感覚間の照応関係が起こっている。この「匂と色と響きとは、かたみに歌う」というくだりは、「共感覚」synesthésies と呼ばれる照応現象を意味しているものとされ、「万物照応」の詩法を探る上で、古くから着目されてきた。「共感覚」というのは、ひとつの感覚の領域を別の感覚の領域に移しかえる操作によって、五官の相互置換が可能となるような現象であり、いわば異なった感覚相互の照応関係である。ボードレール以前にもロマン派の文学者や思想家も、関心を寄せていた[51]。

そして、この詩の第三節と第四節には、第二節において呈示されたような感覚の照応関係の実例（及びそれと並行してフーリエの「普遍的類推」に唱えられるような次元の異なる事物の照応関係の実例）が読まれると解釈されることが多い。「この匂たち、少年の肌に似て爽やかに、／牧笛《まきぶえ》の様に涼しく、牧場《まきば》のように緑に、」（Il est des parfums frais comme des chairs d'enfants, ／Doux comme les hautbois, verts comme les prairies,）という二行では、「この匂たち」が「少年の肌に似て爽やか」というところで嗅覚と触覚の「照応」、「牧笛の様に涼しく」では嗅覚と聴覚の「照応」、「牧場のように緑」では嗅覚と視覚の「照応」が示されている。そして、そうした感覚の照応関係のなかで、「少年の肌」、「牧笛」、「牧場」といった次元の異なる事物がつながれ、照応関係も成立している。さらに、このような物質間の照応関係を経て、いよいよ第四節の最後のところで、「精神と感覚との熱狂をかなでる」（Qui chantent les transports de l'esprit et des sens）といった精神と物質との間の「照応」が起こり、第一節に呈示された「万物照応」の理論につながっていく。

しかし、第三節から第四節の初めにかけての「照応」は感覚や事物という物質間の照応関係であるのに、それがなぜ、第一節の「万物照応」の理論や第四節の終わりの「精神と感覚との熱狂をかなでる」というくだりで呈示されるような物質と精神の照応関係につながるのかという、接合点が問われることになる。この接合点を早くから問題にしていたジョルジュ・ブランは、このような物質間の「照応」が起こる前提として「自然界に同じように刻まれていることの出発点と到達点との間で、たまたま精神的な要素に立ち寄ることがおこるので、両者をつなぐものが生まれ、それが移行を合法化し、転換を法則化するのだ」[52]と述べ、物質間の「照応」の背景にあるはずの精神的次元を示唆する。「万物照応」をめぐってしばしば考察されたのは、この詩における様々な次元の照応関係をつなげているこうした精神的次元である。

例えばジョルジュ・プーレも、『円環の変貌』のなかで、この詩の第二節の「長いこだまの遠くから溶け合うように」と言う箇所を引用した前後に、次のように述べている。

感覚は振動しはじめると、あそこでも、ここでも、いたるところでそれは振動し、未来でも、過去でも、遠くでも、ごく近いところでも振動する。それは存在のありとあらゆる違った点において同時に表れるために、特殊な事象であり、同時に一般的な事象である。このようなものがボードレール的なこだまであり、反響である。これは一面、振動のたゆまぬ発展によって、ボードレールが振動の拡がり全体を認識することができたためでもある。しかし他面、この振動の拡がりという根底の上に、ボードレールが特殊な音符を、別の場所から放たれ、送られてきたところの音符を認めたからでもある。その音符の一つ一つが呼びかけをして、その呼びかけに、他の場所から、この広大な拡がりの中の他の全ての場所から、また別の呼びかけが響き応えるように思われるのだ。

長いこだまの遠くから溶け合うよう……
それは千の歩哨が繰返す一つの叫びだ……

ボードレールの最も偉大な詩句は、この反響を示す詩句である。音と色と光の反響であり、存在の様々な事象の反響である。それは互いに遠くから他に向かって、特殊ではあるがどれも似た叫びを投げかける、というのは同じ存在においては、それはいつも同一の個性的な叫びであるからだ。その結果、音色、色調、形体、感覚は交錯し、遭遇し合って、それらの多層性によって、精神風景の〈幽明の深い合一〉を強調することにひたすら貢献することになる53。

ここでプーレは、「万物照応」という詩の根底において、精神に働きかけているものを示唆している。それは、「振動」、「反響」といった言葉によって表されるように、感覚そのものではなく、感覚の余韻の拡がりであり、その拡がりの根底の上に、互いに呼びあうような「音符」が到来する。そして、その深淵における精神的次元の応答に促されて、「音と色と光」や「存在の様々な事象」が呼び合い、「精神風景の〈幽明の深い合一〉」の表象に向かう。つまり、「振動」とか「反響」といった言葉が暗示するような、目にも見えず耳に聞こえず、それ自体は感覚や事物としては知覚しようがない不可視で混沌とした何かでしかありえないのだが、精神的で根元的な次元に位置していてつながりを促す核となるような何ものかがある。こうした何ものかに触れるとき、異なる感覚相互の入れ替えが促され、また物質界と精神界との超越的な「照応」も可能となり、そこに「万物照応」の第二節の“une ténébreuse et profonde unité”（幽明の深い合一）が示唆するような統一した世界が立ち現れてくるというのが、プーレの見解である。

また、アルベール・ベガンは、同じ“une ténébreuse et profonde unité”をめぐって、次のように述べている。「もしもあらゆる感覚が〈たがいに呼応し〉あい、全的統一のもろもろの象徴となっているならば、――恩寵が気まぐれに創り上げるもろもろの瞬間以外に、――この《統一性》とのわれわれの交感を取り戻す唯一の手段こそ、さまざまな形態を探究する詩人の作業となるが、それは形態そのもののためではなく、それらが意味するもののためなのだ。詩人は、事物をその原初の関係のなかに置き換えつつ、おのれの意識のなかで、また他者のために、宇宙的統一を再創造することを希望している」[54]。ベガンがここで“unité”（統一）の前提として「事物」が置き換えられるものとする「原初の関係」という表現に含ませた次元も、感覚や事物の根底にあってそのつながりを支えつつ促すものであり、右にプーレが呈示しているような根元的な精神の次元に一致するだろう。

そして、こうした精神的次元の「照応」が、異なる感覚や次元の異なる事物といった物質的次元の照応に精神的なつながりを与え、「万物照応」の第一節において示唆されるような物質と精神の照応関係に接合していくことにより、

「万物照応」の理論が全体として精神的次元に統一された世界を構築できると言えるのだ。言い換えれば、こうした次元を共有することによって、物質は精神につながり（上述の阿部良雄の表現を借りるならば「人間と自然」が「双方とも精神的な負荷をもつもの」となり）、「万物照応」の第四節にうたわれるような「精神と感覚の熱狂」（les transports de l'esprit et des sens）が実現し、その精神の「象徴」としての統一的な世界を創り上げることになるのである。

したがって、認識論として読むならば、「万物照応」とは、このようなある種の精神的次元を含蓄したものである。その次元とは「照応」を促すと同時に、その「照応」によって全てのものが"une ténébreuse et profonde unité"として統一されることを可能とするような次元である。また、それこそが、ボードレールにおいては詩的創造を促すと同時にそこから詩的創造が展開していく核として位置づけられる根元的次元であり、「万物照応」の詩は、そうした次元からどのようにして具体的な感覚や事物が「象徴」として構築されるのかという原理を明らかにした詩でもある。結局、ボードレールの「万物照応」の本質にあって独創的なことは、このような創造の核にあって存続している精神的次元を示しているという点にあるとまとめることができるだろう。そして、こうした次元を含蓄しているがゆえに、「万物照応」において表明される「象徴」は、ベガンのいうようなドイツ・ロマン主義の呈示した詩的精神の探究と接合点を持ちうるものであると同時に55、既存の象徴体系とは異なる新しい「象徴」を支える理念と成り得たのであり、その後のランボー、マラルメ、ヴァレリーなどの試みを導いたものとして、象徴主義美学の出発点に位置づけられることにもなるのである。以上が、「万物照応」をめぐる一般的な解釈の概要である。

では、福永の「万物照応」解釈はどのようなものであったのだろうか。福永は、初期の評論『ボードレールの世界』（一九四七）から、ボードレールを論じる際に一貫して「万物照応」の理論に力点を置いている。特に、論文「詩人としてのボードレール」（一九六三）においては、「序」において『悪の華』の中の「万物照応」という詩に含まれる、合一という観念を中心にして書きたい」[56]と、この理論を中心に論じる意図を表明している。また、その本文中でも『悪の華』の中で最も重要な詩は（最も美しい詩とは言えないが）「万物照応」」[57]と述べて、ボードレール解釈においてこの詩を最も重視する立場を取っている。

「詩人としてのボードレール」によると、まず詩の全体像は、次のように把握している。

詩はソネ形式で、第一節は自然と人間との関係、その媒介としての象徴を歌う。第二節は匂と色と響きとが互いに答え合うという合一の観念を扱う。第三節は匂の種類をあげ、特に「腐敗した」匂に注意を惹き、第四節に続いて、そこで匂の「ひろがり」による精神と感覚との陶酔的な一致を歌って終る。最後の部分は超自然主義である[58]。

このように「万物照応」をボードレールの象徴観の展開として読んでいくという基本的な枠組は、福永の解釈も、多くの議論と変わらないが、特に強調しているのは、第二節の解釈として「合一の観念」というものを中核に持ってくるということと、第三‐四節の読解として特に「匂」に着目していることである。つまり、福永は感覚や事物の「照応」という詩の表象よりも、その表象を生み出しているところの「合一の観念」という、この詩の持っている理念に着目している。また、他の感覚よりも漠然として捉えがたいが持続性があるという意味で、五官のなかでは最も精神的負荷の強い感覚とも言えるであろう「匂」を重視することを、ボードレールの「共感覚」の独創であると指摘して「共感覚」の解釈において重んじている[59]。これらのことから考えられるのは、福永が「万物照応」の解釈において、それが含蓄する理念を重視しているということである。そして、この詩の第二節は「合一」unitéという観念との関係から次のように説明される。

従って「万物照応」の第二節は、匂を主体とした共感覚が、如何にして宇宙的感覚に、即ち普遍的類推に、一致するかを歌っている。それは合一の世界であり、合一がなければ垂直もなく水平もなく、五感はばらばらになり、物たちはただそれぞれの形を持つにすぎない。匂と色と響きとを結ぶものはこの合一の中に於てであり、それは最早「単調で没個性的」なものではなく、夜と光明とを同時に含む、夢幻的境地である[60]。

このように福永は、「万物照応」の第二節を、「匂を主体にした共感覚が、如何にして宇宙的感覚に、即ち普遍的類推に、一致するか」という方法を示すものと捉えている。そして、その方法とは、「合一」の世界のなかで、「匂と色と響きとを結ぶ」状態が作られることであると述べる。まず、現象として捉えれば、詩人の内面において異なる感覚が互いに呼応している状態（「共感覚」）が生じているというのが「合一」の世界である。また、その「合一」の世界において生じた「共感覚」が基盤となって、本来は無関係に存在している「物たち」の新たな結びつき（「普遍的類推」）が可能になると見ている。

さらに、そのような「合一」の世界を成り立たせる次元、いわば「共感覚」や「普遍的類推」といった物質の新たなつながりが生じることを可能にしている次元として、福永は「原音楽」というモティーフを設定した。この「原音楽」というモティーフは、福永の最初のボードレール論である『ボードレールの世界』において、「万物照応」の解釈のなかで用いられ、その後、「万物照応」の「合一」についての考察を中心にまとめた評論「詩人としてのボードレール」においても用いられ、その他の解説文などにおいても、福永が繰り返し用いたものである。ボードレールの解釈においてこの言葉を用いたのは、福永の独創である。右にも述べたように、「万物照応」の理論における「合一」の成立を支える根元的な次元を表す言葉であるが、例えば、『ボードレールの世界』においては、次のように説明されている。

ボードレールは、外界の物たちを内部世界に於て詩に定着するため外界から取り入れて来る時、「匂」も「色」も「お前の眼」も「秋の空」も「花々」も、すべて音楽に、或は原音楽的なもの protomusique, Urmusik（もしこのような言葉があるとして）に、還元した。次元が同じでも異っていても、まったく相反した、或は比較を絶したものが易々と等置せられる錬金の秘密は、これらの物たちが詩人の内部ですべて音楽という一元的な要素に変貌させられたからに他ならない。ここに言う音楽とは、「音楽はしばしば私を海のように捕える」（「音楽」*La Musique*）というそれではない。藝術として固定された音楽ではない。詩人は無言であることを先天的に定められている物たちの中に、なお音楽を聴くことが出来る。それは照応以前の、詩人の照応への喚起である。（中略）しかしボードレール以前に於て、意識してこの声に耳を傾けた者はなかった。少くとも、詩の素材が、物たちの無韻の音楽に在ることを知り、それらの組合せを詩作の方法とした者はなかった。音楽を詩の第一要素とした点に、ボードレールの独創があると僕は考える[61]。

本来無関係に存在している物が関係して一つの統一的な世界となりうるのは、その物が持っている「無韻の音楽」が響きあうからである。逆に言えば、その「無韻の音楽」が響き合っているような次元を経由していくことによって、「照応」が成立する。この「無韻の音楽」を福永は「原音楽」と言い表し、「万物照応」におけるあらゆる物質的照応の前提となっているものとして定義する。そして、それをボードレールの「万物照応」における独創性の根拠とする。福永は、「詩人としてのボードレール」においても、この「原音楽」を繰り返し説明に用いており、そこでは「普通の感覚ではとうてい並置されないような、まったく相反する諸要素が、やすやすと一つのアマルガムとなってしまうような、根元」[62]と述べている。「照応以前の、詩人の照応への喚起」という言葉や、「やすやすと一つのアマルガムとなってしまうような根元」というような説明が示しているように、この「原音楽」とは、異なる感覚の相互置換（「共感覚」）と万物に対する類推（「普遍的類推」）といった「照応」が起こる前提となる「照応」である。言い換えれば、感覚のアマルガムを可能にするような精神のアマルガムである。つまり、福永が「原音楽」という言葉で把握しているのは、「共感覚」や「普遍的類推」よりも深いところで、「万物照応」という詩の成立を根元において支えている精神的次元である。そしてこの次元は、先に示したところで阿部良雄が「精神的な負荷」（本書一七二頁参照）と呼び、プーレが「振動」、「反響」（同一七四頁参照）と呼び、ベガンが「原初の関係」（同一七五頁参照）と呼んだものと同様の、「万物照応」の理論を根本において支える精神的次元に一致するものと言えよう。

この「原音楽」を前提としながら福永は、「原音楽」に支えられ促されつつ、自然に対して詩人の内面という精神が照応していく原理を次のように説明した。

一つの物の原音楽的な雰囲気が他の物と交感し、それが更に他の物を類推するといったように、詩人が「無限の物たちの拡がり」（「万物照応」）を持った場合に、これらの綜合から生じる雰囲気は、外界の外部に、別の、再創造された外界を構成する。それは詩人の憎み嫌った自然とは別のものであり謂わば自然の外の自然、超自然的 surnaturel な世界である。多くの物たちは外界から内部世界に射影されて一つの契機の可能性を持ち、それが詩人の精神の力によって逆に外界に放出される時、現実の外界と照応して、現実の外界の背後に詩人の神秘的な外界を形成する。それは詩人の内界にあって内界に属さず、外界にあって外界に属さないところの、一種の神秘的な混合の場である[63]。

まず、「外界」において本来別個に無秩序に存在する「多くの物たち」は、「原音楽的な雰囲気」に還元されつつ詩人の内面に取り込まれ、一元的な要素となって共鳴し合う。こうした「内界」すなわち精神の次元においての「交感」を経ることで、本来無関係に無秩序に存在していた「物たち」が一種のつながりを持ち融合される。その結果として、その「物たち」の新たなつながりのなかに、「現実の外界」とは別の次元の「再創造された外界」すなわち「超自然的 surnaturel 世界」が生み出される。このようにして可能となる「外界」と「内界」、還元すれば感覚と精神の「照応」が、福永の最終的に理解する「万物照応」であり、『悪の華』における詩的創造の秘密である64。別の言い方をすれば、そうした秘密によって成立する「詩人の神秘的な外界」こそが、詩人の精神を映し出す「象徴」となるのである。そうしてみると、福永の解釈した「万物照応」の理論とは、「原音楽」という根元的な精神的次元をその核において持ち、それに促され支えられながら、現実世界にある事物に新たな関係性を構築するという方法によって、現実世界に依拠しつつしかもそれとは異なる超現実的な認識世界を創り上げるための理論と言えるだろう。

そして「万物照応」の読解に、この「原音楽」という次元を設定していることこそが、福永が「万物照応」を、単なる「共感覚」や「普遍的類推」といった詩法の展開というのではなく、それを支えるボードレールの美学としての「象徴」の意味合いも含めて理解していたことを証明する。すなわち、「原音楽」というモティーフを用いながら、物質間の「照応」を促しつつそれを精神との「照応」へとつなげあらゆる事物の「照応」を可能とするような精神的次元の実在を理解したところに、この詩が全体として表明している「象徴」の意味を、福永が本質的なレベルで受け止めていることが確認できるのである。要するに、福永は、表層にある方法的展開だけでなく、「万物照応」という詩が含蓄している思想も含めてこの詩を包括的に解釈し、ボードレールの意図を理解していた。そして、『幼年』の「純粋記憶」というモティーフの生成において重要となっているのも、そのような認識論を含めたところの「万物照応」の理解である。

第五節　再び見出された幼年時代――「原音楽」と「純粋記憶」

では、具体的に「純粋記憶」の描写に「万物照応」の理論がどのように関わっているのかということを検証していく。本章第三節で確認した「純粋記憶」再現の過程（一六四―一六九頁参照）について簡単に要約しつつ、話を進めよう。『幼年』のテキストでは、「私」、「子供」という視点が無秩序にしかも頻繁に移動するなかに、記憶の喪失や闇が繰り返し語られる。しかしやがて、「純粋記憶」の萌芽と思われるものが出現してくる。記憶の闇のなかにあるものとして最初に捉えられるのは、そこにわずかに残された漠然とした記憶の予兆のようなものである。それは、「ほんの時たま、仄かな明るみが、かすかな風の息吹のようなものが、私を吹きつけて過ぎて行くだけにすぎない」ものであり、現実の手触りの得られない幻影のような記憶である。ここでは、「純粋記憶」は、非常に遠くにあるが、しかし確かに存在していて時折「この魂を不意に訪れた何か」として出現するものである。つまり、具体的なイメージとして直接表象することは難しいが、存続していて時折出現する精神的次元の何ものかとして捉えているところは、福永の理解した「万物照応」の「原音楽」に重なると考えられる。

しかもさらには、その予兆のようなものと入り混じるようにして、「この魂を不意に訪れた何か、快く人を眠らせ夢みさせるこの仄暖かいもの、次第に遠くから近づくやさしい音楽、朝の薄靄よりも淡く立ちこめる匂、やわらかく射し込む光」といった暗示的な感覚や、また夢の名残である「何等かの音楽のような、匂のような、光のようなもの」など未分化に融合した感覚が具体的なイメージとして現れる。このように、非常に近いところに出現する具体的な感覚として、「万物照応」の「共感覚」に通じるような感覚の融合のようなものが暗示されていることも、「純粋記憶」の描写において「万物照応」の示唆する過程を意識しているのではないかということの一つの裏づけとなるだろう。

そして、こうした「万物照応」的なある種の雰囲気やイメージは、さらに次の段階として、具体的な風景につながっていく。「私」の叙述は「子供」の叙述に移り、「子供」が見ていた風景が「ゆるやかな顫え」、「灯《ひ》の明るさ」、「木の葉ずれの音」、「夕餉のそこはかとない匂」という具合に、感覚的なイメージとともに思い出され、次にそれは「子供」の聞いていた声につながり、やがて、「子供」はさらに遠い過去のレコードを回す母親とその傍らで眠る幼子の記憶という実質的な「幼年」と思しきイメージに辿りつく。

このようにして、『幼年』において「純粋記憶」は、第一段階として、闇のなかに、具体的なイメージとしては知覚し得ないような精神的アマルガムが描写され、第二段階として、それに促されつつ入り混じるようにして「共感覚」を思わせるような具体的イメージとしての感覚のアマルガムが描写され、そして第三段階として、その具体的イメージから徐々に枝を分けるようにして、具体的な記憶のイメージが近いほうからより遠いほうへと向かって段階的に展開し、実質的な「幼年」のイメージが炙り出されるといった展開で描写されている。つまり、『幼年』では、第一段階と第二段階の「万物照応」的なほとんど捉えがたいアマルガムのような記憶から出発して、そのアマルガムに、第三段階の次々と断片的に遡行していく具体的な記憶のイメージが接合するという形で、「純粋記憶」が定着されている。この「純粋記憶」の描写の出発点にあって最初の具体的イメージの出現を促しているものは「万物照応」に重なるものであるが、その先は別の展開、おそらくは福永の想像力によるイメージの展開となっており、このような展開の全体が、福永独自のものと考えられる。

そして、右のようなテキストの展開の理論的根拠を明かすような言葉を、『幼年』執筆より後に、福永自身が残している。一九七七（昭和五二）年に行われた清水徹との対談において「純粋記憶」について語った箇所で、本書の序章の冒頭に近いところでも引用したものである。右のテキストの展開についてより詳しく考察するに当たって必要であるので、その前後も含めて、以下に再び引用する。

福永　……その鮮明にというのがこれまたイメージ的ですけども、そうじゃなくてそれほどはっきりしたもんじゃない、つまり匂いのようなもの、あるいは音楽のようなもの、もちろんイメージのようなものも総て含んで、結局それは一種の情緒と言ってもいいんですが、その情緒として非常に鮮明に闇から離れてある。それはダプリケイト、複製を許すものであって、その純粋記憶というものは幼年時代のイメージではあるけれども同時に現在の大人になってからも魂の中にちゃんと存在していて、副本というか複製を要求することがつまりイマジネーションの想像力の働きで、その想像力の働きというものが同時に直接幼年の時の純粋記憶のイメージからくみとられて発展していくから、それは小説なら小説になり得るわけですね。その意味で、闇の中からあとに残された純粋記憶という考え方は子供の時のことを大変よく覚えていて、非常に微細に渡ってイメージを再現し表現することができるというタイプの小説家の場合とまるで違うんじゃなかろうかという風に思いますね。

清水　今、大変に感動的な言葉で福永さんの純粋記憶っていうものをおっしゃられたんですけれど、ほとんど音楽的な状態ですね、純粋記憶というのは。

福永　ええ、そうです。ですから、僕は「ボードレールの世界」という、昔それこそ一番初めぐらいに書いた短いエッセイの中で、ボードレールのコレスポンダンスを原音楽という言葉で表わして、つまり原音楽というのはあらゆる感覚、感覚だけじゃなくて認識にも訴えてくるものがすべて音楽、原音楽的なものに還元されるから、したがってああいう匂いとか色とか光とか音とかいったものが皆同じ次元で並んで、共通したしかも独立したイメージとしてアマルガムになる、それはつまり原音楽のせいだという風にあの時考えたんですが、そういう原音楽的なものというのがつまり純粋記憶と共通したものじゃないかという風に考えますね[65]。

まず、清水徹の言葉を挟んで引用の後半の福永の言葉によって、「万物照応」の解釈に用いた「原音楽」を「純粋記憶と共通したもの」として、「純粋記憶」のイメージに重ねているということが検証される。前節で確認したように、福永は「原音楽」という言葉によって、「共感覚」や「類推」などの物質のアマルガムを生じさせている根元にあるような次元を説明していた。そして、その「原音楽」とは、それを出発点として異なる感覚や事物が「照応」していくことによって、それに促されて振動として根底に響きながら、それ自体が「象徴」として現れるのを促し支えるような精神的次元であった。「原音楽」と重ね合わせることによって、福永は「純粋記憶」の根源を、「万物照応」のように精神の奥深い次元に持続していて、それ自体の復元を求めて、確かに〝在る〟ものとして認識したのである。

そして一方で、引用部分の前半で述べているように、福永は「純粋記憶」を「幼年時代のイメージではあるけれども同時に現在の大人になってからも魂のなかにちゃんと存在していて、副本というか複製を要求することがつまりイマジネーションの想像力の働きで、その想像力の働きというものが同時に直接幼年の時の純粋記憶のイメージからくみとられて発展していく」といったような想像力の核となりうるものとしてイメージしている。要するに、「音楽のようなもの」（あるいは「一種の情緒」）は「複製を許すもので」、その「複製」を要請するものが、「想像力の働き」であると述べている。

このことを踏まえるならば、『幼年』において「万物照応」的な記憶に続いて現れてきた具体的なイメージの記述は、ここで福永が述べているような想像力によって促された「純粋記憶」の「複製」と捉えることができる。「純粋記憶」それ自体は「一種の情緒」とも言い換えうるようなアマルガムだが、それを出発点としたイメージの連想のなかに、「本物」のイメージが再構築される。「複製」に当たってはもちろん写真なども含めた外部の情報もイメージの展開を助けるだろうが、そこに追憶者の現在の解釈が加わるため、結果的に客観的事実の近似値とはなっても事実そのものではない。追憶者である「私」や「子供」のものとして存在する風景や感覚が、精神に残る過去の「情緒」と照応しつつ、イメージとして分岐し、結果として「現在」において記憶として受容されていくのである。したがって、ここにあるのは、現在において再び見出された幼年時代であり、再び見出された過去であり、「現在」として受容された「過去」である。要するに、忘れられていた記憶を再発見するのではなく、残存していた「万物照応」の「原音楽」的な記憶の核に支えられて、現在の意識のなかで想像力によってその記憶の核に形を与えることが可能となっているのである。いわばそれは、思い出す者の現在にあって、わずかに残る「本物」の記憶を基として想像力の作用によって描かれた記憶である。

また、ここで視点を『幼年』のテキスト全体に広げてみると、本章の第三節で触れたような「幼年」そのものの再現と思われるイメージだけでなく記憶の闇や繰り返し見る夢なども含めて『幼年』において具体的に現れてくるイメージは、「原音楽」(「万物照応」)的な追憶を核として現れた「複製」の一片と捉えることもできるだろう。そして、「私」、「子供」、「彼」といった視点の頻繁な移動や、それに伴う文章の途中での突然の改行などの『幼年』に特徴的な文体も、「原音楽」的なものから断片的に連なりつつ具体的イメージが分岐していく展開を意識した文体と考えることもできるのである。

そして、ここでもう一つ加えておきたいのは、実は、ここに現れるような想像力の作用によって記憶を描くという方向性も、ボードレールとの接点を持つものであるということである。ボードレールは同時代芸術を論じる際に、しばしば記憶描写における書き手の想像力の重要性に言及している。それは例えば、「一八四六年のサロン」において語られた「私はすでに、思い出が芸術の偉大な基準であることを指摘した。芸術とは美の記憶術である。ところが、正確な模倣は記憶を損う」66といった言葉に依拠して、しばしば「美の記憶術」と通称されることもあるが、ボードレールにとって記憶とは根本的に想像力によって創り出されるものという方向性を持っている67。

次の文は、『藝術の慰め』という美術評論においてシャガールを論じた文章の一節であり、『幼年』執筆前年の福永の文であるが、『幼年』執筆時の福永において、想像力によって記憶を「複製」するという方法論に、ボードレールの「美の記憶術」が深く関わっていたことを示唆するものである。

ボードレールは嘗て次のように述べた。「……思い出は藝術の大いなる基準である。藝術とは美の記憶術である。従って正確な模倣は単に思い出をそこなうだけだ。」「田舎の風景」はシャガールの一九四四年の作で、この頃彼は戦争を逃れてアメリカに滞在していた。この一九四四年というのは、彼の糟糠の妻であるベラが死んだ年に当っている。果してこの絵の中にベラの思い出が息づいているのだろうか。少なくともベラを通して、彼が理想としていた一人の娘が、夜の草原に横たわって、夜のひそかな物音に耳を傾けているのだろう。そして楽器を手にした少年は草原の向うから、恥ずかしげに彼女の姿を見守っている。

この「田舎の風景」は、まさにシャガールが少年の日に見たものの記憶である。木造の家、樅の樹、飼葉桶に首を突っこむ牝牛、紫色の空にかかる暈《かさ》をかぶった半月。しかし一面に於て、これは記憶の正確な模倣ではない。何よりもここには、幻想的な、非現実的な雰囲気がある。少年の首はさかさまに空の方を向いている。娘の頭には馬の首が帽子のようにかぶさっている。夜の空には鶏が空を飛んでいる。これらはシャガールの独特のトレードマークみたいなものである。しかし単に奇抜な思いつきというのではない。これこそ彼が現に大人になっても（彼はこの時五十七歳である）見つつあるもの、彼にとって唯一の真実である少年時代に他ならない。あなたはそれに妥当な説明をつけることも出来るだろうが、しかし幻想をどのように説明しても、それは幻想を正しく理解したことにはならない。幻想は遊戯ではなく、夢が一つの人生であるように、一つの神秘である68。

ここで福永は、ボードレールの「美の記憶術」を引き合いに出しつつ、シャガールが主体的な想像＝記憶力によって見出した記憶を、シャガールにとっての「唯一の真実」と述べている。つまり、ここにはシャガールを経由しながら、想像力によって「複製」する幼年時代こそが「唯一の真実である」幼年時代である、という福永自身の記憶観が示唆されている。またその記憶観がボードレールを意識したものであることが明らかになっている。

そもそも「万物照応」と、この「美の記憶術」というものはボードレール自身のなかでは無関係のものである。しかし、福永自身においては、「万物照応」の次元に自分自身のなかに残存する漠然とした記憶のようなものの実在性を認めることと、その実在性に依拠しながら想像力によって記憶を見出していくという要素が接合し、この二つのボードレール的要素が、福永独自の記憶描写の方法として統合されたと考えられる。

もともと、福永にとって「純粋記憶」としてそのまま表象できるような具体的なイメージの記憶はなく、漠然とした「一種の情緒」(本章の一八四頁に引用した対談を参照)として残っているだけであった。福永にとって、思い出す＝記憶を描写するということは、そういうものとして残っているものを頼りとするしかなかった。しかしそれは一方では、記憶がその漠としたものに凝縮されているということでもある。この漠としている記憶の真実性を証明したものが、「万物照応」の次元であった。「純粋記憶」をこうした次元において実在するものであると確信し、そしてその実在に支えられて凝縮された記憶が想像力によって「複製」されるものとイメージすることによって、その先に自らが想像力を働かせて広げていった具体的な記憶のイメージは実在性を帯び、それらのイメージから統一した作品世界を創ることができたと考えられる。

つまり、『幼年』という小説において「純粋記憶」として「複製」されたイメージは、「嘘」と言えば「嘘」かもしれない。

しかし、「複製」の核となった「原音楽」という次元が確かに実存しているという意味において、それは真実に支えられたものと言えるし、そういう形での真実性を持ちうる「虚構」となる。いわば、真実性に保障された「虚構」としての記憶描写が可能となったのである。このような方法に依拠することにより、「どの程度に、作者は小説家としての嘘を過去の生活の描写に持ち込むことが許されるのか」69という『独身者』に書かれていた自らの過去の「虚構」をめぐる難題（本書第二章第二節の『独身者』に関する考察を参照）が、福永のなかでようやく決着した。清水徹の言葉を借りれば、「作家の過去と作家のイマジネーションとの関係という問題、別な言い方をすればフィクションの問題」70の解答が、福永自身のなかで意識的に整理されたのである。そして、このようにして小説全体の「虚構」の方向性が明確な理論として定まったことが、「純粋記憶」を小説世界に定着することを可能とし、『幼年』の完成にもつながったのだ。ここに、福永武彦のボードレール受容における理解の深まりがあり、同時に小説家としての方法意識の定着と進化があった。

まとめるならば、福永の「純粋記憶」の描写においては、まず、記憶想起の根幹に「万物照応」の本質的な次元が存在し、次にその根幹に接合するところの想像力の作用によって記憶の展開を描くという方向性の二つの要素において、福永はボードレールの理論に支えられつつ、彼自身の「純粋記憶」の真実性を獲得し、「純粋記憶」の描写の方法を確立した。ここに、福永が「万物照応」の理論を自らの問題意識に引き寄せつつ主体的に血肉化したということが立証できる。またこのように、記憶描写の方法において「万物照応」の理論を摂取したところに、他の日本人作家のボードレール受容とは異なる福永のボードレール受容の独創性もあると言えるのである。

このように方法に関しての受容を整理した上で言及しておきたいのは、ボードレールが「万物照応」において志向したものと、福永がその詩法に依拠しつつ見出したものとの実質のずれである。福永にとっての「純粋記憶」は、出発点においては漠然とした雰囲気がありそれが「共感覚」的な具体的イメージを示唆するという「万物照応」的なものだが、さらにそこから、「子供」の過去の風景という異なる記憶のイメージへと展開し、より実質的な記憶に向かって具体的イメージが分岐していく。そして最終的に福永武彦が『幼年』において見出す「幼年」は、「誰かの声」にしろ、オルガンを廻す母親にしろ、夢のなかで近くにいるのに姿を見せない誰かにせよ、「子供」を呼ぶ声にせよ、いずれも幼年時代において最も親しい誰か——おそらくは母親のイメージであり、それ自体が意味を持った具体的なイメージに辿り着く。ここで見出された追憶は、雰囲気しか残されていなかった失われた母のイメージであり、福永自身が求めていたものの真実と言えるだろう[71]。一方で、ボードレールが「万物照応」において目指しているのは、こうした具体的なイメージの定着ではなく、ものの本質的見方としての象徴主義美学の原理の定着である。つまりそれは、具体的などこかでも誰かでもない。結果的には、福永が「純粋記憶」において表象したものは、「万物照応」そのものの表象とは実質がずれている。

換言すれば、福永にとっての「本質的な一情景」は、「万物照応」の示唆するような美学的な次元に一致するものではないということが言えるだろう。しかし、このように方法的に重なりを持ちながらも最終的には実質の異なる世界が描き出されたところにこそ、福永がボードレールを主体的に咀嚼したことの証左がある。

尚、このようにボードレールの解釈が『幼年』に反映した背景として、執筆の時期に触れておきたい。『幼年』完成の年に福永は、人文書院版『ボードレール全集』の責任編集及び『悪の華』[72]と『パリの憂愁』の全訳という大仕事を終えている。例えば、豊崎光一も、この全訳の仕事を「福永のボードレールとの関わり合いが、専門家、研究者としてのものになる」[73]契機と位置づけているようであるが、およそ一〇年という期間を費やしたこの仕事は、当時の水準としては充実した研究資料とその綿密な検証を下敷きにしていたものであった[74]。こうした作業を通して福永のボードレール研究は非常に専門的なものとなったと考えられ、同時にこれは、それまでの自らのボードレール観を改めて見直す作業ともなったはずである。その集大成とも言えるのが第一巻の巻頭評「詩人としてのボードレール」であり、既に触れたようにその評論で中心に据えられたのが「万物照応」の「合一」unitéの解釈である。この「合一」の解釈において、福永は、旧著『ボードレールの世界』において言及した「原音楽」という言葉を「私は今でも、この言葉に代るべきうまい言葉を持ち合せていない」75と述べて再び呈示し、「合一」を成り立たせる根元的次元として再認識している。『忘却の河』執筆に伴う心理的変化を受けて創造的記憶の意味を確認し、そのような記憶を統一性のある作品世界に定着させていくための枠組が意識された時期に、こうしたボードレール認識を整理した時期が重なったことは、福永が、自らの「虚構」の方法を定めるに当たって、ボードレールの文学理論を直接的な手がかりとしてはっきりと意識する要因の一つとなっただろう。

以上が、『幼年』における「万物照応」の受容である。この受容を福永の内的進化ということに位置づけてみるならば、そこには少なくとも二つの意味があったと思われる。

一つには、『幼年』を書くことによって、膨大な無意識のなかに眠っているはずの福永自身の「幼年」(あるいは創造の核としての「幼年」)を現在において再現する、あるいは失われた過去を記憶という時間に再び生かすことができたということである。それは、『忘却の河』の問題意識からのつながりで言えば、福永自身が、一人の人間として、現在の瞬間にあって記憶として再び見出されるこの断片的で不確かな自らの過去を、「書く」という行為を通して直視しつつ「現在」に受け入れる行為となっており、人間的な解放につながっていく。そして、『幼年』において過去の受容は、受け入れるどころではなく、むしろ積極的に見出されて行くというものになっており、思い出すことの意味は、福永のなかで一層確かなものとなっていることが窺われる。例えば作家のそうした意識は、『幼年』の最終章「夜行列車」

に象徴的に表れている。全体を通して思い出せないことの苦しみから、あれほど執拗に過去を追い求めてきたにもかかわらず、結末で再び過去を喪失した時点に、「父に連れられて福岡から東京に来た時のこの長い汽車の旅の記憶」[76]に作中人物の意識は戻って行くのである。このことは、もはや作中人物が過去に執着してはいないということを象徴的に示す。

子供が遠ざかりつつあったのは彼の住んでいた故郷からというばかりでなく、彼が生きて来た幼年という時間のすべてからであり、彼は驚嘆の眼を大きく見開き、新しく視野にはいって来る一切のものを見失うまいと決心して、時々刻々に感動しながら、未来は常に測り知れない驚きに充ちて現在に滲透して来るものだということを、無意識のうちに知りつつあった。即ち過去の空間と時間とから遠ざかりつつあると共に、彼は新しい空間と時間とを目指して運ばれつつあり、……[77]

夜行列車に揺られつつ、過去から未来へと「運ばれつつあ」るこの「子供」には、「幼年という時間」を喪失することについての危機感はない。先立っているのは未知への関心であり、新たな時間への関心である。「すべての過去の記憶が夢のように消え去るにまかせながら」[78]列車に揺られているこの「子供」は、忘れられないことに苦悩した過去の罪を「決して忘れない」[79]こと、すなわち何度でも過去に対峙することを決意する『忘却の河』第七章の藤代と重なってくる。「忘却」と「想起」という全く正反対の方向を示してはいるが、いずれも「過去」からある意味で解放されている点で、両者の過去意識は接見している。そして重なりつつ進化している。

もう一つには、『幼年』において、こうした方法で、わずかに精神に残るものから想像力によって一つの記憶を再現する過程を、「万物照応」の理論を柱としながら理論的に整理したことによって、福永は自らの小説の創造行為の過程を意識化することができたと思われる。ボードレールの「万物照応」の示唆するものは、本質としては、言葉や芸術が生まれる土壌となるある種の感性のようなものと言えるだろう。福永はこの感性を「純粋記憶」というモティーフに重ねることにより、そういう感性から出発しつつ、そこに自らの想像力によって創り出したイメージを接合し展開させていくという小説の方法を理論的に定着させることができたのである。そして、それは記憶＝思い出すことにテーマを置く福永ゆえの「万物照応」の取り込み方である。また、そのことによって、想像力に依拠しつつ「過去」を「現在」に受容していくということ（＝そういう形で記憶を形象化するということ）と小説という「虚構」を創り上げるということの近さを認識した80。この思い出すことと創り出すこと（あるいは想像）の接近は、実は、それまでの彼自身の小説において繰り返し問われてきた追憶の主題の意味を、創造行為の基点として、理論的にも思想的にも、客観的に認識していくことにつながったと言えるだろう。福永は、こうした方法意識の定着を反映して、その後の自らの小説創造における創造＝想像の基盤を、「現在」の瞬間毎に思い出される「過去」を書き取っていくこと、そのことによって「過去」を「現在」に深く受容していくことに定めていった。その視点は、『忘却の河』において既に顕在化していた、「私小説」とは異なる形で自己の内面を小説に受肉していくという創作観をより徹底させることになるのである。

第六節　受容のゆくえ

最後に、ここでの受容のあり方について、一つの視点を示しておきたい。

ボードレールの「万物照応」の理論に関わって、ボードレール自身に非常に興味深い評論がある。一八六一年四月一日の『欧州評論』*Revue européenne* に、「リヒャルト・ヴァーグナー」"Richard Wagner" と題して発表した評論である81。ヴァーグナーの『ローエングリン』序曲について、リストが行った賛美を受けて、さらにボードレールが語るというものである。そこで、ボードレールは次のように、ヴァーグナーの音楽に自らの「翻訳」を重ねる。少し長いが、重要な箇所なので省略せずに引用しよう。

初めてこの曲を、目を閉じて聴いたとき、そして、いわば地上からさらわれるような思いがした時、想像力がこの同じ曲から作り出した避け難い翻訳を、他ならぬこの私にも語ることが、言葉をもって表すことが、許されるだろうか？もしもここで、先にあげた夢想に私の夢想を付け加えることが有用でなかったならば、もちろん、私は得々と私の夢想を語ることを敢えてはしないだろう。読者は、どんな目的をわれわれが追求しつつあるのかを知っている。真の音楽は異った脳髄の中に類似の観念を暗示するものであると、証明することである。そもそも、ここのところで、分析も比較もせず、先験的に推論することは、こっけいなことではあるまい。なぜならば、真に驚くべきことがありうるとすれば、それはまさしく、音は色を暗示することができず、色彩は一つの旋律の観念を与えることができず、また音と色は観念を翻訳するのに不適切だ、ということにでもなったとした場合である。もろもろの事物は、神が世界を一つの複合的で分割できない全体として宣し給うた日以来、常に相互的な類推関係によって自らを表現してきたのだから。

「自然」は一つの宮殿、そこに生ある柱、
時おり、捉えにくい言葉をかたり、
行く人は踏みわける象徴の森、

森の親しげな眼指に送られながら。
夜のように光明のように涯《はてし》もない、
幽明の深い合一のうちに、
長いこだまの遠くから溶け合うよう
匂と色と響きとは、かたみに歌い。

というわけで先を続けよう。冒頭の数小節を聴いただけで、私は、ほとんどすべての想像力ゆたかな人々が眠りのなかで夢によって体験したことのある、あの幸福な印象の一つを受けたことを思い出す。私は重力の束縛から身が解放されたのを感じ、高い場所を流れめぐる並はずれた逸楽を、追憶によって再び見出した（私は先に引用したプログラムをその時は知らなかったことを、ついでに記しておこう）。続いて、絶対の孤独、だが、涯しもない地平と広く散乱した光とをともなう孤独の中で、大いなる夢想のとりこになっている一人の男の甘美な状態を、無意識のうちに心に描いた。それ自体の他には背景をもたぬ広大無辺の境。やがて私は、さらに激しい明るさ、辞書によて与えられるニュアンスをもってしては絶えず再生してゆくこの熱気と白さの増加を表現するには足りないであろうほどの早さで増大してゆく、光の強烈さの感覚をおぼえた。その時私は、光にみちた環境のなかを動く魂というもの、逸楽と認識からつくられる恍惚、そして自然界の上に遥か遠く離れて浮揚する恍惚というものの観念を、完全に描くことができたのだ82。

ここでボードレールが述べているのは、音楽と聴衆との新たな関係性である。あるいは、聴衆に新たな形の受容を促し、かつそれを可能にする芸術のあり方である。ボードレールが、ヴァーグナーの音楽に対する自分自身の受容のあり方を、その「翻訳」として「万物照応」と位置づけているということは、この詩について考える上で、重要な視点を提出する。ボードレールは、『ローエングリン』序曲によって喚起された観念を「翻訳」するものとして、「万物照応」という詩を位置づける。「翻訳」とは外国語を一旦観念の次元に還元した上で、その観念の表すところを自らの言語によって再構築するという作業である。ボードレールにとって「万物照応」とは、ヴァーグナーが聴衆に促したようなこの「翻訳」作業の上に実現したものである。そしてそれゆえに、それと同様の「翻訳」を読者に促すことを含意した詩であったと言えるだろう。さらに言えば、この詩の「翻訳」に続く記述から読み取れるのは、散文詩の「芸術家の告白」に見出されるような、創造の瞬間への認識である。創造の瞬間を書き取り提示することにより、見るもの聞くもの読むものに対しても、創造の瞬間を喚起するという形の芸術のあり方が、ここに問われている。

実は福永も、この下りに、「「先の世」註釈」というボードレールの詩の鑑賞のなかで着目している83。そういう点から考えても、『幼年』という小説、そこに展開された「純粋記憶」というモティーフは、ボードレールがヴァーグナーを「翻訳」したように、福永がボードレールの「コレスポンダンス」を「翻訳」したものと言えば言い過ぎだろうか。福永は、「万物照応」の一つの「翻訳」として、『幼年』という作品を構想したと言えるかもしれない。そして、こうした形での芸術が受容する側に求めているのは、まさにこのような芸術を自ら「翻訳」していく姿勢、つまりはその本質を共有しながら自分自身の方法において変奏するという形で芸術を受容していく姿勢である。読者ないしは聴衆が、芸術を受容する過程において、それぞれの内的記憶を喚起していくような、能動的な解釈を求めている。そして、作家の想像力は、その想像されたものの特異性や個別性に訴えるものではなく、読者の想像力を促すことのできるような暗示的なものである。そのように暗示的に提出された想像力が、振動のようなものとして読者の想像力に働きかけることも、あるいは「万物照応」の一つの効果と言えるのかもしれない。

ボードレールのいう想像力とは、幻想とか空想といった、架空の存在や物語を創り出す能力のことではない。この点に関して、辻邦生の以下の批評は、的確に言い当てている。

ボードレールは客観的認識――すべてを対象として固定し、対象的レヴェルに一切を投げだす認識に対して、あくまで想像力による、注意深い、着実な詩的恢復を望んでいる。プルーストが自己の啓示的な回転に対比し、ボードレールの方法を「確固不抜」と言っているのは理由のあることである。

ボードレールは対象的レヴェルでの認識の展開が、単に実用的な体系に閉された、日常生活の空虚な、単調な繰返しを越えられぬことを鋭く見ぬいていた。彼はそこでの金銭支配、物質崇拝、聖性喪失がはっきり芸術創造と対立することを感じていた。そこに身を置き、その認識による「自然の認知と模写」に赴けば、時ならずして、プルーストからペンをもぎとったごとき不可能感が、彼を待ち受けていることを知っていた。つまり対象的認識のレヴェルでは、どのように装置を工夫してみても、この無際限に拡散する素材を全一的に纏めあげる視点は見出すことができないのである。

プルーストにあっては対象的認識の働きをする理知がまったく働きを失ったとき、不意に現われた無意志の記憶への反省によって、逆に、それが、理知を超出した働きを持つことが確認される。これに対してボードレールは理知の働きの限界を確定しつつ、それを超出する想像力によって、無限拡散の日常的地平を超えようとする[84]。

最後まで「理知」の働きに頼りつつ、虚構の世界を積み上げる。そして、そこに暗示的に積み上げられた世界が、読者にとって暗示的に受け取られ、同様の精神のなかに照応していくというのがボードレールにおける想像力の働きであった。必ずしもそれが劇的な展開を持たなくとも、現実の世界と個人の言葉との間に緻密に構築されていったものとして提示される新たな認識世界だからこそ、それが暗示的に読者の精神のなかに類似したものを呼び覚ましていく。福永が『幼年』において描き出しているのは、ボードレールのこうした想像力への「照応」のなかで呼び覚まされたものでもあり、その「照応」したものの響くところに彼自身の変奏によって見出した人間的な「真実」であった。ゆえに、おそらくは『幼年』の根底に響くものに「照応」するものを読者が見出し、そこに読者自身の変奏がなされるときに、この風変わりな小説の意味は、読者に明かされることになると言えるだろう。

おわりに

意識と無意識との境、現実と夢との境、現在と過去との境、私ともう一人の私との境、そうした取りとめのない処を往ったり来たりして、出来たものが事実と想像との境に立っているような、一種の内的な記録であることを目論んでいた。しかしここに書かれたものは、すべて魂にとっての真実に立脚している筈で、分類すればやはり小説というジャンルに属すべきものであろう[85]。

後に、単行本の初版に附した「『幼年』について」という文章のなかで、福永は、右のように『幼年』のジャンルについて問いかけのような定義を残しているが、まさに福永のこうした問いかけは、この「小説」が、それ以降の福永に与えた本質的な意味を示唆していると思われる。福永は、『幼年』を書くことによって、自ら「小説」の再定義を成したのである。あるいは、定義というよりは、問題提起といったほうがよいかもしれない。「小説」とは何か。あるいは「意識」／「無意識」とは、「現実」／「虚構」とは、「現在」／「過去」とは、「私」／「もう一人の私」とは何か。つまり、そうした、突き詰めていくと実は確定できないにもかかわらず、「小説」を書くうえでも読むうえでも自明のこととしてコードに組み込まれていた二項対立を、改めて解体し問い直したのである。そもそも、思い出すということがほとんど不可能に近い「純粋記憶」というモティーフは、そういう意味では、最初からコードに組み込まれていないモティーフとも言えるものであり、そういうモティーフを志向したことが既に、こうした実験に向かっていたのだとも言える。そしてこの福永の小説の試みを、方法的に支えたのが、ボードレールの「万物照応」の理論が呈示する精神的次元であった。

その次元とは、可視的には捉えがたいが確かに持続していてその復元を促しているような精神的次元である。福永は、この「万物照応」の理論の本質にある精神的次元を「原音楽」という独自のモティーフによって理解し、そのモティーフと自らの小説『幼年』の「純粋記憶」のイメージを重ねることによって、「純粋記憶」の本質的次元に据えた。そして、そうした重ね合わせを出発点として、まず「純粋記憶」を「万物照応」的な異なる感覚が融合したようなイメージとして取り出し、さらにそこから具体的な記憶のイメージを徐々に分岐させ、核心的なイメージへと近づいていく。このように、「万物照応」的な本質に支えられながら、そこに自らの想像力の働きによって見出されるイメージ（このようにして記憶が見出されうること自体もボードレール的であるが）を接合することによって、福永は「純粋記憶」を統一的な世界として定着していく方法を見出していく。そしてそれは、「万物照応」の真実性に支えられた自らの「虚構」の方法の確立につながったのである。

そもそも、『独身者』において、「虚構」としての「幼年」を構想した時点で、潜在的にこうした受容につながる方向性はあったと思われるが、それを自らの方法として意識的に血肉化していくための福永自身の方法意識の発展とボードレール理解の深化には、二〇年余の模索が必要であった。

さて、この『幼年』におけるボードレールの受容は、その後の福永の進化においてどのような意味を持つことになるのか。次の章では、『死の島』における「現在」のあり方をめぐって、その意味を問いたい。

註

1 「「幼年」について」、全集七巻、四九六頁。

2 『幼年』についての批評の難しさは中島国彦「『幼年』に出現するもの」(『国文学 解釈と鑑賞』一九八二年九月号)が詳しくまとめるところだが、例えば、「全部で十八の断片から成るという特異な形式、そしてそのために小説の筋をまとめるのが極度に困難であるという事情」(一〇〇頁)や「小説という形式の中で、「記憶」などの観念語はやはり作品の世界の中で浮いて見える」(一〇一頁)などを理由に挙げている。

3 曽根博義「本文および作品鑑賞」(曽根博義編『鑑賞日本現代文学27 井上靖・福永武彦』所収、角川書店、一九八五年)及び首藤基澄「求める母――「幼年」を中心に――」(『福永武彦・魂の音楽』所収、おうふう、一九九六年)などに言及がある。

4 曽根博義「『幼年』再考」(『文芸空間』10号、一九九六年八月)では、『幼年』の人称をめぐっては福永がジョイスの自由間接話法を意識していたであろうという主旨の論文がある。この論文では、ジョイスの『若き芸術家の肖像』を日本語に訳すにあたって敢えて三人称を一人称に変えて訳した丸谷才一の手法と比較しながら、「『幼年』は逆に自由間接話法をそのまま強引に日本語の小説のなかに持ち込もうとした冒険だったのだ。しかし日本語では「私」ではなく「私」の意識の場から起ち上がってくる「私」と「子供」とを分けて記述すること自体、かえって純粋な記憶の糸を分断し「私」と「子供」の連続性と一貫性を断ち切る結果を招くことになる」(一二〇頁)と考察している。

5 福永における「幼年」主題について、北村卓「福永武彦における「幼年期」と「島」の主題 ――「発光妖精とモスラ」をめぐって――」(北村卓『日本におけるフランス近代詩の受容研究と翻訳文献のデータベース作成』所収、平成16年度〜平成18年度科学研究費補助金(基盤(c))研究成果報告書、二〇〇七年三月)では、ボードレール、ゴーギャンの楽園イメージからの系譜やボードレール的楽園の典型としての「万物照応」との関係性が指摘されるが、本書では記憶描写の方法に焦点を絞るので、この主題には詳しく踏み込まない。
6　清水徹「『幼年』をめぐって」、『鏡とエロスと――同時代評論』所収、筑摩書房、一九八四年、一三七頁。
7　全集七巻、二九三―二九四頁。
8　全集七巻、三一八頁。
9　全集七巻、二九一頁。
10　林房雄「文芸時評」、『朝日新聞』、一九六四年八月二七日。
11　清水徹・福永武彦対談「文学と遊びと」、『国文学 解釈と鑑賞』一九七七年七月号、二五―二六頁。
12　全集七巻、三一九頁、傍点筆者。
13　全集七巻、三一九頁、傍点筆者。
14　全集七巻、二九三頁、傍点筆者。
15　全集七巻、三二一頁。
16　全集七巻、二九四頁。
17　全集七巻、三二一―三二二頁。尚、「塵から出て……」というのは『旧約聖書』創世記3・19、「お前は顔に汗を流してパンを得る／土に返るときまで。／お前がそこから取られた土に。／塵にすぎないお前は塵に返る。」という一節を踏まえているものと思われる。福永は晩年にキリスト教の洗礼を受けていたことが、死後明らかになったが、そうした信仰も『幼年』の思想的な背景の一つと位置づけるとき、「純粋記憶」の定着は単なる過去の再現よりも、より本質的な原型の定着として、改めてボードレールとの思想的な接点に触れるものとなる。尚、このように、幼年に自我の本質を見るという考え方は、例えば上述の『幼年時代』解説（全集一五巻所収）や、美術批評『藝術の慰め』の一節（全集二〇巻、三八―三九頁参照）などでも、既に福永が随所で言及していたことで、ここに幼年時代に着目する動機があると言えよう。
18　全集七巻、二九三頁。
19　全集七巻、二九三頁。
20　本章註3の曽根氏の「本文および作品鑑賞」、四一三頁。

21 学習院大学仏文科での講義でプルーストを講じる際に福永は、「睡眠と夢とは、僕等を外的な現実から解き放して、内界の意識そのものに変えてしまう最も良い状態である。外界の事象が進行を停止し、意識が一つの純粋な暗黒の中に涵される時、僕等の理智では決して捕えられぬ生の本質的なものが、(中略) 感覚の手段によって生れて来る」という方法論を指摘し、夢が内的世界の意識化の手段という観点を呈示している(引用は、著者自筆の講義ノートを死後、弟子の豊崎光一が編集した『二十世紀小説論』(岩波書店、一九八四年) の九五頁)。

22 全集七巻、三〇七頁。

23 全集七巻、三〇八頁。

24 全集七巻、二九七頁。

25 全集七巻、二九七頁。

26 全集七巻、二九七頁。

27 全集七巻、二九七頁。

28 全集七巻、三〇〇頁。

29 全集七巻、三〇一頁。

30 全集七巻、三〇一頁。

31 全集七巻、二九八頁。

32 全集七巻、二九八頁。この「一種の顔のない女」と似たイメージとしては、例えば、「夜の寂しい顔」(一九五七) の中で、作中人物の少年が見る夢に繰り返し現れる「見知らぬ顔をした女」というモティーフがある。この小説の結末では、女の顔が実は少年自身の顔であったことが分かり、夢の中の女は「僕の本当の存在」(全集四巻、二八〇頁)、いわば本質的自己像として再認識される。

33 全集七巻、二九九頁。

34 全集七巻、三一九—三二〇頁。

35 全集七巻、二九七頁。

36　全集七巻、三二〇頁。
37　全集七巻、三二一頁。
38　全集七巻、三二八頁。
39　全集七巻、三二八頁。
40　全集七巻、三二九頁。
41　全集七巻、三三〇頁。
42　全集七巻、三三〇―三三一頁。
43　全集七巻、三四二頁。
44　全集七巻、三五〇頁。
45　全集七巻、三五〇―三五一頁。
46　Baudelaire, *Les Fleurs du Mal*, Poulet-Malassis et de Broise, 1857, pp.19-20. "Correspondances" のテキストについては、一八五七年刊行の初版と一九六一年刊行の再版があるが、福永が「詩人としてのボードレール」のなかで初版を重視する見解を示しているので、本書では初版から引用する。また、福永における受容を扱うことを考慮して、訳文は人文書院版『ボードレール全集』第一巻、一九六三年、一三―一四頁の福永訳を用いた。
47　この二人の思想家からの教示については、例えば「ハシッシュの詩」"Le Poëme du Haschisch"（1859）において次のように言及している。「その間に、精神のこのような不可思議で一時的な状態が発展し、その状態においては、目の前に広がる光景がどれほど自然でどれほど卑近であろうとも、生の深みが、その多くの問題を林立させたすがたでその光景のなかにそっくりすべて啓示される。――そこではまず最初に行き当る物象が、雄弁な象徴となる。フーリエとスウェーデンボルグは、前者はその類推関係をもって、後者はその照応をもって、あなたの視線に触れる植物や動物の中に受肉してしまったが、彼らは、声によって教示する代わりに形態や色彩によってあなたを教化するのである」(PL 1, p.430)。また、「わが同時代人に関する省察（ヴィクトル・ユゴー）」"Réflexions sur quelques-uns de mes contemporains: Victor Hugo"（1861）においても、両者の思想を示唆的なものと見た記述があり、特にスウェーデンボルグをめぐっては「それにまた、スウェーデンボルグは、フーリエよりもはるかに偉大な魂を所有しており、既にわれわれに、天は一人のきわめて偉大な人間であるということを教えてくれていた。また、形も、運動も、数も、色も、香りも、すべては、自然なるもののなかにおけるのと同じように精神的なるものの内においても意味を持ち、相互的であり、互いに転換が可能であり、照応するものであることも、教えてくれていた」(PL 2, p.133)と、その教示するところが具体的に明示されている。これらの記述は、ボードレールと神秘思想との接点を推測させる一方で、その神秘思想からボードレールが嗅ぎ取っているのは、自然あるいは物象が精神的なものの表象となることで啓示をなすという方向性であるということも明らかにする。

48 この詩の註釈は、**PL 1, pp.839-847** にある。ボードレール的な「万物照応」の意味づけについての言及があるのは、特に八四三―八四四頁にかけてである。ここでは、ボードレールにとっての「照応」は、必ずしもスウェーデンボルグの示唆するような天と人間との超越的な照応体系に限定されたものではなく、「人間と〈自然〉との諸関係」(八四三頁、拙訳)、さらには「〈自然〉を経由しながらの人間と〈神〉との諸関係」(同)というような照応関係と捉えることができると考察している。

49 筑摩書房版『ボードレール全集』第一巻(阿部良雄訳註、一九八三年)の、四六九―四七四頁参照。

50 註49の全集、四七〇―四七一頁。

51 「共感覚」と呼ばれるものの、ロマン派の文学者や思想家における普及については、Jean Pommier, *La Mystique de Baudelaire*, Slatkine Reprints, 1967. において詳しく分析されている。尚、「共感覚」という現象そのものをめぐっては、現在では脳科学、心理学などの理学的見地からの解明が進められており、そういう視点を踏まえればより詳しい定義も可能であるが、ここでは、ボードレールの時代の文脈において了解されていた「共感覚」に即した定義に止めている。

52 Georges Blin, *Le Sadisme de Baudelaire*, José Corti, 1948, p.182. 訳文は、ジョルジュ・ブラン『ボードレールのサディスム』(及川馥訳、沖積舎、一九八六年)の二一九頁を参照したが、若干の語句に関して筆者の改訳がある。ブランは「万物照応」の第一節とそれ以降の三節とを区別した上でそれらを接合するものを探るという問題意識を、これに先立つ著書『ボードレール』の第二部第二章において既に表明している(*Baudelaire*, Gallimard, 1939, pp. 107-118. 訳書『ボードレール』〔阿部良雄・及川馥訳、牧神社、一九七七年〕では、一二二―一三四頁参照)。

53 Georges Poulet, *Les Métamorphoses du cercle*, Plon, 1961, pp.410-411. 訳文は、ジョルジュ・プーレ『詩と円環』(近藤晴彦訳、審

美社、一九七三年、六四—六五頁）を参照しつつの拙訳である。

54 Albert Béguin, *L'Ame romantique et le rêve: éssai sur le romantisme allemand et la poésie française*, José Corti, 1956, p.380. 訳文は、アルベール・ベガン著作集第一巻『ロマン的魂と夢』（小浜俊郎・後藤信幸訳、国文社、一九七二年）の六二七頁を参照したが、若干の語句に関して筆者の改訳がある。

55 ドイツ・ロマン主義から一九世紀以降のフランス詩へとつながる詩的精神の系譜については、本章註54のベガンの大著（博士論文）が精緻に論じるところである。特に、pp.376–381, pp.395–404. に詳しい。

56 全集一八巻、一〇四頁。

57 全集一八巻、一三一頁。

58 全集一八巻、一三一頁。

59 「詩人としてのボードレール」において、福永は異なった感覚の照応は既にロマン派の時代において見出されることを示したうえで、その用例の多くは色彩と音楽との相互置換であり、「匂という要素を加え、かつそこに重点をおいたことはボードレールの独創だった」（全集一八巻、一二八頁）と分析している。そして、匂という普遍的な感覚を中心としているがゆえに、ボードレールの「共感覚」が水平的のみならず垂直的な普遍性につながった（同、一三六—一三七頁）と考察する。ボードレールの詩において匂いという感覚が他の感覚と比べて特別な意味を持つという指摘は、本章註53に示したプーレの著書（原典）の四〇〇—四〇一頁においてもなされている。

60 全集一八巻、一三七頁。

61 全集一八巻、四一—四二頁。

62 全集一八巻、一三〇頁。

63 全集一八巻、四四—四五頁。

64 ボードレールの「万物照応」が、単なる感覚の照応ではなく、最終的には精神と物質の照応を示唆していたことについては、福永も次のように断言している。「そして感覚の混淆が、精神の領域に於て認識されたところに、ボードレールの詩作が単なる即興的な感覚の遊戯に堕さなかった秘密がある。「精神によって創られたものは、物質よりも、尚生きている」（「火箭」）

という自覚は、感覚の面で捉えられた物たちが、遂には精神の中で生き出したことを意味する。そして感覚が単に感覚のみに終らず、精神世界に照応したことが、ボードレールの照応の、最後の段階だった」(『ボードレールの世界』、全集一八巻、四六頁)。尚、福永の『ボードレールの世界』について全般的に論じた須長桂介は、「原音楽」が可能にする新しい物質の「組合せ」を「巧妙な並置」と呼び、そこでの「新しいイマージュ」の喚起がボードレールの詩を誕生させると説明することで、「万物照応」における「原音楽」という解釈の位置づけをより明確にしている(「福永武彦におけるボードレールの問題②—『ボードレールの世界』について」(『武蔵野女子大学紀要』29号、一九九四年三月)参照)。

65 本章 註11の対談、二五—二六頁。

66 "Salon de 1846", PL 2, p.455.

67 こうした記憶観は、既に本書でも何度か触れている美術批評「現代生活の画家」において、第五章「記憶の芸術」"L'art mnémonique" のなかでギースのデッサンの方法をめぐる記述に詳しく呈示されている(PL 2, pp. 697-700 参照)。

68 全集二〇巻、三九頁。

69 全集一二巻、一〇五頁。

70 本章註11の対談、二四頁。

71 『幼年』における母のイメージの重要性については、本章註3の首藤論文において福永出生の問題も含めて詳述してあり、また本章註6の清水論文でも言及がある。

72 当時、『悪の華』の底本については、一八六一年の再版を基本とするのが本国では主流であったが、人文書院版『ボードレール全集』においては、『悪の華』初版を重視するという福永の方針から、初版、再版の両方を訳出するという珍しい方法を採用している(全集一八巻、二〇〇—二〇七頁参照)。

73 豊崎光一「福永武彦におけるボードレール」、福永武彦『ボードレールの世界』所収、豊崎光一編、講談社、一九八二年、三一二頁。

74 一九五七年から六三年にかけて福永が、学習院大学大学院において「ボードレール研究・ボードレール演習」という講義を開き、当時の研究書に詳細に当たりつつ、『悪の華』のテキストの丁寧な註釈を行ったことを、三年半にわたってこの講義に参加した豊崎光一が書き残す(本章註73の豊崎論文、三二〇—三二一頁参照)。豊崎氏の記載と人文書院版『ボードレール全集』

第一巻（一九六三）に福永自身が示した参考文献（同書、三七四頁）から判断し、授業で使用した主なテキストと研究書は以下の通り。

–*Les Fleurs du Mal*, édition critique établie par Jacques Crépet et Georges Blin, José Corti, 1942.

–Jean Prévost, *Baudelaire, Essai sur l'inspiration et le création poétiques*, Mercure de France, 1953.

–R.-B.Chérix, *Commentaire des « Fleurs du Mal »*, Cailler, 1949.

–J.-D.Hubert, *L'Esthétique des « Fleurs du Mal », Essai sur l'ambiguïté poétique*, Cailler, 1953.

また、福永が責任編集に当ったこの人文書院版『ボードレール全集』全四巻（一九六三〜六四）は、日本では河出書房版『ボードレール全集』全七巻（一九四七、一九五〇）に続く全集であり、一部が抄訳の他はほぼ網羅的である。筑摩書房版『ボードレール全集』全六巻（阿部良雄訳註、一九八三―九三）が出るまでは、日本語訳の定本として広く親しまれていたものでもある。

75　全集一八巻、一三〇頁。

76　全集七巻、三五六頁。

77　全集七巻、三五七頁。

78　全集七巻、三五八頁。

79　全集七巻、二八四頁。

80　清水徹も、「純粋記憶」を小説の発生に関わるモティーフとして、次のように説明する。「ところで、なんらかの意味で《私》に取材する小説とは、まず基本的には、《私》の過去を想起意識と想像意識とにより照らしだし、変形し、整理し、展開する作業によってつくり上げられるものなのだから、《純粋記憶》の界域はすでにそれ自体小説的な産出過程をへてきたものである。とすれば《純粋記憶》の界域を書くとは、思い出から小説への移行過程を、あるいは発生機の状態にある小説を書くことだと言えるのではないか」（本章註6の清水論文、一四五頁）。

81　ボードレールのヴァーグナー体験については、金沢公子「フランス文学におけるワグネリスム成立過程の一考察――ボードレールのワーグナー論について――」（『年刊ワーグナー　1981』所収、日本ワーグナー協会編、福武書店、一九八一年）に詳しい。この論考では、ボードレールがリストのヴァーグナー論に依拠しながらも、最終的には、彼自身の美学に確証を与える芸術家としてヴァーグナーを主体的に摂取している様相が詳しく検証されている。そして、そのようにヴァーグナーの芸術を自らの文学に受容していく態度を、フランス文学とヴァーグナーの芸術との真の美学的交流の始まりと捉え、それ以降のフランス文学者がヴァーグナーを受容しようとする態度（「ワグネリスム」）の出発点となったのではと考察している。

82 PL 2, p.784.「万物照応」の引用箇所については『悪の華』再版に一致するので、人文書院版『ボードレール全集』第一巻、一二一頁の福永訳を用いた。

83 全集一八巻、八一頁参照。

84 辻邦生「汝が永遠の岸辺——想像的空間についての小論」、阿部良雄編『ボードレールの世界』所収、青土社、一九七六年、二八頁。

85 全集七巻、四九六頁。

第六章　深く生きられた「現在」

――『死の島』における二四時間

はじめに

『忘却の河』に続けて『幼年』を完成させた福永は、そのおよそ一年後に、長編『死の島』に着手、『文藝』誌上に連載を始める。雑誌連載は、一九六六(昭和四一)年の一月号から一九七一(昭和四六)年の八月号までの六年間にわたって、断続的に五六回続き、連載の終了した年のうちに単行本にまとめられた。この連載と並行して、「風のかたみ」を『婦人之友』に連載(一九六六年一月号から一九六七年一二月号まで全二四回)し、一九六八(昭和四三)年に単行本として刊行する。そして、その同じ年に長編『海市』(一九六八)も刊行した。『風土』(一九五二)[1]、『草の花』(一九五四)を書いて以降、『忘却の河』までおよそ一〇年間長編を書くことができなかったそれまでの福永のペースと比べてみると、『忘却の河』執筆の後は、かなり順調に長い作品を完成させているということになる。

このように、『海市』と『死の島』という二つの長編が、比較的順調に完成した背景としては、これらの小説が、本書でこれまで確認してきたような『忘却の河』や『幼年』を経由した福永自身の方法意識の成熟を引き継いでいるということが推察できるのではないだろうか。

前章でも確認したように、小説家福永において、『幼年』の「純粋記憶」を定着させたことの意味は、少なくとも二つあった。一つは、膨大な無意識のなかに眠っているはずの福永自身の「幼年」を、記憶という形で現在の時間に再び見出すことにより、常に変化していく不確かな「現在」を受け入れる(あるいは積極的に見出していく)という精神の自由がもたらされたことである。それは『忘却の河』において見出した創造的記憶を、さらに開かれた記憶として認識したことになるだろう。もう一つは、その記憶を定着していく方法に、自らの解釈したボードレールの象徴理論を反映させていくことにより、わずかに精神に残る「純粋記憶」から内的真実を土台にした虚構世界を創り上げたことである。このことは、想像力によって分岐していくイメージを統一的な小説という世界にまとめていくための方法の意識化につながったと思われる。別の言い方をすれば、おそらくはそれまでも無意識的には行っていた方法を意識的に試み、かつ作品の完成によって事実上定着させたと言えるだろう。そうした意味において、ボードレールの受容も意識的なものとなり、福永自身の方法意識のなかに血肉化されるものとなった。そして、このような方法意識の成熟は、『忘却の河』において既に顕在化していた、「私小説」とは異なる形で自己の内面を小説に受肉していくという創作観をより徹底させることになったと思われる。ここにおいて、福永の「虚構」の方法の見取り図は、ほぼ完成したと言えるだろう。

右のような方法意識を引き継いでいるという意味においては、『海市』と『死の島』は方法的に非常に近いものと考えてよいだろう。例えば、いずれの作品においても、「現在」に複雑に交錯する「過去」を定着していくというという方向性が明確に現れているという点では共通しており、その点については多くの論者の指摘するところである[2]。ただ、『死の島』のほうが、進行していく「現在」が二四時間に限られていることにより、『海市』に比べて「現在」に入り込んでくる「過去」の密度が濃い。また、他者の「過去」を小説の世界全体として展開する枠組があるので、他者の「過去」に対する想像力の問題が方法的に深められている形跡もある。さらに、『海市』が着想から数年後に完成しているのに対して、『死の島』は、既に療養中から構想があったにもかかわらず『幼年』同様に長い間完成することができないでいた作品である[3]。こうした経緯から考えても、結果として現れるテキストは近しくても、福永自身の進化に位置づけたときに、『忘却の河』や『幼年』の完成を必然的に引き継いでいるものとしてのつながりをより明確に見出せるのは、『死の島』である。「roman-puriste（ママ）としての私の仕事は、「風土」から「死の島」までで一つの円環を閉じている」(原文のママ)[4]と、福永自身も純粋小説家としての自らの進化の一つのサイクルの終わりに位置づけるこの『死の島』において、本書でこれまで追跡してきた方法がどのように展開しているのかということを考察することで、これまでの考察の締めくくりとする。

第一節　複数の「過去」——相馬鼎《かなえ》の二四時間

全集の一〇巻の「序」では、「「死の島」は私の書いたものの中では最も読まれていない作品ではないかと思う。そこにはやはり長さの問題もあろうが、何となく七面倒くさそうな小説だという印象をまず与えて読者から敬遠されているのではないかと、これは作者の僻みかもしれないが、漠然と感じている」(原文のママ)[5]などと福永本人は述べているが、そういう作者の心配をよそに、長編のなかでは最も注目された作品と言えるだろう。雑誌連載中には全くと言っていいほど時評がなかったが[6]、単行本刊行後はこぞって時評に取り上げられ評価されている[7]。刊行の翌年には日本文学大賞も受賞した。

時評の多くは、この小説の時間の複雑さに着目しているが、福永自身の目論見としては意外に単純である。例えば、『死の島』上巻に所収されていた「作者の言葉」という文章のなかで、福永は次のように言っている。

これは登場人物は僅か四人で、時間は二十四時間という、極めて単純な構図を持った小説である[8]。

カレンダーや時刻表付の難解な小説というイメージとは一見矛盾するようであるが、確かに、テキストをよく読んでみると、福永自身が言う通り、構図としては「極めて単純」である。

まず、テキストの結末に向かって線的に流れている時間として、小説家志望の男、相馬鼎の「暁」から翌日の「朝」までに展開する二四時間がある。日付も設定されており、一九五四（昭和二九）年一月二三日土曜日[9]未明から翌日の未明までの一日という。主要な作中人物は、相馬鼎、その友人の萌木素子と相見綾子、そして名前のない（複数の名を持つ）男の四人である。

「暁」に始まり、「朝」、「午前」、「正午」、「正午過ぎ」、「午後」、「夕」、「夜」、「深夜」、「暁近く」、「暁」、「朝」というふうに、線的時間の推移を少しずつ追いながら、相馬鼎の二四時間は進む。未明に不吉な夢を見た日の午前中、相馬は、親しくしていた二人の女性、萌木素子と相見綾子が広島で共に服毒自殺を図り危篤という趣旨の電報を受け取る。すぐに広島の病院に駆けつけるべく、もろもろの準備をすませ汽車に乗ったのが正午過ぎ。それから広島まで一六時間の汽車の旅を経て、病院に駆けつけたのが翌朝の未明である。この相馬鼎の一日が『死の島』を線的に流れる時間である。この二四時間だけを追ってみると、ストーリーとしてもそれほど複雑なものではない。むしろこれだけをつなぎ合わせたら多少単純な物語ですらある。

しかし、『死の島』では、この相馬鼎の線的に持続する「現在」の間に、様々な「過去」の時間が織り込まれていく。それが、結果として、この小説を複雑と言わしめる要因である。

まず一つには、彼が安否を確かめようとしている二人の女性、画家の萌木素子（以後素子と称す）とその同居人の相見綾子（以後綾子と称す）との相馬鼎自身の想起される「過去」である。相馬鼎の進行する時間から連想されるようにして、「三〇〇日前」の彼女たちとの出会いのきっかけとなった素子の絵の展示から「一日前」までの十ヶ月ほどの出来事が、「二八〇日前」、「四日前」というような日付とともに断片的に無秩序に描かれる。素子には広島で被爆をしたという過去があり、綾子は恋人と同棲するために家を出たが破綻して自殺未遂をした過去があるということも、この想起される「過去」のなかで徐々に明らかになってくる。

また二つ目は、相馬鼎がその素子と綾子二人の女性の「過去」をモデルに書いている「カロンの艀」、「恋人たちの冬」、「トゥオネラの白鳥」という小説の時間である。「カロンの艀」は綾子と素子をモデルにしたA子とM子の過去から現在に至る出来事、「トゥオネラの白鳥」はM子の過去の出来事、「恋人たちの冬」はA子の過去の出来事が筋となっている。この小説の時間として定着された「過去」は、相馬が既に「ノオトブック」に書いている自らの作品を読み返すという行為として、相馬の「現在」に入り込んでくる。

そして、残りの二つは独白として語られる他者の「過去」である。そのうちの一つは、「内部」(AからMまでアルファベットが付してある)と題されるもので、自殺の数日前からの素子の独白が展開する。もう一つは、名前のない(複数の名を持つ)男(「或る男」)の独白である。この男は、自殺した女性のうちの一人、綾子がかつて愛して別れた男であり、「恋人たちの冬」にはKという人物として登場する。

かくして読者は、相馬鼎の「現在」(二四時間の時間の進行)を軸として、相馬鼎の想起する現実の「過去」、小説に描かれる作中人物の「過去」、そして独白として語られる他者の「過去」という複数の「過去」の間を移動しつつ読むことになる。

第二節　不確かな「現在」——夢の分岐

『死の島』という小説は「序章・夢」に始まる。そこで夢に現れるのは、次のような風景である。

確かに一つの風景だった。広々とした涯《はてし》もない平面が地平線まで見通されて、灰色の一本の線がこころよい丸味を帯びて横に長くつらなっていた。空は一面にどんよりと曇り、赤茶けた、鈍い、不透明な光線が空中に漂い、そして次第に眼が馴れて来るに従い、此所から地平線までの広々とした空間のところどころに、異様な形をした物たちが不動の姿勢のまま佇んでいるのを見分けることが出来た。物たち——それらはすべて破滅した、腐敗した、形らしい形を持たぬ、嘗て存在したものの幽霊だった[10]。

「嘗て存在したものの幽霊」という比喩が現すように、ここでは既に、「過去」あるいは「記憶」が暗示されている。この不吉な夢を引き継ぐようにして、相馬鼎の意識はある種の不安を抱えつつ目覚めていく。不吉な夢から目覚め、それを書き取らなければと創作ノートをめくっていた相馬鼎は、綾子をモデルに書いたA子が登場する「恋人たちの冬」という小説のところで手を止める。そしてそれを読む。読み終えると、「怖いようなきつい顔、とA子は思った。まるで死んだような」[11]というA子から連想するようにして数日前の綾子の顔を思い出す。

不安は夢の原因が分った今でも、まだすっかり溶けてしまったわけではない。額縁の中の暗い風景に重なり合って、相見綾子《あいみあやこ》のいつもの「あどけないような可愛い顔」が浮ぶ。その顔は輪郭から次第にぼやけて行き、やがて彼女のもう一つの顔になる。（中略）「で、どうでした？　あの人の様子変じゃなかった？」

そう言った相見綾子の真剣そのものの表情は、彼の小説の中の女主人公A子が、親の家から出て行こうとする時の「怖いようなきつい顔」と同じものだ[12]

不吉な夢から現実に戻り、その現実のなかで小説の時間が喚起される。さらにそこから綾子と素子との「過去」に遡行していく。綾子の「あの人の様子変じゃなかった?」という言葉から、相馬鼎は、数日前の素子の様子を思う。そして、確かに素子の様子が「どこか変だった」[13]ことを思い起こし、綾子の来訪の翌日、現在からすれば二日前にあたる日の晩から、素子と綾子が留守であることを改めて確認する。「二人は何処へ行ったのか」[14]。

このように考えたところで、テキストは、相馬鼎自身の「過去」に移る。まず時間は「三日前」に移り、綾子が素子を心配して相馬を訪ねてきたときの出来事が描かれる。続けて時間は「四日前」に移り、今度は素子が相馬を尋ねてきたときの出来事が展開する。それから「内部A」でその素子の独白があって、再び時間は相馬鼎の進行する「現在」に移る。その「現在」には依然として夢の名残りのような「全体の暗くて不安な雰囲気」[15]があり、その夢について考えるうちに、相馬鼎は「次第に謂われのない不安が意識の全域に立ちこめて来るのを感じる」[16]。そしてそれは、綾子と素子をめぐる不安につながっていく。「いやもっと別のこと、多分僕自身に関することだ、と彼は思う。その瞬間、二人の女の顔が重なり合って浮ぶ。一人はやさしく微笑している。もう一人はまじまじと彼を見詰めている。彼女たちは一昨晩もうちにいなかった。昨晩もうちにいなかった。二人とも」[17]。このように、「現在」において夢が残した雰囲気から連想するようにして、「過去」が想起され、それは相馬鼎の「現在」における不安の根拠を浮き上がらせていく。

果たして、この相馬鼎の不安に呼応するように、その日の午前中にこの二人の女性の自殺の知らせが入り、それからの相馬の「現在」は、その二人の安否を確かめるための広島に向かう旅の時間となる。その旅の汽車のなかで相馬鼎は、自分自身が二人の「過去」を想像しつつ書いた小説の草稿を読み始める。そしてそこからは、相馬鼎の想起する二人の女性との現実の「過去」と、彼自身の小説のなかに創造されている作中人物の「過去」がとが、呼応していく。このように、現実の想起される「過去」と想像力によって創られた小説の「過去」との間を行ったり来たりしながら、相馬鼎は、そこに現れる二人の女性との「過去」とは、何だったのかということを見出そうとする。例えば、二人のうち片方が死亡したという電報を汽車のなかで受け取ったときには、次のように言う。

彼は煙草を足許に投げ、靴の踵でそれを踏み、隣に置いてある鞄の中からまたノオトブックを取り出す。その中に答がある筈だ、と彼は思う。その中に答がなければならぬ[18]。

このように、どちらか一人は死んだという現実の意味を、相馬鼎は彼女たちを素材に書いていた小説の「過去」のなかに探ろうとする。「過去」、しかもそれは小説のなかで、現実に知りうる彼女たちの「過去」から、想像力によって押し広げられているはずの「過去」である。この小説の「過去」は相馬の想起される「過去」とともに相馬鼎の意識のなかに取り戻される「過去」であるが、想起の時間として無意識的に流れ込むにせよ、小説の時間として意識的に取り戻されるにせよ、「現在」を変えることはできないことに、徐々に相馬鼎は気づいていく。

己はM子を理解し、A子を理解し、M子とA子とを含む現実を理解したつもりで書いて来た。しかし己は素子さんも理解できなければ綾子さんも理解できず、素子さんと綾子さんと己とを含むこの現実に対して、まったくの無理解無能力のままで生きて来たのじゃなかったか。己が文学青年じみた小説なんか書いて時間を空費していた間に、二人の女たちは現実の中で苦しみ、死ぬ勇気を持ち、死ぬ決断を下し、一人は確かに死んだ[19]。

右のように、ノオトブックのなかに「答がある筈」と信じていた相馬のなかで、徐々にその確信が揺らいでいく。「書く」という行為によって理解していたはずの他者が、その小説が向かっていた方向とは異なる現実を露呈したことに、小説の想像力に関する相馬の確信が揺らいでいくのである。

ここまで来て、『死の島』のテキスト全体に目配りしてみると、実は、他者の内的独白である「内部」と「或る男」に提示される他者の「過去」とは、このような相馬鼎の現実においても小説においても知ることのできない他者の内面世界を提示しているものと解釈することができる。

「内部」においては、「わたしがこのざらざらした壁の中に閉じこめられてから、わたしは一歩もその外に出たことはない。ここがつまり終りであり、そこに濃密な空気のように身動き一つ出来ない時間がわたしと一緒に閉じこめられていた」[20]と独白されるように、時間は語り手の被爆の瞬間から止まっている。相馬鼎において、自分自身の想起する「過去」と小説において書かれた「過去」が互いに関係しつつ「現在」に流れ込みながら、「現在」が進行するのに比べると、素子の時間はほとんど動かない。冒頭の夢との関係で言えば、「それらの物の一つ一つは、地上に在ることを後悔するかのように、寧ろ彼等の同胞と共に四散し、こなごなに跳ねとばされ、塵にかえってしまえばよかったと思い嘆いているかのように、虚無を指向し、絶滅を希望しているかに見えた」[21]というような「物」にそれは連なるイメージであり、「僕」によって見詰められる存在である。

また、「或る男」においては「すべてのことは持続している、ただ水の表面に浮んだり沈んだりしながら流されて行くだけかもしれない」[22]というように、時間が持続するものとして「現在」に現れるにしても受身的に流されるだけのものである。ここには、「過去」を終わらないものとして見る視点はある。にもかかわらず、その「過去」を「現在」において意味づけそこに意志的に受容しようというような視点はない。それゆえに、そこにおける「過去」の想起は「虚無」を乗り越える方向を生み出すことはないのであり、変化のない「現在」を惰性的に接続させるだけなのである。

結果として、これらの他者の語る「過去」は、相馬鼎が主体的に「現在」に意味づけようとしている素子や綾子の「過去」とは次元の異なる時間として、相馬が想像力によって取り戻そうとしている「過去」を、ある意味で相対化する。それゆえにそれらは、右に示したような、小説の想像力に対する相馬鼎の信頼の揺らぎに呼応しつつ、全てを読んでいる読者をその「揺れ」に巻き込み、相馬鼎の置かれている実存の不確かさやその後に続く超現実的な展開を、自明のものとして了解させる基盤となっていると言えるだろう。

さて、この小説の想像力への確信の揺らぎに呼応するようにして、時間は「深夜」となり、やがて、相馬鼎は眠りに落ちていき、相馬鼎の「現在」そのものが、夢と現実の狭間のようなものとなっていく。そして、そこで見る夢に喚起されるようにして、再び暁に見た不吉な夢が連想される。

さっき見ていた夢は、と彼は考え続ける。考えることによって懸命に眠りと闘おうとするが、夢の続きはいっこうに思い出せない。すると不意に、今朝(今朝といってもまだ暗かった、暁方だった、もうじき一昼夜が過ぎようとしている)何かしら為体《えたい》(ママ)の知れない不思議な夢を見たことが念頭に浮ぶ。今朝から何度かその夢を見たことは思い出すが、夢そのものの内容はどうしても思い出せない。何か本質と関係のある、決して忘れてはならない筈の恐ろしい夢。ただその重苦しい雰囲気だけが澱んだ不安となって頭脳の底にこびりついている23。

このようにして、意識が眠りと覚醒、虚構と現実の境のようなところを漂いつつ、汽車は広島に着き、相馬の時間は暁に向かう。そして、この相馬の「現在」が行き着くのは、最後の節に並列して描かれる「朝」、「別の朝」、「更に別の朝」という三つの朝である。一つ目の「朝」は、素子が死に綾子が生きているという朝である。相馬は看護婦に案内されて、病室を訪れ、そこに眠っているのが綾子であることを知る。また、二つ目の朝は綾子が死に素子が生きているという朝である。素子の肉体は生き残った。しかし彼女は精神を壊している。そして、三つ目の朝は二人とも死んでしまったという朝である。霊安室での二人の女を前にして、相馬は無力感に打ちひしがれる。いずれにしても、どちらかの死は免れない。しかも、生き残ったほうの女性と相馬鼎がその後、愛を育む可能性も絶たれてしまった。そして「死者たちからも疎外されて、彼は今無益にそこに立っている」24。自分以外の他者は死に、すべての愛が絶たれてしまったあとに、相馬鼎が見たものが虚無であった。そして、その虚無をさらに響かせるように、AからMまで続いた「内部」の空白の三ページが続く。このように、相馬鼎の二四時間は、虚無として一つの円環を閉じた。そしてその虚無は、『死の島』の冒頭に見出された相馬鼎の不吉な夢の風景に呼応している。

あるいは、次のように言うことが可能かもしれない。『死の島』全体が、「序章・夢」のイメージから分岐した断片である。前にも引用したように、「物たち——それらはすべて破滅した、腐敗した、形らしい形を持たぬ、嘗て存在したものの幽霊」(本章の二二五頁参照)という茫漠とした夢の雰囲気のようなものから、相馬の二四時間は始まり、その夢の雰囲気が「現在」を促し、そこから様々な「過去」が分岐していくなかで、相馬鼎の二四時間が構築されていった。冒頭の夢は、『死の島』において集大成される「過去」を全て含むような原イメージとして現れ、その夢から分岐するように多様な「過去」が展開していく。このありようは、『幼年』において「純粋記憶」が茫漠としながらもそれが核となることによって深いところで小説の世界を規定していくという方法につながるものであろう。その核となっている情緒の違いはあるが、断片的なイメージの集積の上に暗示的に浮かび上がるものを通して、何らかの真実を炙り出そうという問題意識も含めて、『幼年』からのつながりが見出されると思われる。

さらに突き詰めて言えば、そこに映し出されているものは、具体的な相馬の「物語」ではなく、相馬の二四時間の内面世界の不確かさではなかろうか。言い換えれば、そこに暗示される不確かさとは、想起や創造行為の持つ本質的な不確かさと虚無である。そして、三つの結末が暗示するのは、その虚無を意識し受容することこそが、相馬鼎という人物像に託された小説家という存在にとっての創造行為の出発点であるということではないだろうか。

現実においては、全てが意味づけられているわけではない。それどころか、むしろ、個人の意識のなかでは、何事も客観的に選択できるものはなく、その証左として、最も重要な選択である死であっても、それを意味づけたり、決定したり、実証したりすることは誰にもできない。そういう意味での「不条理」を認識したところで、深く深く人の心の奥底に降り積もる世界を創造するとはどういうことであるかということを、福永は『死の島』を書くことによって摸索した。そのように考えると、『死の島』における原爆や水爆の問題には、直接的な不条理のテーマの追求というだけではなく25、死の世界の比喩、あるいは創造に先立つ虚無の比喩としての意味も重ねられていると考えることもできる。

第三節　終りのない小説

果たして、運命を選んだものたちは死に、相馬鼎だけが不確かな「現在」とともに生きている。そうであるならば逆説的に、不確かな「現在」とは「生きていること」に他ならないということにもなる。つまり、持続する時間を生きているがゆえに、相馬鼎の実存は不確かなのである。『死の島』の三つの結末が意味するのは、生きていることには終りがないということであり、その終りがないことを自覚するということである。それは、その三つの結末の少し前、「八日前」という章における相馬鼎の次の言葉と響いている。

終りというものは本当にあるのだろうか、と彼は考えた。現実に於て、すべては宙ぶらりんのまま進行している。果して小説家は、小説に於てのみ、勝手に結末を極めてしまっていいものだろうか26。

それゆえ、『死の島』は終わらない。愛する他者の死とともに、虚無につつまれて終わった相馬鼎の不確かな二四時間は、「終章・目覚め」において、再び覚醒するのである。言い換えれば、相馬鼎は再び新たな時間を生き始める。『幼年』の結末において、「子供」が終りのない旅の円環に入ったのと同じように。

相馬鼎の二四時間の虚無は一つの虚無に過ぎない。一つの現実に過ぎない。生きていく限り一つの現実はまた新たな一つの現実によって塗りかえられる。「序章・夢」の不吉な夢に始まり、三つの結末のなかで虚無を見出して終わった相馬鼎は、自らの遭遇した虚無を再び創造行為の入り口に立つことで乗り越えようとするのだ。そして、このように終りのない時間を生きることで現実を乗り越えるというところに、福永武彦が辿り着いた小説行為の意義が明確に示されている。

それと同様に、現実というものも過去形によってのみ記述される性質のものだ。人は刻々に現在を迎える。この窓からはいって来る光のように、そこに継目というものを感じさせずに光は絶えず侵入して明るさという不断の状態をつくる。我々は現在を識別することは出来ない、現在は即ち過去でもあれば未来でもあるのだ。どれが最も大事な現在であり、どれが（忘れられた夢と同じように）価値のない忘れてもいい現在であるのか、それを判断するものは常に未来の時間に属する、ということは過去形によってのみ批判の対象にされるということだ。未来の「現在」によって、過去の「現在」を裁くのだ。勿論「現在」に於て、過去の経験を比較検討してとっさに優劣をきめ判断を下すということはある、人生はそういう意識的無意識的な判断の堆積の上に成り立っている。しかしそれらの細々《こまごま》とした日常の流れの中から、何等かの意味を人が思い出すのでなければ、その人生は殆ど無意味だったと言えるのではないか27。

ここまで来て、再び読者は、この小説の始まりに立ち会うことになったといえるかもしれない。不吉な夢によって暗示されるように始まり終わったこの相馬鼎の二四時間もまた、実は相馬鼎によって思い出された「過去」だったのかもしれない。そうした視点から、再び「序章・夢」のテキストを分析してみると、一人だけ「現在」に生き残り（生き残らされ）、その「現在」において「過去」を思い出そうとしている相馬鼎は、次のような夢のなかの「僕」のイメージに照応してくる。

しかし僕は？　と彼は考えた。僕はまだ生きているのか。なぜ僕だけが生きているのか。しかし僕だってこの眼のほかは殆ど死んでいるのだ。僕はあそこに焼け残っている樹、あの幹と二本の枝だけをぶざまに宙に泳がせている樹と、何の選ぶところもない。僕は根によって前方を見詰めるべく固定されて、立っているだけだ。僕は樹だ。枯れて最後に死ぬ樹だ。ただこの風景を、水爆の後の地上の風景を、この眼ではっきり見詰めることが、僕の義務なのだ。僕はこの記憶を心に刻みつけたまま死んで行くだろうし、僕が死んでもこの記憶は、すべての死者たちの記憶と一つになって、いつまでも地球の上を漂っているだろう。死が決定的に占領した地球の上を、悔恨と憤怒とに喘ぎ続ける人間たちの記憶が、放射能の灰と共に、いつまでも漂っているだろう28。

ここで、自分だけが生き残っているという現実のなかで、やがて自らにも訪れる死を漠然と感じながら、「水爆の後の地上の風景を、この眼ではっきり見詰めることが、僕の義務なのだ」と、残された者としての「義務」を果たそうとする「僕」の視線は、「目覚め」において、「過去」を見詰めようとしている相馬鼎の視線と重なるものである。また、このようにして「僕」が受容した記憶は、「すべての死者たちの記憶と一つになって、いつまでも地球の上を漂っている」というように、他者の記憶と響きあっている。そして、このような自己の記憶と他者の記憶、言い換えれば自己の「過去」と他者の「過去」の響きあいこそが、『死の島』における「現在」のありようであった。

このように考えると、冒頭の夢とは、相馬鼎の二四時間の終りにあった他者の死とそれによってもたらされる虚無を暗示しつつ、『死の島』のテキストを不吉な夢から分岐しつつそうした悲劇に向かわせる酵母であったと同時に、その虚無のなかで他者の死を見詰め続けようとする意思の象徴であったと言えるかもしれない。死に向かう他者を、小説家は止められない。「根によって前方を見詰めるべく固定されて、立っている」樹のように、現実を選ぶことなどできないからである。しかし、その死者を小説のなかで生かすことは、抗うことのできない他者の死を贖《あがな》うための一つの方法となるのではないか。そして相馬鼎は、他者に対する想像力の意味を次のように、問いかける。

人は死ぬ。死によって忘却へと投げ込まれる。それはまるで我々の現在が刻々に死んで行く時間の墓場であるのと同じことだ。もし我々が我々の時間を過去から救い出して意味づけることが出来るのなら、なぜ他人の時間をも過去から救い出して来ることは出来ないのか。なぜ他人の時間をもう一度生きることは出来ないのか[29]。

相馬鼎は、防ぐことのできなかった他者の死という不条理を、小説のなかで他者を生かすことによって、積極的に贖おうとするのである。

また、小説の創造が、『死の島』の二四時間のような虚無を、繰り返し確認することであったとしても、虚無のなかから創造し続けることのなかに、相馬鼎は「未来」に向かう自己を見出すのである[30]。

彼、相馬鼎は、窓の前に立って意識の揺れ動くままにまかせていた。彼方の空では、灰色の幾重もの襞をなした雲の群が次第に動き、次第にその重なりを解き、色相《いろあい》を薄くして行き、遂にその切れ目から太陽の金色の箭が、ひと筋、弓弦《ゆづる》の音も高く放たれた。その一條の光は彼の立っている仄暗い窓の中へ、明かな光芒を描いて、目覚めのように射し込んだ[31]。

他者の人生を思い出し虚構しそれを受容した相馬鼎が、この二四時間より後の「目覚め」のなかで見たのは、この「一條の光」だった。繰り返し繰り返し自分や他者の人生を生き直し、「過去」が流れ込んでくる「現在」を生きていくことにこそ、他者の死や愛の不毛という現実を乗り越え、さらに言えば贖う鍵がある。そして、そのようにして「過去」を受容しながら深く「現在」を生きることにこそ、「現在」の肯定があり、「未来」に向かう時間を生成することができるのである。相馬鼎の二四時間は、その「死の島」に射し込む「一條の光」を見出すための、深く生きられた「現在」であった。

第四節　『忘却の河』から『幼年』、そして『死の島』へ

さて、ここまで確認したところで、『死の島』の方法が、『忘却の河』から『幼年』の執筆という過程における福永の方法意識の成熟とどのように関与しているかを考察しよう。

まず、ここにあるのは、『忘却の河』において発見した想像力の創り出す時間を重視していくという方向性である。「原型はあくまで原型で、作者がそれにどういう肉附を施したかが問題です。それはつまり作者の想像力が如何に働くかが大事なんです」[32]との相馬鼎の言葉が示すような、想像力によって捉えられるものの現実性である。つまり、ここでは生の「過去」がいかなるものであるかということよりも、「過去」をめぐっての想像力の働きがその本質的な要素として問われている。想像力によって現在のなかに創られた「別の時間」を見出していくという『忘却の河』の認識は、『死の島』においては、現実的な「過去」、小説に描かれた「過去」、他者が独白する「過去」というように多層的な「過去」の時間を準備した。自己の「過去」を想起するにせよ、他者の「過去」と想起するにせよ、想像力によってどれくらい真実に近づけるのか、あるいは現実を乗り越えられるのかという問題意識の展開である。

また、『幼年』における「万物照応」の受容を経て、『死の島』において福永に定着していると思われるのは、その想像力によって見出される断片的な「過去」を組み合わせたところ、断片的なイメージの集積の上に一つの世界を創り上げようとする意識である。冒頭の夢が核となって、そこから分裂するように多様な「過去」が次々とつながりつつ現れる様相は、『幼年』において情緒のような「万物照応」的な次元に想像力の働きによる具体的なイメージが接合し次々と分岐していくという方法に連なるものであろう。そして、このような方法は、相馬鼎の小説論から引用すれば、「如何にそれらの断片を選択し、表現し、展開するかによって、小説家の内部に於てしか決して実現しないような、つまり藝術にまで昇華した現実」[33]として小説を構築しようとする方法意識の具体的展開を支えるものである。

己の「小説」には結末は決まっていなかった、と彼は思う。それはノオトブックに書き続けられている彼の「小説」がまだ完成していないという意味ではない。恐らく彼の「小説」は、どこまで行っても未完成の印象を与えるだろう。そこに特徴があるだろう。なぜならば彼は、一つの初めと一つの終りとを持った人生の連続体としての小説を構想したのではなく、多くのばらばらの断片の一つ一つの中に現実があり、それらの断片が重なり合って組み立てられたものが、別個の、架空の、綜合的な現実世界を表現する筈だと考えたからだ[34]。

さらにここでは、『幼年』において方法的に深めていった想像力を福永は、今度は自分自身の世界から他者の世界のなかに広げている。ここでは多層に織り成した他者の「過去」が、相馬鼎の「現在」に受容されるのである[35]。そしてそのようにして創られた時間は、その間を生きていく読者のものとなるだろう。『死の島』は、福永武彦が小説家としての進化のなかに見出した次のような「小さな見取り図」を体現した小説であった。

三七、現実とは小説の中に呈出されただけのものである。それは酵母として読者の想像力に訴える。しかし小説の外にある現実もそれを象徴的に喚起するだけにとどめるべきで、小説の外のイデオロギイに助けを借りるべきではない。そこにアンガージュマンの小説と純粋小説との分れ目がある。小説はそれ自体の中に於て完結し、その内部に一つの美とすべての問題とを孕んでいなければならぬ[36]。

おわりに

『死の島』は、「現在」において「過去」を深く受容していく過程を追跡した小説である。相馬鼎の刻々と過ぎていく二四時間のなかには、様々な「過去」が受容される。それは相馬自身の追憶であることもあれば、相馬の想像力の世界で創られた他者の「過去」でもあることもある。さらに、相馬鼎の追憶と小説創造に照らすようにしながら、相馬鼎の意識の及ばない他者の内的独白としての「過去」が現れることで、相馬鼎の二四時間は読者にとって一層厚みを増していく。

思い出すことと創り出すこと（あるいは想像）の近さを認識しつつ、その思い出す過程を一つの小説世界として定着していく「純粋記憶」の方法は、それまでの彼自身の小説において繰り返し問われてきた追憶の主題の意味を、創造行為の基点として、理論的にも思想的にも、客観的に認識していくことにつながったと言えるだろう。創造＝想像の基盤を、現在の瞬間毎に思い出されることを書き取っていくことにより、「過去」を受肉した深い「現在」を生きることに定めていった福永は、『幼年』においてごくわずかな「万物照応」的な次元の記憶から現在の「私」のなかに幼年の記憶を創り上げたが、『死の島』においては相馬鼎のより開かれた他者への想像力にも広げることで、他者を含んだより多層的な世界を描こうとした。また、その想像力によって、再び自己の内部はどのように深められていくのかを書き取ろうとした。死に運命付けられ自ら死のほうに向かわざるをえなかった人間を、再び作家の意識のなかで生かすこと。福永武彦がボードレールを経由して最終的に向かったのは、複数の「過去」から規定される複数の「現在」の受け入れであり、そうした不確かな実存を芸術創造のなかで意味のある一つの世界に組み立てていくことによる、精神の自由である。

註

1　『風土』は一九四一（昭和一六）年に着手され、不定期に雑誌に書き継いでいたが、『風土』初版（省略版）として刊行されたのは、その一〇年後の一九五二年である。戦後の出版の都合で省略せざるをえず、その版では第二部を欠いていた。その後、第二部が加えられた『風土』完全版（一九五七）、さらに『風土』決定版（一九六八）と書き換えられた。この経緯と比べても、連載終了後すぐに単行本になった『死の島』は、書き始められてからは順調に完成したものと言えるだろう。

2　『海市』と『死の島』に対する時評においてしばしば用いられた形容が、技巧が精緻であるということであり、そうした精緻な構成のもとに見出される効果を特徴として評価するものが多いようである。

3　着想は既に療養中からあり、その構想との関係から、「冥府」を初めとして「深淵」、「夜の時間」などにおいて追求された「暗黒意識」というモティーフが生まれたことは、「「夜の三部作」初版序文」に明かすところである（全集三巻、四九五―四九六頁参照）。また、一九五三（昭和二八）年一一月には既に、『文学界』に「カロンの艀」という『死の島』の出発点と見なされる短編を発表していた。さらに、全集八巻の「序」によると、一九六二年に書き下ろしのシリーズの一巻に予定していたが、予定枚数が膨らむので、『海市』をそれに変えて計画したという（全集八巻、三頁参照）。このように、書くという意思は持っていたものの、具体的な作品として定着させるのに時間がかかっていたようである。尚、短編「カロンの艀」と長編『死の島』との関係性については、松野志保「福永武彦・短篇『カロンの艀』――『死の島』への架橋――」（『昭和文学研究』33集、一九九六年七月）で考察されている。

4　「序」、全集一一巻、五頁。

5　全集一〇巻、四―五頁。

6　管見の限りでは、雑誌連載中にこの小説を取り上げたのは、森川達也「文学の価値転換とその困難」（『三田文学』一九六六年一〇月号）のみであり、そこでも、紹介程度で詳しい内容については言及されてはいない。

7　例えば高橋英夫は、一九七一年一〇月三一日付『日本経済新聞』で、「従来福永氏が試みてきた各種の実験的な小説技法のすべてをこの一作に集成していて、福永氏の最高の成果であり、かつ本年度の収穫の一つにかぞえたい小説である」と評している。また、菅野昭正「純粋と豊饒――福永武彦論――」（『文芸』一九七二年一〇月号）や、加賀乙彦「暗黒と罪の意識・『死の島』」（『文芸展望』11号、一九七五年一一月）などにおいても、福永の集大成として評価される。

8　全集一一巻、四九九頁。

9　年は「戦争が終ってからもう九年も経っている」（全集一〇巻、七四頁）という記述に、日付は作中人物が新聞を読む場面（全集一〇巻、六四頁）に明示される。

10 全集一〇巻、一二頁。

11 全集一〇巻、二四頁。

12 全集一〇巻、二九頁。

13 全集一〇巻、三〇頁。

14 全集一〇巻、三〇頁。

15 全集一〇巻、六二頁。

16 全集一〇巻、六二頁

17 全集一〇巻、六二―六三頁。

18 全集一一巻、五〇頁。

19 全集一一巻、二七八頁。

20 全集一一巻、三二三頁。

21 全集一〇巻、一三頁。

22 全集一〇巻、一五六頁。

23 全集一一巻、三八八―三八九頁。

24 全集一一巻、四八〇頁。

25 福永は「原爆という私らしからぬ社会的問題を、重要な主題の一つとして扱っている。なぜならばそれは日本人にとっての魂の問題と結びつくからである」（「作者の言葉」、全集一一巻、四九九頁）と言っているものの、『死の島』は被爆の悲劇性や社会問題の真実性ということの描き出しとしては、多くの原爆小説の持つようなリアリティに乏しい。もちろん、首藤基澄「福永武彦の原爆小説――『死の島』へのアプローチ」（『文学』一九七四年一月号）や松野志保「「死の島」論――原爆・肉体・母――」（『文芸と批評』8巻6号、一九九七年一一月）のように、「原爆小説としての解釈を探る試みはあるが、全体としてここで「原爆」あるいは「水爆」が表象するものは具体的な悲劇や社会的な問題だけではなく、作家にとっての創造の「闇」を暗示するような、より抽象的な暗黒や破壊とのダブルイメージとなっていると思われる。

26 全集一一巻、四二六頁。

27 全集一一巻、四八五―四八六頁。

28 全集一〇巻、一七―一八頁。

29 全集一一巻、四八六頁。

30 この「未来」の生成という点も、既に『幼年』の結末に現れていたイメージであり、そういう点でもやはり『死の島』は、本書で追ってきた方法意識の継承と徹底を確認できる作品である。

31 全集一一巻、四八八頁。

32 全集一〇巻、二〇八頁。

33 全集一〇巻、三九一頁。

34 全集一〇巻、三九〇―三九一頁。

35 このように他者に対する想像力の発揮を創作の源としていく考え方には、例えば散文詩『パリの憂愁』の「群集」"Les Foules"に明確に現れているボードレールの創作観との接点が見出されるのではないかと思われる。

36 「小説論のための小さな見取り図」、全集一二巻、三五三―三五四頁。

結語

福永の小説は、常に「小説」の形式に対する実験を含んでいた。だからといって、単に新しい技巧に徹するというのではない。彼の実験は、執筆過程における福永自身の問題意識を、最も誠実に写し取る方法の摸索であった。書き手の内的要求と不可分である方法を、その都度採用したに過ぎない。もしも、方法が奇異であるとしても、奇異であることは目的ではなく、内的要求の結果であろう。方法が作家から離れて一人歩きするということは、この作家の場合は、ありえないことであった。

そして何よりも、福永の創作を貫いていた本質的な問題意識は、「記憶」への関心である。「記憶」を扱った小説家は多いが、少なくとも福永に特徴的なことが二つある。

まず第一に、この小説家の場合、ほとんど全ての作品が、「記憶」の表象に向かっているということである。記憶を書いた小説家は福永武彦一人ではないが、福永武彦という小説家は、ほとんど「記憶」ばかりを書いたと言える。時には、「記憶」がテーマになっているということを明示することにより[1]、自らそのテーマを意識化し、また読者もそれを意識して読めるように促すという形で、自らの作品世界の核に据えることもあった。冒頭でも触れたように、ほとんど憑かれたように「記憶」を書いた小説家なのである。

また第二に、福永作品における「記憶」とは、既に過ぎ去った出来事を独立した物語として示すものではない。作中人物の「過去」が「現在」の意識にどのように介入しているのかということ、いわば、今まさに持続している「現在」のなかに立ち現れてくる意識としての「記憶」というものを、この小説家は突き止めようとした。言い換えれば、「現在」に受容される「過去」を、福永はひたすら描こうとした。ゆえに、福永作品における「記憶」は、思い出した内容だけではなく、思い出していく過程とともに描かれる。つまり、ここで重要なのは、「記憶」の内容よりも、「記憶」というものが今現在進みつつある人間の時間に、どのように介在しているのかということである。『独身者』から彼自身の言葉を借りるならば、「どういうことを思い出したかよりも、どういうふうにして思い出したかの方が遥かに興味がある」[2]という問題意識に従って、この小説家は追憶の意識世界に迫った。

結果として福永武彦がその小説において追求しているのは、徹底的に自らの内的真実に忠実に「記憶」を定着するという態度である。方法はその都度異なるが、ほぼ全小説において、小説の時間が物理的な流れに沿った線的なものとしては表象されずに、意識的に再構築されているのは、こうした意図からすると必然的な選択であったと言えるだろう。また、そのように徹底的に個人の内的真実を重視するという態度を推し進めていったところに、自分自身の意識の中に持続している不可視なものを表象することへの問題意識も生まれることになる。さらに、このような問題意識を持つ福永だからこそ、ボードレールの「万物照応」の示唆するような精神の深い次元への理解が生まれ、またそのような次元においてボードレールの世界を理解し受容する土壌も用意されたと思われる。そして最終的には、福永自身の長年追及してきた記憶描写の方法論のなかに、独自の位置づけ方で摂取されることとなったのである。ゆえに、福永武彦における「万物照応」の理論の受容は、少なくとも、単なる受動的な形式やイメージの模倣ではない。それは、「万物照応」の理論や評論のなかにその先見的美学を示すと同時に「記憶」と「書く」こととの関係性にいち早く気づき示唆していたボードレールという詩人に対する持続的な関心と研究のなかで、福永が自らの小説家としての進化とともに認識を深めつつ血肉化していったものである。

すなわち、ボードレールにまとわりつくデカダン、悪魔主義といったある種のイメージへの同化としてではなく、福永は、ボードレールが立ち上げた象徴主義美学の本質を理解したところに、その理論を継承しようとした。言い換えれば、この小説家は、ボードレールが生涯を賭した新たな「詩」の方法、文学という行為の新たな可能性を、自分自身の方法意識に引き寄せながら、自ら能動的に解釈し深めつつ受容したと言うことができるだろう。そして、その解釈とは専門家としての緻密な探究を経たものであった。またそれは、小説家としての問題意識の進化をボードレールに写し、その写したところに新たにボードレールの理解を深めつつ、再びそれを自らの創作の方法や内容に反映させるという相互性の上に成り立ったものでもあった。このように、方法意識と不可分のところにボードレールに接近し、自分自身の小説家としての問題意識やボードレール理解の深まりと相互的に関わりながら、ボードレールを受肉していったところに、福永武彦におけるボードレール受容の特質がある。そしてそれが福永のボードレール受容を、永井荷風や芥川龍之介や谷崎潤一郎よりも一層、ジッドやプルーストやジョイスに近づける理由である。尚、このような方法意識の探究と不可分なところでなされる外国文学の受容は、例えば彼と同時代の中村真一郎や辻邦生や安部公房などについても見られる傾向であり、現在でも少数の小説家につながる系譜であろう。

そして最後に、ここで重要なのは、この受容がその後の福永の小説のあり方も方向づけたということである。『幼年』におけるボードレールの受容を経て、福永はさらに、「記憶」と小説創造の相互性を確認するように、新たな小説を「書く」。『幼年』において、創作の核となっているもののイメージを摑んだ福永は、「記憶」が小説創造の本質的な理由であり、またその目的でもあるという確信を強めていったと思われる。記憶ゆえに書き、書くゆえに記憶の闇に入り込む。言い換えれば、そういう状態で、「書く」という行為に携わっている自分自身の「現在」の精神世界をそのままに書き写すことにより、「書く」という行為の意味を問うことが、小説家としての、また、人間としての目的になっていく。その目的とは、『死の島』の主人公の作家相馬鼎が最後に理解するように、実存の根本的虚無を克服するということであった。

註

1　一例を挙げれば、菅野昭正との対談「小説の発想と定着——福永武彦氏に聞く」(『国文学　解釈と教材の研究』一九七二年一一月号)のなかで福永は、「「過去」というものが小説のなかで日常的に扱われている、つまり過去が出てこない、過去によって色が染められていない「現在」はない、というふうに……、ほとんど、いつでもそうだと思うのです」(二〇頁)と、自分自身の小説について語っている。

2　全集一二巻、一〇三頁。

主要参考文献

凡　例

◇参考文献は、Ⅰ．福永武彦に関する文献、Ⅱ．ボードレールに関する文献、Ⅲ．日本におけるボードレール受容に関する文献（福永武彦関連以外）、Ⅳ．上記以外の文献の四つに大別して記載する。Ⅰ、Ⅱの作家に関する文献は、さらに「テキスト」と「研究文献」に分け、このうち、「テキスト」については、全集、単行本、記事の順に配列し、それぞれ刊行年順に整理した。福永武彦の個々の作品の初出は、「福永武彦　生涯と作品」に表記した。また、Ⅰ・Ⅱのうちの「研究文献」及びⅢ・Ⅳの文献は、著者名の五十音（洋書はアルファベット）順に配列、著者が特定できないものは末尾に一括し、書名の五十音順に整理した。

◇一九四六（昭二一）年から一九七九（昭五四）年にかけての新聞や雑誌における福永作品の時評には広く目を通したが、全てを記載すると煩雑になるため網羅的な記載は避け、本書で特に詳しく扱った「マチネ・ポエティク」の活動、『独身者』、「冥府」、『忘却の河』、『幼年』、『死の島』についての評のみ、参照したものは全て収めた。また、論評の対象となる作品を明示していない時評については＊で作品名を記す。

◇福永の雑誌特集号や追悼号に掲載された記事にも広く目を通したが、右と同じ理由から、特に参照した記事のみ記載し、他については掲載誌の記載でもって代えた。

◇掲載誌名の次に巻号数を示したが、月刊誌・週刊誌・新聞は発行年月をもって代えた。

◇表記等は巻頭の「凡例」に拠る。

Ⅰ. 福永武彦に関する文献

1. 福永武彦のテキスト

◇『福永武彦全集』全二〇巻、新潮社、一九八六〜八八年。

* *

◇『ボオドレエルの世界』、矢代書店、一九四七年。

◇『マチネ・ポエティク詩集』、著者代表窪田啓作、真善美社、一九四八年、七五〇部限定。

◇『小説の愉しみ』、講談社、一九八一年。

◇『ボードレールの世界』、豊崎光一編、講談社、一九八二年。

◇『福永武彦詩集』、岩波書店、一九八四年。

◇『二十世紀小説論』、豊崎光一編、岩波書店、一九八四年。

◇『未刊行著作集19 福永武彦』、日高昭二・和田能卓共編、白地社、二〇〇二年。

* *

◇「夕べの諧調」(訳)、『詩人』2号、一九四七年二月。

◇「先の世」(訳)、『詩人』3号、一九四七年四月。

◇「マチネー・ポエティク作品集 第二」、『近代文学』一九四七年四月号。

◇「マチネ・ポエティック 作品集第一」、『詩人』5号、一九四七年八月(これに付された「解説」は、『福永武彦詩集』〔岩波書店、一九八四年〕に所収)。

◇「憂愁と放浪」(訳)、『詩人』6号、一九四七年一二月。

2. 福永武彦に関する研究文献

◇相原和邦
「〈戦後派〉の達成」、『国文学 解釈と教材の研究』一九八〇年四月号。

「『死の島』福永武彦」、『国文学 解釈と鑑賞』一九八五年八月号。
◇青野季吉・河上徹太郎・中村真一郎「創作合評」、『群像』一九五四年五月号。＊「冥府」
◇秋山駿「文芸時評㊤」、『東京新聞』、一九七一年一一月二七日夕刊。＊「死の島」
◇秋山駿・高井有一・平岡篤頼「現代のロマネスク」、『早稲田文学』一九七二年二月号。＊『死の島』
◇秋吉輝雄「従兄・武彦を語る―文彦・賛美歌・池澤夏樹」、『文芸空間』10号、一九九六年八月。
◇荒正人
「縦糸の忍耐」、『近代文学』一九四七年一一月号。

「オネーギンを乗せた「方舟」―マチネ・ポエチックの人々へ」、『人間』一九四八年五月号。

「文芸時評㊥」、『東京新聞』、一九五四年六月二九日。＊「冥府」

「書き下ろし長篇小説」、『明治大学新聞』、一九五四年七月五日（『戦後文学の展望』所収、三笠書房、一九五六年七月）。

「日本文学　三月の状況」、『週刊読書人』、一九六三年三月二五日。＊「忘却の河」

「福永武彦著『死の島』」、『週刊言論』、一九七一年一二月二四日。
◇荒正人・佐々木基一・久保田正文・平野謙「文芸時評」、『近代文学』一九五四年五月号。＊「冥府」
◇粟津則雄
「『海潮音』からマチネ・ポエティクへ―韻文詩の翻訳における直訳と意訳」、『言語生活』、一九六八年二月号。

「福永武彦の文体について」、『国文学 解釈と教材の研究』一九八〇年七月号。
◇安智史「福永武彦の〈女〉たち、あるいは「挫折する『宿命の女《ファム・ファタル》』たち」」、『立教大学日本文学』63号、一九八九年一二月。
◇安藤元雄「福永武彦の詩作」、『国文学 解釈と鑑賞』一九七四年二月号。
◇池澤夏樹
『海図と航海日誌』、スイッチ・パブリッシング、一九九五年。

「おびひろ1950」『北海道新聞』帯広・十勝版夕刊、二〇〇一年五月一四日～一一月一九日（基本的に月曜日連載）。

◇磯田光一
「時評（文芸）」、『図書新聞』、一九六四年七月四日。＊『忘却の河』
「時評（文芸）」、『図書新聞』、一九六四年八月二九日。＊「幼年」
「『日本文学全集39』解説」、新潮社、一九六九年。

◇伊藤義清「福永武彦の静かな回心―井出定次牧師に聞く」、『本のひろば』一九八〇年二月号。

◇今井正子「『死の島』論―「或る男」を中心に」、『日本文学論叢』5号、一九八〇年三月。

◇今西幹一「福永武彦・「死の島」の素子」、『国文学 解釈と教材の研究』一九八四年三月臨時増刊号。

◇今村潤子
「「風土」論―川端康成との比較を中心に―」、『方位』12号、一九八九年三月。

「『伊豆の踊子』と『草の花』―川端と福永のライトモチーフ―」、『尚絅大学研究紀要』14号、一九九一年三月。

「川端康成と福永武彦―「末期の眼」と「死者の眼」を中心に」、『川端文学への視界』、二〇〇二年六月。

◇入沢康夫「原音楽への夢―詩人福永武彦再評価への期待―」、『図書』一九八四年三月号。

◇岩津航
「幻視と記憶：ジュリアン・グリーンと福永武彦―『幻視者』と『忘却の河』の比較検討―」、『人文論究』52巻2号、二〇〇二年九月。

「hyperbole をめぐって―福永武彦におけるマラルメ読解―」、『年報・フランス研究』38号、二〇〇四年。

「カロンの艀と垂直の水―福永武彦『死の島』における引用の問題」、『人文論究』53巻4号、二〇〇四年二月。

◇臼居太美恵「『死の島』を「読む」」『学習院大学国語国文学会誌』34号、一九九一年三月。

◇臼井吉見「文芸時評」、『朝日新聞』、一九五四年七月二日。＊「冥府」

◇宇田川昭子「福永武彦論―その作品と「夢」」、『東洋』、一九七四年四月。

◇江崎淳「福永武彦の場合―「死の島」の創作方法を中心に」、『民主文学』394号、一九九八年八月。

◇衛藤賢史「『廃市』―小説のイメージの映像化への試み」、『別府大学紀要』35号、一九九四年一月。

◇遠藤周作「福永武彦著『海市』」、『東京新聞』、一九六八年一月三一日夕刊。
◇遠藤哲哉「福永武彦〈暗黒意識〉からの出発」、『柴のいほり』10号、一九七四年一二月。
◇大岡信
『文明のなかの詩と芸術』、思潮社、一九六六年。

「押韻定型詩をめぐって」、『現代詩手帖』一九七二年一月号（中村真一郎『詩集』所収、思潮社、一九七四年）。

「福永武彦の詩―その〈原型〉について」、『国文学 解釈と教材の研究』一九七二年一一月号（『明治・大正・昭和の詩人たち』所収、新潮社、一九七八年、「福永武彦―恍惚たる生と死の融合」に改題）。

「断章10―Ⅷ」、『ユリイカ』一九七九年一一月号（『マドンナの巨眼』所収、青土社、一九八三年）。
◇大久保典夫「失われた青春―福永武彦『草の花』」、『国文学 解釈と教材の研究』一九七九年四月号。
◇大城信栄『立原道造ノオト　福永武彦ノオト』、思潮社、一九七〇年。
◇大野純「「マチネ・ポエティク」論」、『講座日本現代詩史4』所収、右文書院、一九七三年。
◇大橋健三郎「フォークナーと日本の小説⑵「時間」の相と福永武彦」、『英語青年』127巻2号、一九八一年六月。
◇尾形明子「福永武彦「海市」の安見子」、『現代文学の女たち』所収、ドメス出版、一九八八年。
◇岡部伊都子「福永武彦『忘却の河』」、『婦人之友』一九六四年八月号。
◇奥野健男
「福永武彦著『忘却の河』」、『週刊朝日』、一九六四年七月三日。

「現代文学の基軸―虚数の有効性」、『文學界』一九六五年三月号（『現代文学の基軸』所収、徳間書店、一九六七年）。

「福永武彦と冥府」、『サンケイ新聞』、一九七五年一二月一五日。

「福永武彦」、『文壇博物誌』所収、読売新聞社、一九六七年。
◇長田弘
「福永武彦の文学」、福永武彦『夜の三部作』所収、講談社文庫、一九七一年。

「福永武彦『幼年その他』―時を隔てた同じ夕焼け」、『群像』一九六九年八月号。

◇小田切秀雄「作品解説・作家入門」、『日本現代文学全集106』所収、講談社、一九六九年。
◇落合令「福永武彦「忘却の河」論の試み」、『明治大学日本文学』16号、一九八八年八月。
◇小野寺俊一「福永武彦さんの帯広時代」、『北海道新聞』、一九七九年八月一七日夕刊。
◇加賀乙彦
「暗黒と罪の意識・『死の島』」、『文芸展望』11号、一九七五年一〇月（『日本の長篇小説』所収、筑摩書房、一九七六年）。

「解説」、福永武彦『死の島』（下）所収、新潮文庫、一九七六年（『仮構としての現代』所収、講談社、一九八八年）。

「福永さんとキリスト教」、『新潮』一九八〇年五月号。

「解説」、福永武彦『独身者』所収、中公文庫、一九八二年。

「著者ノートにかえて 福永武彦の原点」、福永武彦『塔』所収、河出文庫、一九八四年。

「著者ノートにかえて 母と暗黒意識」、福永武彦『幼年』所収、河出文庫、一九八五年。
◇加賀乙彦・福永貞子・源高根「座談会 福永武彦・死と信仰―貞子夫人を囲んで」、『国文学 解釈と教材の研究』一九八〇年七月号。
◇影山恒男「福永武彦『忘却の河』の構造と意味についての試論―記憶と罪の意識の始まりの位相―」、『成城国文学』9号、一九九三年三月。
◇加藤周一「マチネ・ポエティクとその作品に就いて」、『近代文学』一九四七年四月号。
◇加藤周一・中桐雅夫・窪田啓作・鮎川信夫・相良守次・湯山浄・城左門・岩谷満「座談会　日本詩の韻律の問題」、『詩学』一九四八年五月号。
◇金戸清高「福永武彦とキリスト教―『草の花』論のための序章」、『九州女学院短期大学術紀要』17号、一九九二年三月。
◇上村周平
「福永武彦「時計」論―記憶をめぐって」、『福永武彦研究』6号、二〇〇一年八月。

「「世界の終わり」論」、『国語国文薩摩路』46号、二〇〇二年三月。
◇神谷忠孝「変身の行方―福永武彦ノート」、『市民文芸』10号、一九七一年一〇月。
◇柄谷行人「福永武彦著死の島上・下」、『東京新聞』、一九七一年一一月八日。

◇河上徹太郎・安岡章太郎・亀井勝一郎「創作合評」、『群像』一九六三年四月号。＊「忘却の河」
◇川島晃
「抵抗としての文学―福永武彦論㈠―」、『論究日本文学』52号、一九八九年五月。

「詩から小説へ―福永武彦の転位」、『立命館文学』515号、一九九〇年三月。

「『風土』における「関係の不可能性」について―福永武彦論㈢」、『立命館文学』544号、一九九六年三月。

「福永武彦とロートレアモン―福永文学における「悪」について」、『近代文学論創』創刊号、一九九八年五月。

「福永武彦とボードレール―文学における「悪」について⑵」、『近代文学論創』2号、一九九九年六月。

「福永武彦とジョルジュ・バタイユ―文学における「悪」について⑶」、『近代文学論創』3号、二〇〇〇年六月。

「福永武彦とジョルジュ・バタイユ⑵」、『近代文学論創』4号、二〇〇一年六月。

「福永武彦とブランショ―文学における「共同体」をめぐって」、『近代文学論創』5号、二〇〇二年六月。
◇川島秀一
「福永武彦・草の花」、『国文学　解釈と教材の研究』一九八七年七月臨時増刊号。

「福永武彦・死の島」、『国文学　解釈と教材の研究』一九八七年七月臨時増刊号。

「『死の島』・福永武彦―「現代」への架け橋」『国文学　解釈と教材の研究』一九九一年一月号。
◇河田忠『福永武彦ノート』、宝文館出版、一九九九年。
◇川西正明
『「死霊」から「キッチン」へ：日本文学の戦後50年』、講談社現代新書、一九九五年。

『昭和文学史』上・中・下、講談社、二〇〇一年。
◇菅野昭正
「『青年の環』「レイテ戦記」「死の島」をめぐって―文学作品と時間―」、『読売新聞』、一九七一年一一月二七日。

「純粋と豊饒―福永武彦論」、『文藝』一九七二年一〇月号（『小説の現在』所収、中央公論社、一九七四年）。

「解説」、福永武彦『告別』所収、講談社文庫、一九七三年。

「解説」、『福永武彦詩集』所収、岩波書店、一九八四年。

「解説　主題としての生と死」、福永武彦『告別』所収、講談社文芸文庫、一九九〇年。

「死の影とともに」、『ちくま日本文学全集　福永武彦』所収、筑摩書房、一九九一年。
◇菅野昭正・福永武彦対談「小説の発想と定着―福永武彦氏に聞く」、『国文学　解釈と教材の研究』一九七二年一一月号（福永武彦『小説の愉しみ』所収、講談社、一九八一年）。
◇菅野昭正・首藤基澄・柘植光彦・中島国彦「共同討議・福永武彦の作品を読む（風土・草の花・忘却の河・死の島）」、『国文学　解釈と教材の研究』一九八〇年七月号。
◇菅野昭正・中村真一郎「対談『福永武彦全集』発刊に寄せて」、『波』一九八六年一一月号。
◇菅野昭正・源高根「対談・福永武彦を語る」、『国文学　解釈と鑑賞』一九八二年九月号。
◇北村卓「福永武彦における「幼年期」と「島」の主題　―「発光妖精とモスラ」をめぐって―」、北村卓『日本におけるフランス近代詩の受容研究と翻訳文献のデータベース作成』所収、平成16年度～平成18年度科学研究費補助金（基盤(C)）研究成果報告書、二〇〇七年三月（「『モスラ』における楽園幻想の系譜―ボードレール・ゴーギャン・福永武彦」、『シュンポシオン』所収、高岡幸一教授退職記念論文集刊行会編、朝日出版社、二〇〇六年に加筆したもの）。
◇倉西聡
「福永武彦『忘却の河』論」、『文芸と批評』6巻1号、一九八四年一二月。

「『死の島』論―福永武彦の純粋小説」、『日本近代文学』46集、一九九二年五月。

「福永武彦『海市』論―その音楽性の内実―」、『武庫川国文』45号、一九九五年三月。

「芸術小説としての福永武彦『風土』―改稿による三枝像改変の意味するもの―」、『武庫川女子大学文学部五十周年記念論文集』所収、一九九九年。

「福永武彦における漱石文学の影響―「風土」と「行人」と」、『漱石から漱石へ』所収、翰林書房、二〇〇〇年。
◇倉持丘『福永武彦論―戦争の影の下に―』、光陽社出版、二〇〇三年。
◇黒岩浩美

「福永武彦「河」―河と夕焼けを中心に」、『成蹊国文』30号、一九九七年三月。

「福永武彦「心の中を流れる河」」、『成蹊国文』31号、一九九八年三月。

「福永武彦の信仰について」、『福永武彦研究』3号、一九九八年一月。

「福永武彦と聖書―新約聖書への書き込みについて―」、『東京国際大学論叢　経済学部編』24号、二〇〇一年三月。
◇古閑章「〝読みの共振運動論〟から捉えた福永武彦「廢市」の世界」、『国際言語文化研究』8号、二〇〇二年一月。
◇國生雅子「白秋「わが生ひたち」の世界―「廃市」とは何か」、『近代文学論集』17号、一九九一年一二月。
◇小久保実
『戦後文学の領域』、ぬ書房、一九七六年。

「「マチネ・ポエティク」の戦後」、『日本文学』294号、一九七七年一二月。

「福永武彦」、『国文学 解釈と教材の研究』一九七八年一一月臨時増刊号。

「解説―「マチネ・ポエティク」の運動」、『「方舟」復刻版 別冊』所収、一九八一年。
◇小佐井伸二
『戦後文学展望と課題』、真興出版、一九六八年。

「福永武彦とフランス象徴派覚書―旅行中の日記から―」、『国文学 解釈と教材の研究』一九七二年一一月号。

「ロマネスクの運命―方法への意志」、『国文学 解釈と教材の研究』一九七八年一二月号。

「小説の方法についての試論 福永武彦の墓」、『国文学 解釈と教材の研究』一九八〇年七月号。

『「風土」論―ボードレールの『旅』に拠る」、『国文学 解釈と鑑賞』一九八二年九月号。
◇駒田信二「福永武彦著『忘却の河』」、『図書新聞』、一九六四年七月一一日。
◇小松伸六「福永武彦『死の島』」、『サンデー毎日』、一九七一年一二月五日。
◇小谷野敦「昭和恋愛思想史⑽―ジッド『狭き門』の深く広い影響について」、『文學界』二〇〇三年一一月号。
◇近藤圭一
「『風土』における空間」、『青山学院大学文学部紀要』33号、一九九二年一月。

『風土』の形式について」、『青山語文』21号、一九九二年三月。

「『夢の輪』をめぐって—「ロマン」の系譜とその円環を越えたもの—」、『聖徳大学研究紀要　人文学部』15号、二〇〇四年一二月。

「『夢の輪』と「心の中を流れる河」の間—福永武彦のキリスト教意識についての一考察—」、『聖徳大学研究紀要　人文科学』16号、二〇〇五年一二月。
◇斉藤末弘『罪と死の文学　増補新版』、新教出版社、二〇〇一年。
◇佐伯彰一
「福永武彦「死の島」上・下」、『週刊読書人』、一九七一年一一月二二日。

「文芸時評㊤」、『読売新聞』、一九七一年七月二八日夕刊。＊「死の島」
◇佐伯彰一・秋山駿・川村二郎・高橋英夫「座談会・1971小説ベスト5 - 現代文学の状況と展望」、『文學界』一九七二年一月号。
＊『死の島』
◇佐古純一郎
「文学　11月の状況」、『週刊読書人』、一九六三年一〇月二一日。＊「硝子の城」

「文学　12月の状況」、『週刊読書人』、一九六三年一一月一八日。＊「夢の通ひ路」、「賽の河原」
◇佐々木基一
「最近の小説」、『東京新聞』、一九五四年一〇月二九日。＊「冥府」

「文芸時評㊤」、『東京新聞』、一九六三年三月一日夕刊。＊「忘却の河」

「解説」、『全集・現代文学の発見第2巻　方法の実験』所収、学芸書林、一九六八年。

『同時代の作家たち　その風貌』、花曜社、一九八四年。
◇佐々木時雄『ナルシシズムと日本人』、弘文堂、一九八一年。
◇佐藤佳子
「福永武彦の虚無と美—『忘却の河』を辿って」、『教育国語国文学』12号、一九八五年三月。

「福永武彦『忘却の河』作品論—「音楽のような小説」をめぐって」、『教育国語国文学』13号、一九八六年三月。

◇佐藤弥志夫「「死」の風景―『死の島』の結末から」、『Soliloque』5、一九八九年七月。
◇佐藤泰正
「作品論 死の島」、『国文学 解釈と教材の研究』一九七二年一一月号。

「福永武彦における主題 その往相と還相―『忘却の河』を中心に」、『国文学 解釈と教材の研究』一九八〇年七月号。

「福永武彦とキリスト教―『独身者』を軸として」、『国文学 解釈と鑑賞』一九八二年九月号。
◇篠沢秀夫
「文学言語における虚偽」、『言語』一九七三年一〇月号。

「福永武彦とフランス文学―一学生の思い出」、『国文学 解釈と鑑賞』一九八二年九月号。
◇篠田一士
「文芸時評〈上〉」、『東京新聞』、一九六八年一月二七日夕刊。＊『海市』
「解説」、福永武彦『忘却の河』所収、新潮文庫、一九六九年四月。
「解説」、『日本の文学72』所収、中央公論社、一九六九年。
「解説」、福永武彦『夢みる少年の昼と夜』所収、新潮文庫、一九七二年。
『日本の現代小説』、集英社、一九八〇年。
「短篇小説のなかの詩」、『文學界』一九八三年一〇月号。
◇清水孝純「福永武彦、史的位置づけの試み―象徴主義小説の創出者―」、『国文学 解釈と教材の研究』一九八〇年七月号。
◇清水徹
「構造的批評を―〈文芸時評〉」、『文學界』一九六四年九月号。＊『忘却の河』

「解説」、福永武彦『廃市・飛ぶ男』所収、新潮文庫、一九七一年。

「福永武彦『死の島』」、『文藝』一九七一年一一月号。

「海と鏡と」、『現代の文学7 福永武彦』所収、一九七一年（『鏡とエロスと―同時代文学論』所収、筑摩書房、一九八四年）。

「福永武彦における《暗黒意識》」、『国文学 解釈と教材の研究』一九七二年一一月号（右記『鏡とエロスと』所収）。

「解説」、福永武彦『幼年』所収、講談社文庫、一九七二年(右記『鏡とエロスと』所収)。
◇清水徹・福永武彦対談「文学と遊びと」、『国文学　解釈と鑑賞』一九七七年七月号(福永武彦『小説の愉しみ』所収、講談社、一九八一年)。
◇首藤基澄
『『マチネ・ポエティク詩集』ノート—福永武彦を中心に」、『日本文学』、一九七一年五月。

「福永武彦の暗黒意識について—「冥府」「深淵」を中心に—」、『国語国文研究と教育』、一九七三年一月。

「福永武彦の出発—『風土』の構造を中心に」、『近代文学考』創刊号、一九七三年三月。

「福永武彦ノート—「風土」における知識人の問題」、『文学』一九七三年六月号。

「福永武彦の原爆小説—『死の島』へのアプローチ」、『文学』一九七四年一月号。

「風土」、『国文学 解釈と鑑賞』、一九七四年二月。

「愛と死の幻像—『海市』論—」、『国文学 解釈と鑑賞』一九七七年七月号。

「福永武彦—現代作家の文学史的位置」、『国文学 解釈と鑑賞』一九七九年一二月号。

「福永武彦全作品解題」、『国文学 解釈と教材の研究』一九八〇年七月号。

「福永武彦「告別」の魂の救恤」、『方位』、第3号、一九八一年一〇月。

「福永武彦論—「幼年」を中心に—」、『方位』第9号、一九八五年一二月。

「〈現代長編小説の世界〉『死の島』」、『国文学 解釈と鑑賞』一九八四年五月号。

「『草の花』(福永武彦)」、『国文学 解釈と鑑賞』一九八九年六月号。

「作家案内—福永武彦」、福永武彦『告別』所収、講談社文芸文庫、一九九〇年。

「〈作家と西洋音楽との交感〉福永武彦の『死の島』と音楽」、『国文学 解釈と教材の研究』一九九〇年二月号。

「福永武彦の「父なるもの」—「河」を中心に—」、『近代文学論集』第16号、一九九〇年一一月)

「作家解説「福永武彦」」、『別冊 国文学』44、一九九二年一〇月。

『福永武彦・魂の音楽』、おうふう、一九九六年(『福永武彦の世界』(審美文庫、一九七四年)を再録している)。

「異論・反論曾根博義氏の書評に答える」、『昭和文学研究』37集、一九九八年九月。

「福永武彦―魂の音楽を奏でる小説家」、『国文学 解釈と鑑賞』二〇〇五年一一月号。
◇白井健三郎「解説」、福永武彦『塔』所収、講談社文庫、一九七三年。
◇白川正芳『黙示の時代―埴谷雄高と現代の文学―』、河出書房新社、一九八二年。
◇杉森久英「福永武彦著 冥府」、『図書新聞』、一九五四年九月二五日。
◇鈴木和子
「福永武彦の宗教意識」、『青山語文』14号、一九八四年三月。

「福永武彦『死の島』論」、『青山学院大学文学部紀要』27号、一九八六年一月。

「福永武彦研究―『草の花』成立についての一考察」、『緑岡詞林』15号、一九九一年三月。
◇鈴木道彦「〈講演〉高原の文学サロン 信濃追分とプルースト」、『軽井沢高原文庫通信』50号、二〇〇二年二月。
◇須長桂介
「福永武彦に於けるボードレールの問題①『ボードレールの世界』について」、『武蔵野女子大学紀要』27号、一九九二年二月。

「福永武彦に於けるボードレールの問題②―『ボードレールの世界』について」、『武蔵野女子大学紀要』29号、一九九四年三月。

「福永武彦におけるボードレールの問題―③『風土』について」、『武蔵野女子大学文学部紀要』4号、二〇〇三年三月。
◇瀬沼茂樹
「果して「詩の革命」か?―マチネ・ポエティク批判」、『詩学』一九四八年一二月号。

「文芸時評㊦」、『東京新聞』、一九六四年八月二三日夕刊。＊「幼年」
◇曽根博義
「忘却の河」、『国文学 解釈と鑑賞』一九七四年二月号。

「福永武彦の生成―年譜風に」、『遡河』15号、一九八四年一一月。

「福永武彦における「風土」」、佐藤泰正編『文学における「風土」』所収、笠間書院、一九八九年。

「講演 福永武彦の文学」、『キリスト教文学』8号、一九八九年七月。

『幼年』再考」、『文芸空間』10号、一九九六年八月。
◇曽根博義編『鑑賞日本現代文学27 井上靖・福永武彦』、角川書店、一九八五年。
◇高木徹
「福永武彦における表現の特質―『忘却の河』の基礎研究より」、『名古屋近代文学研究』9号、一九九一年一二月。

「福永武彦『海市』研究ノート―章立ての改稿をめぐって―」、『中部大学人文学部研究論集』5号、二〇〇一年一月。
◇高橋清隆
「福永武彦『死の島』論㈠―昭和29年1月23日の相馬鼎」、『静岡英和女学院短期大学紀要』19号、一九八七年二月。

「福永武彦『死の島』論㈡―三〇〇日前から一日前までの相馬鼎」、『静岡英和女学院短期大学紀要』20号、一九八八年二月。

「福永武彦『死の島』論㈢―相馬鼎の小説」、『静岡英和女学院短期大学紀要』21号、一九八九年二月。

「福永武彦『死の島』論㈣萌木素子の内部、ある男の午前―深夜」、『静岡英和女学院短期大学紀要』22号、一九九〇年二月。

「福永武彦『死の島』論㈤―夢と目覚め」、『静岡英和女学院短期大学紀要』23号、一九九一年二月。
◇高橋重美「安見子という女―福永武彦『海市』へのひとつの読み」、『立教大学日本文学』61号、一九八八年一二月。
◇高橋英夫
「10枚批評・「狂気」の凝視・「戦後」の総括」、『週刊読書人』、一九七二年一月三日。

「物語のイデア」、『新潮』一九七三年七月号。＊『死の島』
◇高山鉄男
「徹底した生の拒否―福永武彦『死の島』」、『群像』一九七二年一月号。

「「魂の死」について―福永武彦論」、『早稲田文学』一九八〇年八月号。
◇竹西寛子「福永武彦―未知への試み―」、『われらの文学10』所収、講談社、一九六七年。
◇谷田昌平『回想戦後の文学』、筑摩書房、一九八八年。
◇谷長茂「文芸時評」、『図書新聞』、一九六三年三月二日。＊「忘却の河」
◇千葉勝「福永武彦研究」、『弘前大学近代文学研究誌』2号、一九八八年三月。

◇中条宏「福永武彦『海市』論」、『日本文芸研究』33巻4号、一九八一年一二月。
◇月村敏行
「文芸時評」、『日本読書新聞』、一九六三年一一月二五日。＊「賽の河原」

「「マチネ・ポエティク」の逆説(1)」、『現代詩手帖』一九六八年四月号。

「「マチネ・ポエティク」の逆説(2)」、『現代詩手帖』一九六八年五月号。
◇柘植光彦
「主要モチーフからみた福永武彦」、『国文学　解釈と鑑賞』一九七四年二月号（『現代文学試論』所収、至文堂、一九八八年）。

「閃光の帯・『死の島』―先行論文への批判を軸として―」、『国文学　解釈と鑑賞』一九七七年七月号（右記『現代文学試論』所収）。

「福永武彦」、『国文学　解釈と鑑賞』一九七四年一一月号（右記『現代文学試論』所収）。
◇辻邦生
「福永武彦―意識と方法」、『国文学　解釈と教材の研究』一九七二年一一月号。

「福永武彦の〈生と死〉」、『読売新聞』、一九七九年八月一七日夕刊。

「福永さんの想い出から」、『新潮』一九七九年一〇月号。
◇辻邦生・豊崎光一・曽根博義・池内輝雄「福永武彦・文学の形成と発展―その深淵をさぐる試み（座談会）」、『高原文庫』2号、一九八七年七月。
◇津嶋高徳
「『風土』論―拒絶による人物造型として」、『山口国文』8号、一九八五年三月。

「『草の花』の成立―『風土』との接点を中心に」、『山口国文』10号、一九八七年三月。
◇鶴岡善久「マチネ・ポエティク覚え書」、『現代詩手帖』一九六一年九月号。
◇手塚富雄「福永武彦著　忘却の河」、『週刊読書人』、一九六四年七月二〇日。
◇寺田透「解説」、ミリオン・ブックス　福永武彦『冥府・深淵』所収、講談社、一九五六年。
◇豊崎光一

「福永武彦とフランス文学―研究者と作家のあいだ―」、『国文学 解釈と教材の研究』一九八〇年七月号。

「解説」、福永武彦『海市』所収、新潮文庫、一九八一年。

「福永武彦におけるボードレール、校訂についての覚書き」、福永武彦『ボードレールの世界』所収、豊崎光一編、講談社、一九八二年。

「福永武彦と二十世紀小説―初期講義ノートを中心に―」、福永武彦『二十世紀小説論』所収、岩波書店、一九八四年。
◇鳥居真知子「福永武彦における志向と「暗黒意識」―『冥府』から『幼年』の闇の実体に迫る―」、『甲南大学紀要 文学編』99号、一九九六年三月。
◇中桐雅夫
「マチネ・ポエチック批判」、『詩学』一九四七年一一、一二月号（合併号）。

「「死の島」（上・下巻） 福永武彦著」、『週刊読売』、一九七一年一一月一九日。
◇中島国彦
「水の構図・意識の構図―『廃市』の周辺―」、『高原文庫』2号、一九八七年七月。

「『幼年』に出現するもの」、『国文学 解釈と鑑賞』一九八二年九月号。
◇中村完「マチネ・ポエティクの問題点」、『現代文学研究叢書Ⅱ 転換期の詩人たち』所収、芳賀書店、一九六九年。
◇中村真一郎
「詩の革命―「マチネ・ポエチック」の定型詩について」、『近代文学』一九四七年九月号。

「僕らの立場から―「マチネ・ポエチック」の詩」、『群像』一九四八年二月号（『文学の創造』所収、未来社、一九五三年）。

「マチネ・ポエチックその後」、『詩学』一九五〇年四月号（右記『文学の創造』所収）。

「詩を書く迄―マチネ・ポエチックのこと」、右記『文学の創造』所収。

「文芸時評」、『中部日本新聞』、一九五四年六月二四日。＊「冥府」

『この百年の小説』、新潮選書、一九七四年。

「小説の昨日と明日」、『毎日新聞』、一九七六年七月一四日。＊『独身者』

「押韻定型詩三十年後—八十年代の読者に」、『現代詩手帖』一九八〇年六月号。
◇中村洋子「『海市』論」、『活水日文』12号、一九八五年三月。
◇成田孝昭「マチネ・ポエティク詩集」、『国文学 解釈と鑑賞』一九六六年一月号。
◇西岡亜紀
「『忘却の河』における過去について—忘れないことの意味」、『福永武彦研究』6号、二〇〇一年八月。

「『幼年』における記憶をめぐって—再び見出された幼年時代—」、『人間文化論叢』4巻、二〇〇二年三月。

「『幼年』におけるボードレール—福永武彦の虚構の方法をめぐって—」、『人間文化論叢』5巻、二〇〇三年三月。

「『冥府』における記憶描写をめぐって—最初の記憶とボードレール」、『人間文化論叢』6巻、二〇〇四年三月。

「研究動向 福永武彦」、『昭和文学研究』52集、二〇〇六年三月。
◇西川長夫「日本におけるフランス—マチネ・ポエティク論」、桑原武夫編『文学理論の研究』所収、岩波書店、一九六七年。
◇西田一豊「意識の形式化—福永武彦『二十世紀小説論』を中心に」、『千葉大学社会文化科学研究』9号、二〇〇四年。
◇西原千博
「『草の花』覚書—「冬」について」、『稿本近代文学』8号、一九八五年九月。

「『廃市』試解—小説の中の廃墟・あるいは廃墟としての小説」、『札幌国語研究』2号、一九九七年五月。

「『忘却の河』試解—過去の呪縛・言葉の呪縛」、『札幌国語研究』4号、一九九九年五月。
◇野沢京子
「『死の島』を読むI 読者としての相馬鼎」、『立教大学日本文学』50号、一九八三年七月。

「「幼年」—眠ることと目覚めることと—」、『高原文庫』2号、一九八七年七月。
◇野村智之「福永武彦『草の花』論—「第二の手帳」における精神世界の係わりを中心に—」、『日本文芸研究』51巻3号、一九九九年一二月。
◇長谷川泉「錯雑巧妙な結晶の砂」、『国文学 解釈と鑑賞』一九七七年七月号。
◇服部達「文芸時評」、『三田文学』一九五四年五月号。＊「冥府」

◇浜田泰三「文芸時評」、『新日本文学』一九六四年一〇月号。＊「幼年」
◇林房雄
「文芸時評㊦」、『朝日新聞』、一九六三年二月二八日。＊「忘却の河」

「文芸時評㊥」、『朝日新聞』、一九六三年一〇月三一日。＊「硝子の城」

「文芸時評〈中〉」、『朝日新聞』、一九六四年八月二七日。＊「幼年」
◇林正子「彷徨する魂の行方」、『郷愁と憧憬の人生と文学～日本近代現代文学小論集～』所収、近代文芸社、一九九三年。
◇平岡篤頼
「福永武彦の時間感覚」、『国文学 解釈と教材の研究』一九七二年一一月号。

「現前する意識と方法意識〈福永武彦の文学〉」『国文学 解釈と鑑賞』一九七四年二月号。

「解読行為としての作品―『死の島』をめぐって」、『文藝』一九七四年五月号（『迷路の小説論』所収、河出書房新社、一九七四年）。
◇平野謙
「文芸時評」、『日本読書新聞』、一九五三年一一月二日。＊「カロンの艀」

「文芸時評㊦」、『朝日新聞』、一九五四年三月三一日。＊「冥府」

「今月の小説（下）」、『毎日新聞』、一九六三年三月一日夕刊。＊「忘却の河」

「今月の小説（下）」、『毎日新聞』、一九六三年四月二九日夕刊。＊「或る愛」

「今月の小説㊦」、『毎日新聞』、一九六三年七月三〇日夕刊。＊「煙塵」

「今月の小説（下）」、『毎日新聞』、一九六四年八月二九日夕刊。＊「幼年」

「今月の小説」、『毎日新聞』、一九六四年一一月二九日夕刊。＊『忘却の河』

「〈日本文学大賞選評〉」、『新潮』一九七二年五月号。＊『死の島』
◇平野謙・奥野健男「文壇・一九六四年」、『週刊読書人』、一九六四年一二月二一日。＊『忘却の河』
◇日高孝次「文芸時評」、『読売新聞』、一九五四年七月一日。＊「冥府」
◇日沼倫太郎「福永武彦著 忘却の河」、『日本読書新聞』、一九六四年七月一三日。

◇広川和子
「『忘却の河』論―自己再生への試み―」、『論究日本文学』52号、一九八九年五月。

「福永武彦『告別』論―長篇小説への「野心」―」、『熊本女子大学国文学研究』35号、一九八九年一二月。
◇福永貞子
「病いの大家福永武彦を看取って」、『婦人公論』一九八〇年七月号。

「著者に代わって読者へ「旅への誘い」」、福永武彦『ボードレールの世界』所収、講談社文芸文庫、一九八九年。
◇福永貞子・加賀乙彦・水谷昭夫「座談会・暗黒意識の中の生命―福永武彦とキリスト教」、『クレセント』6巻2号、7巻1号、一九八二年一二月及び一九八三年六月。
◇富士正晴「Matiné（ママ）Poétique への希望」、『綜合文化』一九四八年九月号。
◇藤沼清子「三島由紀夫と福永武彦―都会と海と」、森安理文・有山大五編『新批評・近代日本文学の構造3　近代文学の風土』所収、国書刊行会、一九八〇年。
◇藤本誠「『死の島』論―その内なる世界と虚無の音楽―」『方位』12号、一九八九年三月。
◇細川正義「福永武彦『草の花』論」、『日本文芸研究』43巻1号、一九九一年四月。
◇堀竜一
「『風土』論―ゴーギャン・モティーフの分析」、『日本文芸論叢』2号、一九八三年三月。

「自己同一化と破滅―福永武彦文芸における二重人格的人物像の系譜―」、『日本文芸論叢』2号、一九八四年三月。

「初期福永武彦のモティーフ連関に関する一試論」、『日本文芸論叢』14号、一九八四年一二月。

「福永武彦の転回―「告別」から『忘却の河』へ―」、『文化』48号、一九八五年二月。

「福永武彦と永井荷風」、『女子聖学院短期大学紀要』22号、一九九〇年三月。
◇本多顕彰「解説」、福永武彦『草の花』所収、新潮文庫、一九五六年。
◇本多秋五『物語戦後文学史』、新潮社、一九六〇年。
◇本多由紀子「『死の島』論―萌木素子の内的時間」、『武蔵野大学人文学会雑誌』27巻2号、一九九六年一月。

◇松野志保
「「草の花」論—「死」の結晶化と「語り」をめぐって—」、『繍』6号、一九九三年一二月。

「福永武彦・短篇『カロンの艀』—『死の島』への架け橋」、『昭和文学研究』33集、一九九六年七月。

「「死の島」論—原爆・肉体・母—」、『文芸と批評』8巻6号、一九九七年一一月。
◇松橋睦「『死の島』の構造と方法」、『日本文学ノート』26号、一九九一年一月。
◇丸谷才一
「解説」、福永武彦『風土』決定版所収、新潮社、一九六八年。

「『独身者』と原『野火』」、『文藝』一九七五年九月号。
◇水谷昭夫
「福永文学の原像—その受洗をめぐって」、『クリスチャン新聞』、一九八二年七月二五日（『永遠なるものとの対話』所収、新教出版社、一九八三年三月）。

「福永武彦・人と作品」、『昭和文学全集23』所収、小学館、一九八七年。

『福永武彦巡礼　風のゆくえ』、新教出版社、一九八九年。
◇源高根
「福永武彦著　死の島」、『図書新聞』、一九七一年一二月二五日。

「編年体・評伝福永武彦」、『国文学　解釈と教材の研究』一九八〇年七月号（『編年体・評伝福永武彦』、桜華書林、一九八二年）。

「岩波書店版『福永武彦詩集』後記への疑問」、『芸術論集』1号、一九八四年一〇月。
◇宮島公夫
「福永武彦と音楽・覚え書」、『イミタチオ』1号、一九八四年六月。

「『忘却の河』論—家族問題を視座として」、『イミタチオ』4号、一九八六年四月。

「福永武彦小論・一つの変容—短篇小説を題材にして」、『イミタチオ』5号、一九八六年一〇月。

「『風土』論—「罪の意識」の成立」、『イミタチオ』7号、一九八七年一〇月。

『独身者』論―キリスト教素材をめぐって」、『深井一郎教授退官記念論文集』所収、若草書房、一九九〇年。

『草の花』論―「語り」の手法をめぐって」、『イミタチオ』15号、一九九〇年一〇月。

「「退屈な少年」論―〈長篇の季節〉への礎石」、『金沢大学語学・文学研究』25号、一九九六年七月。
◇三好達治「マチネ・ポエティクの試作に就て」、『世界文学』一九四八年四月号(『三好達治全集4』所収、筑摩書房、一九六五年)。
◇三好文明「『冷笑』再説―福永武彦の荷風論によって―」、『富嶽論叢』9号、一九九二年三月。
◇森川達也「文学の価値転換とその困難」、『三田文学』一九六六年一〇月号。＊「死の島」
◇諸坂成利「フォークナーと福永武彦の影の部分について」、『比較文学年誌』26号、一九九〇年三月。
◇矢内原伊作「福永武彦『草の花』の頃」、『終末の文学』所収、みすず書房、一九八六年。
◇矢内原伊作・池内輝雄・鈴木貞美・影山恒男(司会)「シンポジウム　堀辰雄・福永武彦の文学―昭和文学における一つの水脈―」、『キリスト教文学』8号、一九八九年七月。
◇矢野昌邦
「福永武彦『風土』―孤独について」、『論究』1号、一九八〇年一二月。

「福永武彦・その詩作をめぐって」、『論究』2号、一九八一年八月。

「福永武彦『草の花』―その内的世界と構成を中心にして」、『論究』3号、一九八二年七月。

「福永武彦『忘却の河』の主題と方法」、『論究』4号、一九八二年一二月。

「福永文学の音楽性と『海市』」、『論究』5号、一九八三年七月。

「福永武彦『死の島』の手法」6号、『論究』、一九八三年一二月。

「福永文学の「暗黒意識」」、『論究』7号、一九八四年一二月。

「研究動向　福永武彦」、『昭和文学研究』10集、一九八五年二月。

「福永文学における絵画の位置」、『論究』8号、一九八五年一二月。

「福永武彦・小説技法の一側面―『死の島』における絵画」、『論究』12号、一九九七年三月。
◇山田篤朗「福永武彦『死の島』論1―相馬鼎を中心とするテクスト分析―」、『立正大学国語国文』28号、一九九二年三月。

◇山田兼士
「詩と音楽―ボードレールから福永武彦へ⑴」、『詩論』5号、一九八四年三月。

「憂愁の詩学―ボードレールから福永武彦へ⑵」、『詩論』6号、一九八四年一〇月。

「冥府の中の福永武彦―ボードレール体験からのエスキス―」、『昭和文学研究』31集、一九九五年七月。

「フランス文学者福永武彦の冒険―「マチネ・ポエティク」から「死の島」へ」、『日本文学』586号、二〇〇二年四月。
◇山田博光
「死の島　福永武彦」、『国文学　解釈と鑑賞』一九七四年七月号。

「時間の分析―『死の島』を例として」、『国文学　解釈と鑑賞』一九八一年一二月号。
◇山本健吉「文芸時評㊦」、『東京新聞』、一九六三年一〇月二八日夕刊。＊「硝子の城」
◇湯田篤範「福永武彦の主題と位置」、『風』1号、一九八四年四月。
◇吉本隆明「いま文学に何が必要かI」、『文学』一九六四年一月号。
◇米倉充「福永文学における死と愛の問題―ハイデッガーとの対比において」、武田寅雄編『日本現代文学とキリスト教』所収、桜楓社、一九七四年。
◇和田悦子「『死の島』作品論―夢の両義性」、『国語と教育』15号、一九九〇年三月。
◇和田能卓『福永武彦論』、教育出版センター、一九九四年。
◇和田能卓編『時の形見に　福永武彦研究論集』、白地社、二〇〇五年。
◇渡辺広士「福永武彦著　死の島上・下」、『日本読書新聞』、一九七一年一二月五日。

＊　＊

◇『海』一九七九年一〇月号（追悼　福永武彦）
◇『高原文庫』2号、一九八七年七月。
◇『国文学　解釈と鑑賞』
――一九七四年二月号（特集　憧憬の美学　堀辰雄と福永武彦）

――一九七七年七月号（特集 福永武彦 その主題と変奏）
――一九八二年九月号（特集＝福永武彦）
◇『国文学　解釈と教材の研究』
――一九七二年一一月号（特集・福永武彦―現代小説の意識と方法）
――一九八〇年七月号（特集・福永武彦へのオマージュ）
◇『群像』一九七九年一〇月号（福永武彦追悼）
◇『新潮』一九七九年一〇月号（福永武彦追悼）
◇『新潮日本文学アルバム50 福永武彦』、新潮社、一九九四年。
◇『日本文学研究資料叢書 大岡昇平・福永武彦』、有精堂、一九七八年。
◇『福永武彦研究』1～7、一九九六年八月～二〇〇四年四月。
◇『文藝』一九七九年一〇月号（福永武彦追悼特集）
◇『文芸空間』10号（総特集＝福永武彦の「中期」）、一九九六年八月。
◇『方位』12号（小特集福永武彦）、一九八九年三月。

II. シャルル・ボードレールに関する文献

1. ボードレールの著作

◇ Baudelaire, *Œuvres complètes*, texte établi, présenté et annoté par Claude Pichois, <Bibliothèque de la Pléiade>, Gallimard, 1975-1976, 2 vol.

◇ Baudelaire, *Correspondance*, texte établi, présenté et annoté par Claude Pichois, avec la collaboration de Jean Ziegler, <Bibliothèque de la Pléiade>, Gallimard, 1973, 2vol.

◇ 人文書院版『ボードレール全集』全四巻、福永武彦編、一九六三〜六四年。

◇ 筑摩書房版『ボードレール全集』全六巻、阿部良雄訳註、一九八三〜九三年。

*　　*

◇ Baudelaire, *Les Fleurs du Mal,* Poulet-Malassis et de Broise, 1857.

◇ Baudelaire, *Les Fleurs du Mal*, Introduction, relevé de variantes et notes, par Adam, <Classique Garnier>, 1959.

◇ Baudelaire, *Petits Poëme en prose*, édition critique établie par Robert Kopp, José Corti, 1969.

◇『パリの憂愁』(福永武彦訳)、岩波文庫、一九五七年。

◇『人工楽園』(渡辺一夫訳)、角川文庫、一九五五年。

2. ボードレールに関する研究文献

◇ Lloyd James Austin , *L'Univers poétique de Baudelaire. Symbolisme et symbolique*, Mercure de France, 1956.

◇ Albert Béguin, *L'Ame romantique et le rêve, éssai sur le romantisme allemand et la poésie française*, José Corti, 1956.（小浜俊郎・後藤信幸訳『ロマン的魂と夢　アルベール・ベガン著作集　第一巻』、国文社、一九七二年）

◇ Suzanne Bernard , *Le Poëmes en prose,de Baudelaire jusqu'au nos jours*, Nizet, 1994 (1959).

◇ Georges Blin

Baudelaire, Gallimard, 1939.（阿部良雄・及川馥訳『ボードレール』、牧神社、一九七七年）

Le Sadisme de Baudelaire, José Corti, 1948.（及川馥訳『ボードレールのサディスム』、沖積舎、一九八六年）

◇ Léon Cellier

«D'une rhétorique profonde: Baudelaire et l'oxymoron», *Cahiers Internationaux du Symbolisme*, 1965.（鷲見洋一訳「深遠なる修辞学―ボードレールと撞着語法」、『無限』21所収、一九六六年一二月）

« Baudelaire et l'enfance », *in Baudelaire. Actes du Colloque de Nice*,1968.

◇ R.-B.Chérix, *Commentaire des « Fleurs du Mal »*, Cailler, 1949.

◇ Pierre Dufour, « Formes et functions de l'allégorie dans la modernité de Baudelaire », in Baudelaire, *Les Fleurs du Mal, L'Intériorité de la forme*, préface de Max Milner, 1989.

◇ Andre Ferran , *L'Esthétique de Baudelaire*, Hachette, 1933.

◇ René Galand, « Proust et Baudelaire », *Publications of the Modern Languages Association*, XII-1950.

◇ Juliette Hassine , *Essai sur Proust et Baudelaire*, Nizet, 1979.

◇ J.-D. Hubert , *L'Esthétique des « Fleurs du Mal » Essai sur l'ambiguïté poétique*, Slatkine Reprints, 1993 (1953).

◇ Simone Kadi, *La Peinture chez Proust et Baudelaire*, La Pansée universelle,1975.

◇ F.W. Leakey, *Baudelaire and Nature*, Manchester University Press, 1969.

◇ Lester Mansfield, *Le Comique de Marcel Proust*, Nizet, 1953.

◇ Charles Mauron, *Le Dernier Baudelaire*, José Corti, 1966. (及川馥・斉藤征雄訳『晩年のボードレール』、砂子屋書房、一九八二年)

◇ Claude Pichois, Jean Ziegler, *Baudelaire*, Julliard, 1987. (渡辺邦彦『シャルル・ボードレール』、作品社、二〇〇三年。＊訳書は、一九九九年の再版に基づいている)

◇ Jean Pommier, *La Mystique de Baudelaire*, Slatkine Reprints,1967.

◇ Georges Poulet

Etudes sur le temps humain, Plon, 1949-68. (井上究一郎ほか訳『人間的時間の研究』、筑摩書房、一九六九年)

Les métamorphoses du cercle avec 3 illustrations hors-texte, Plon , 1961.(近藤晴彦訳『詩と円環』〔審美社、一九七三年〕及び岡三郎訳『円環の変貌 下巻』〔国文社、一九七四年〕)。

◇ Jean Prévost, *Baudelaire, Essai sur l'inspiration et la création poétiques*, Mercure de France, 1964 (1953).

◇ Marcel Raymond, *De Baudelaire au surréalisme*, José Corti, 1940.（平井照敏訳『ボードレールからシュールレアリスムまで』新装改版、思潮社、一九九五年）

◇ Charles Rosen and Henri Zerner, *Romanticism and Realism. The Mythology of Nineteenth Century Art*, Faber and Faber, 1984.
◇ Jean Starobinski, « Sur Rousseau et Baudelaire. Le dédommagement et l'irréparable », in *Le Lieu et la formule: Hommage à Marc Eigeldinger*, Neuchâtel, 1978.
◇ Robert Vivier, *L'Originalité de Baudelaire*, Bruxelle Palais des académies, 1965.

＊　＊

◇阿部良雄
『悪魔と反復』、牧神社、一九七五年。

『ひとでなしの詩学』、小沢書店、一九八二年。

『群集の中の芸術家―ボードレールとフランス十九世紀絵画』、中公文庫、一九九一年。

『モデルニテの軌跡』、岩波書店、一九九三年。

『シャルル・ボードレール【現代性《モデルニテ》の成立】』、河出書房新社、一九九五年。
◇阿部良雄編『ボードレールの世界』、青土社、一九七六年。
◇阿部良雄・横張誠対談「ボードレールの現在　モデルニテとレアリスム」、『ユリイカ』一九九三年一一月号。
◇安藤元雄「『悪の花』におけるアレゴリーの詩法」、『ユリイカ』一九九三年一一月号。
◇岩切正一郎『さなぎとイマーゴ　ボードレールの詩学』、書肆心水、二〇〇六年。
◇宇佐美斉編著
『フランス・ロマン主義と現代』、筑摩書房、一九九一年。

『象徴主義の光と影』、ミネルヴァ書房、一九九七年。
◇金沢公子「フランス文学におけるワグネリスム成立過程の一考察―ボードレールのワーグナー論について―」、『年刊ワーグナー１９８１』所収、福武書店、一九八一年。
◇河盛好蔵『パリの憂愁―ボードレールとその時代』、河出書房新社、一九九一年。
◇ピエール・ギロー『フランス詩法』(窪田般弥訳)、白水社、一九七一年。

◇清水徹「現在時への献身―ボードレールからベジャールへ」、『廃墟について』所収、河出書房新社、一九七一年。
◇P・J・ジューヴ『ボードレールの墓』（道躰章弘訳）せりか書房、一九七六年。
◇多田道太郎『ボードレール　詩の冥府』、筑摩書房、一九八八年。
◇多田道太郎編『「悪の花」註釈』(上)・(中)・(下)、平凡社、一九八八年。
◇辰野隆『ボオドレエル研究所説』、全国書房、一九四八年。
◇辻邦生「汝が永遠の岸辺―想像的空間についての小論」、阿部良雄編『ボードレールの世界』所収、青土社、一九七六年。
◇出口裕弘『帝政パリと詩人たち　ボードレール・ロートレアモン・ランボー』、河出書房新社、一九九九年。
◇中堀浩和『ボードレール　魂の原風景』、春風社、二〇〇一年。
◇J・A・ヒドルストン『ボードレールと〈パリの憂愁〉』（山田兼士訳）、沖積舎、一九八九年。
◇平井啓之『ランボオからサルトルへ―フランス象徴主義の問題―』、弘文堂、一九五八年。
◇ヴァルター・ベンヤミン『ベンヤミン著作集6　ボードレール　新編増補』(編集解説　川村二郎、野村修訳)、晶文社、一九九三年。
◇堀田敏幸『ボードレールの迷宮』(改訂版)、沖積舎、二〇〇四年。
◇松井好夫『ボードレール―生涯と病理―』、煥乎堂、一九六九年。
◇丸瀬康裕「ボードレールの散文詩における多重化する《je》―散文詩「旅へのいざない」を中心に」、『フランス語フランス文学研究』55号、一九八九年。
◇ピエール・マルチノ『高踏派と象徴主義』(木内孝訳)、審美社、一九六九年。
◇山田兼士
『ボードレール《パリの憂愁》論』、砂子屋書房、一九九三年。
『ボードレールの《詩学》』、砂子屋書房、二〇〇五年。
◇横張誠『侵犯と手袋　『悪の華』裁判』、朝日出版社、一九八三年。
◇吉田典子「髪の主題の変奏―ボードレールにおける韻文詩と散文詩」、『仏文研究』12号、一九八三年。
◇ルネ・ラルー『フランス詩の歩み』(小松清・武者小路実光訳)、白水社、一九七九年。

◇ドミニック・ランセ『十九世紀フランス詩』(阿部良雄・佐藤東洋麿訳)、白水社、一九七九年。
◇J・P・リシャール『詩と深さ』(有田忠郎訳)、思潮社、一九六九年。
◇渡辺広士
「アレゴリーとボードレール」、『法政大学教養学部紀要』49号、一九八四年一月。
『シャルル・ボードレール―近代の寓意』、小沢書店、一九八六年。

＊　＊

◇『シンポジウム英米文学4　ロマン主義から象徴主義へ』、学生社、一九七五年。
◇『文芸読本　ボードレール』、河出書房新社、一九七九年。
◇『無限』21、一九六六年一二月号(特集・シャルル・ボードレール)
◇『ユリイカ―詩と詩論』一九五七年七月号(特集ボードレール研究)
◇『ユリイカ』一九七三年五月号(臨時増刊＝総特集ボードレール)。後に、阿部良雄編『ボードレールの世界』(青土社、一九七六年)として刊行される。
◇『ユリイカ―詩と詩論』一九九三年一一月号(特集ボードレール)

Ⅲ. 日本におけるボードレール受容に関する文献(福永武彦関連以外)

◇赤瀬雅子
「岩野泡鳴におけるシャルル・ボードレールの影響―「発展」の中の詩を中心として―」、『桃山学院大学人文科学研究』9巻1号、一九七三年一一月。

『永井荷風とフランス文学』、荒竹出版、一九七六年。
◇朝比奈美知子「都市の遊歩者―ボードレールと萩原朔太郎―」、『東洋大学紀要　教養課程編』37号、一九九八年三月。
◇粟津則雄「小林秀雄と象徴詩―そのボードレール観をめぐって」、『国文学　解釈と教材の研究』一九七六年一〇月号。
◇池澤夏樹「詩人としての日夏耿之介」、黄眠会同人編『詩人日夏耿之介』所収、新樹社、一九七二年。
◇宇佐美斉編『日仏交感の近代―文学・美術・音楽』、京都大学学術出版会、二〇〇六年。
◇江島宏隆
「「健全」なボードレール―吉田健一と『悪の華』―」、『奥羽大学文学部紀要』11号、一九九九年一二月。

「共感覚という方法―フランス象徴主義と北原白秋」、『奥羽大学文学部紀要』13号、二〇〇一年、一二月。
◇大内和子「小林秀雄の初期作品とボードレール」、『比較文学研究』37号、一九八〇年五月。
◇大岡昇平「富永太郎とボードレール」、『学鐙』一九七一年五月号。
◇沖津ミサ子「日本におけるボードレール」、『仏蘭西学研究』25号、一九九五年三月。
◇越智隆浩「ボードレール「梟」の訳詩について―上田敏と堀口大学訳の比較―」、『愛媛国文研究』49号、一九九九年一一月。
◇川本皓嗣「荷風の散文とボードレール」、阿部良雄編『ボードレールの世界』所収、青土社、一九七六年。
◇菅野昭正「ボードレールからジッドまで―小林秀雄とフランス作家たち―」、『新潮』一九八四年四月号。
◇北村卓
「谷崎潤一郎とボードレール―谷崎訳「ボードレール散文詩集」をめぐって―」、『言語文化研究』18号、一九九二年二月。

「テクストとパラテクスト―永井荷風『珊瑚集』」、北岡誠司、三野博司編『小説のナラトロジー―主題と変奏―』所収、世界思想社、二〇〇三年。

「物語の創造／消費と「検閲」―永井荷風をめぐって」、大阪大学言語文化研究科『現代社会における消費文化の構造と生成(2)』、二〇〇三年。

『日本におけるフランス近代詩の受容研究と翻訳文献のデータベース作成』、平成16年度〜平成18年度科学研究費補助金〔基盤(c)〕研究成果報告書、二〇〇七年三月。

◇木原孝一「ボオドレエルと萩原朔太郎」、『国文学 解釈と鑑賞』一九五二年三月号。
◇木股知史編『近代日本の象徴主義』、おうふう、二〇〇四年。
◇桐山金吾「梶井基次郎論―『桜の樹の下には』の成立とボードレール的世界―」、『国学院雑誌』87巻12号、一九八六年一二月。
◇久保忠夫「「象徴」の語について」、『書斎の窓』一九七九年八月号。
◇窪田般彌
「拓次とボードレール」、阿部良雄編『ボードレールの世界』所収、青土社、一九七六年。

『日本の象徴詩人』、紀伊国屋書店、一九九四年。

「朽葉と『小散文詩』」、『ユリイカ』一九九三年一一月号。
◇小山俊輔「中原中也とボードレール *Tableaux tokyoïtes* のために」、『国文学 解釈と教材の研究』二〇〇三年一一月号。
◇斉藤磯雄「ボードレールと日本近代詩―敏・有明・耿之介、荷風―」、『国文学 解釈と教材の研究』一九六一年一一月号。
◇桜井竜丸
「小林秀雄とボードレール」、『語学文学』13号、一九七五年三月。

「萩原朔太郎とボードレール」、『北海道教育大学紀要』38巻2号、一九八八年三月。
◇佐藤朔「荷風とボードレール」、『三田文学』一九七五年八月号。
◇佐藤伸宏『日本近代象徴詩の研究』、翰林書房、二〇〇五年。
◇佐藤正彰『ボードレール雑話』、筑摩書房、一九七四年。
◇渋沢孝輔「ボードレールの不充足」、現代の批評叢書8『詩の根源を求めて―ボードレール・ランボー・朔太郎その他』所収、一九七〇年。
◇清水徹「日本におけるポール・ヴァレリーの受容について―小林秀雄をそのグループを中心として―」、『文学』一九九〇年一〇月号。
◇杉本秀太郎「ボードレールの邦訳」、『洛中通信』所収、岩波書店、一九九三年。
◇鈴木貞美『梶井基次郎の世界』、作品社、二〇〇一年。

◇鈴木沙那美「ボードレールと梶井基次郎」、『国文学 解釈と鑑賞』一九八二年四月号。
◇鈴木二三雄「憂鬱の系譜―ボードレールから梶井基次郎まで―」、『立正大学国語国文』12号、一九七六年三月。
◇鈴木美穂「小林秀雄におけるボードレール―戦後最初期を中心に―」、『国文目白』42号、二〇〇三年二月。
◇関川左木夫
『ボオドレエル・暮鳥・朔太郎の詩法系列―「囈語」による『月に吠える』詩体の解明―』、昭和出版、一九八二年。

「象徴詩発展史における日夏耿之介の位置」、黄眠会同人編『詩人日夏耿之介』所収、新樹社、一九七二年。
◇高橋龍夫「『舞踏会』論―ボードレール『悪の華』との照応から―」、『日本近代文学』53集、一九九五年一〇月。
◇高畠正明「研究書誌・参考文献」、『世界文学大系33 ポオ・ボードレール』月報に所収、筑摩書房、一九五九年。
◇武田紀子
「詩の翻訳―ボードレール散文詩「芸術家の告白誦」の二つの日本語訳を具体例として」、『就実論叢』15号、一九八六年二月。

「「茉莉花」の成立をめぐって―上田敏訳ボードレール詩篇と蒲原有明―」、『比較文学研究』54号、一九八八年一二月。
◇田中清光
『世紀末のオルフェたち 日本近代詩の水脈』、筑摩書房、一九八五年。

『大正詩展望』、筑摩書房、一九九六年。
◇谷口正子「西田哲学とボードレールの「万物照応」」『共立国際文化』16号、一九九九年。
◇千葉宣一『モダニズムの比較文学的研究』、おうふう、一九九八年。
◇釣馨「梶井基次郎とシャルル・ボードレール―自己の二重化と文学的生産」、『比較文学』37巻、一九九四年。
◇中島康久「小林秀雄におけるボードレール」、『天理大学学報』38巻1号、一九八六年九月。
◇中村不二夫『山村暮鳥論』、有精堂、一九九五年。
◇西野常夫「大手拓次「藍色の蟇」における動物―ボードレール「悪の華」との比較」、『比較文学』40巻、一九九七年。
◇野山嘉正『日本近代詩歌』、東京大学出版会、一九八五年。
◇長谷川吉弘

「太宰治とボードレール―その邂逅と受容―」、『解釈』、一九七一年八月号。

「太宰治と外国文学―ボードレールとのかかわり」、『国文学 解釈と鑑賞』一九九六年六月号。
◇花田俊典「単一性への志向―太宰治とボードレール」、『太宰治研究』6号、一九九九年六月。
◇原子朗『定本 大手拓次研究』、牧神社、一九七八年。
◇樋口覚「ボードレール原作 中原中也改作「時こそ今は……」評釈―中也の感じた存在と時」、『中原中也研究』5号、二〇〇〇年八月。
◇北条常久「山村暮鳥論―ボードレールからドストエフスキーへ―」、『文芸研究』79集、一九七五年五月。
◇堀田敏幸「朔太郎とボードレール―アフォリズムから『氷島』へ」、『比較文学』38巻、一九九五年（『ボードレールの迷宮』改訂版所収、沖積舎、二〇〇四年）。
◇水島裕雅
「芥川龍之介とボードレール」、『実存主義』84号、一九七八年九月。

『詩のこだま フランス象徴詩と日本の詩人たち』、木魂社、一九八八年。

「梶井基次郎とボードレール―青空のイメージを中心として―」、『人間文化研究』2号、一九九三年一二月。
◇村松剛『日本近代の詩人たち―象徴主義の系譜』、サンリオ出版、一九七五年。
◇安田保雄
『比較文学論考』、学友社、一九六九年。

『上田敏研究増補新版―その生涯と業績―』、有精堂、一九六九年。

『比較文学論考 続編』、学友社、一九七四年。
◇矢野峰人
「象徴主義移入の歴史」、富士川英郎編『東洋の詩西洋の詩』所収、朝日出版社、一九七〇年。

「ボードレール」、『欧米作家と日本近代文学』第二巻 フランス篇所収、教育出版センター、一九七四年。

「日本におけるボードレール」(1)〜(70)、復刻版『日本比較文学会会報第1号〜第100号』所収、一九八七年。

◇矢野峰人・杉本苑子監修『三富朽葉研究』、牧神社、一九七八年。
◇山田兼士「中原中也の〈憂愁〉詩篇―ボードレール詩学からの反照」、『河南論集』7号、二〇〇二年三月（『抒情の宿命・詩の行方　朔太郎・賢治・中也』所収、思潮社、二〇〇六年）。
◇四方田犬彦「荷風の時間意識―『偏奇館吟草』とボードレール」、『荷風全集』13巻・月報11、一九九三年。

Ⅳ．上記以外の文献

◇赤瀬雅子『永井荷風とフランス文化』、荒竹出版、一九九八年。
◇荒正人「戦後文学の展望―孤独から連帯へ」、『世界批評』、一九四八年一一月。
◇池谷裕二『記憶力を強くする―最新脳科学が語る記憶のしくみと鍛え方』、講談社、二〇〇一年。
◇石川美子「自伝のかたち―「わたし」と「記憶」をめぐって―」、岩波講座『文学』3、二〇〇二年一〇月。
◇今橋映子『異都憧憬　日本人のパリ』（平凡社ライブラリー382）、平凡社、二〇〇一年。
◇内田伸子『発達心理学―ことばの獲得と教育』、岩波書店、一九九九年。
◇梅本健三『詩法の復権―現代日本語韻律の可能性』、西田書店、一九八九年。
◇江藤文夫・多田道太郎・鶴見俊輔・中岡哲郎・奈良本辰也・山本明『想像と創造―複製文化論』、研究社、一九七三年。
◇大岡信『昭和詩史新装版』、思潮社、一九八〇年。
◇大森郁之助「「幼年時代」の意識と方法」、『論考堀辰雄』所収、有朋堂、一九八〇年。
◇小田切秀雄『自我と文学の現実』、雄山閣、一九四八年。
◇加藤周一『羊の歌』、『加藤周一著作集15』所収、平凡社、一九七九年。

◇川本皓嗣
『日本詩歌の伝統―七と五の詩学』、岩波書店、一九九一年。

「スタインからヘミングウェイへ―「持続する現在」と描写の時間」、岩波講座『文学』5、所収、一九七六年。
◇九鬼周造『文藝論』、岩波書店、一九四一年。
◇黒川由紀子『回想法―高齢者の心理療法』、誠信書房、二〇〇五年。
◇黒古一夫『原爆文学論』、渓流社、一九九三年。
◇紅野敏郎・栗坪良樹・保昌正夫・小野寺凡『展望戦後雑誌』、河出書房新社、一九七七年。
◇坂部恵『モデルニテ・バロック　現代精神史序説』、哲学書房、二〇〇五年。
◇リチャード・E・シートウィック『共感覚者の驚くべき日常　形を味わう人、色を聴く人』、草思社、二〇〇二年。
◇渋沢孝輔「「古風」の逆説と薔薇の時間」、『現代詩文庫97　中村真一郎』所収、一九八九年。
◇清水徹「プルーストとジョイスの導入したもの―二十世紀小説の出発」、岩波講座『文学』5所収、一九七六年。
◇菅谷規矩雄
『詩的リズム　音数律に関するノート』、大和書房、一九七五年。
『詩的リズム・続篇　音数律に関するノート』、大和書房、一九七八年。
◇関口安義『芥川龍之介とその時代』、筑摩書房、一九九九年。
◇瀬沼茂樹「アプレゲールの作家たち」、『北海タイムス』、一九四九年九月一〇日。
◇竹盛天雄「戦後文学の様相」、『日本近代文学』9号、一九六八年一〇月。
◇十返肇
「新人の文学的立場」、『文藝時代』一九四八年六月号。
「戦後文学の観念性」、『文藝首都』一九四八年六月号。
◇中島洋一『象徴詩の研究―白秋・露風を中心として―』、桜楓社、一九八二年。
◇中村真一郎

『わが点鬼簿』、新潮社、一九八二年。
『戦後文学の回想』増補版（筑摩叢書3）、筑摩書房、一九八三年。
◇中村隆夫『象徴主義―モダニズムへの警鐘　世界美術双書005』、東信堂、一九九八年。
◇中村三春「〈純粋小説〉とフィクションの機構―ジイド「贋金つくり」から横光利一「盛装」まで」、『山形大学紀要・人文科学』12巻4号、一九九三年一月。
◇中村弓子『受肉の詩学　ベルクソン／クローデル／ジード』、みすず書房、一九九五年。
◇西村靖敬『１９２０年代パリの文学―「中心」と「周縁」のダイナミズム―』、多賀出版、二〇〇一年。
◇野田宇太郎『日本耽美派文学の誕生』、河出書房新社、一九七五年。
◇ジョン・ハリソン『共感覚　もっとも奇妙な知覚世界』（松尾香弥子訳）、新曜社、二〇〇六年。
◇保坂和志
『小説の自由』、新潮社、二〇〇五年。
『小説の誕生』、新潮社、二〇〇六年。
◇『堀辰雄全集』第三巻、新潮社、一九五四年。
◇堀江敏幸「パン・マリーへの手紙10―ふたりのプイヨン」、『図書』二〇〇五年四月号。
◇本多秋五『戦後文学史論』、新潮社、一九七一年。
◇松井貴子『写生の変容―フォンテネージから子規、そして直哉へ』、明治書院、二〇〇二年。
◇港千尋『記憶―「創造」と「想起」の力』、講談社、一九九六年。
◇宮下誠『20世紀絵画　モダニズム美術を問い直す』、光文社新書234、二〇〇五年。
◇茂木健一郎
『脳とクオリア―なぜ脳に心が生まれるのか』、日経サイエンス社、一九九七年。
『クオリア降臨』、文芸春秋、二〇〇五年。
◇与謝野晶子「『小鳥の巣』小序」、『与謝野晶子全集』第八巻所収、一九七六年。

◇吉本隆明、芹沢俊介『幼年論―21世紀の対幻想について』、渓流社、二〇〇五年。
◇『近代文学の軌跡　続・戦後文学の批判と確認』、豊島書房、一九六八年。
◇『国文学　解釈と鑑賞』別冊（堀辰雄とモダニスム）、二〇〇四年二月。
◇『座談会　わが文学、わが昭和史』、筑摩書房、一九七三年。

＊　＊

※　本書の基となる博士論文とほぼ同時期に下記の三冊の博士論文が出ているが、博士論文執筆中には未だ参照できるものではなかったので、本書の内容に反映することはできなかった旨、お断りする。

◇高木徹「福永武彦の「音楽的な小説」研究」、名古屋大学博士論文、二〇〇六年九月。
◇西田一豊「福永武彦研究：小説形式と相対化」、千葉大学博士論文、二〇〇六年九月。
◇Ko IWATSU “Mythes, romans, imaginaire de l'eau: Fukunaga Takehiko et la littérature française”, Doctrat de l'Université Paris-Sorbonne (Paris IV), 2007.1.

福永武彦　生涯と作品

付　記

◇本年譜は、本書の比較文学的な論点を補充するものとして、福永武彦の「生涯と作品」と「外国文学・文化関連の仕事」とを並列して記載した。
◇本書の内容と関わりの深い作品や事項などは、太字で示した。
◇本年譜を作成するにあたっては、源高根『編年体・評伝福永武彦』（桜華書林、一九八二年）、曽根博義編「福永武彦年譜」（『福永武彦全集』第二〇巻所収）、小久保実「略年譜」（『新潮日本文学アルバム　福永武彦』所収、新潮社、一九九四年）、首藤基澄「福永武彦略年譜」（『福永武彦・魂の音楽』所収、おうふう、一九九六年）、和田能卓「年譜」（『未刊行著作集19　福永武彦』所収、白地社、二〇〇二年）を参照した。

年	生涯と作品	外国文学・文化関連の仕事
一九一八（大正七）	三月一九日、福岡県筑紫郡二日市町大字二日市八三五番地（現・筑紫野市大字二日市同番地）に、父福永末次郎と母トヨとの間の、長男として生まれる。父は東京帝国大学学生。母は日本聖公会の伝道師。三井銀行員になった父の転任で、横浜、佐世保で過ごした後、福岡市に移る。	
一九二四（大正一三）	四月、福岡市当仁小学校に入学。（六歳）	
一九二五（大正一四）	三月二七日、弟文彦生まれる。四月一二日、母トヨ産褥熱で死去（享年二九）。（七歳）	
一九二六（大正一五）	六月、父の転勤のために、上京。東京府下荏原郡宮前小学校に通学。（八歳）	
一九二七（昭和二）	四月、小石川区雑司が谷町一一五番地の日本少年寮に入寮し、小石川区青柳小学校に編入。父は、近くの雑司が谷界隈に下宿。（九歳）	
一九三〇（昭和五）	四月、東京開成中学校に入学。ここで同期生であった中村真一郎と、その後生涯を通して親友となる。（一二歳）	
一九三四（昭和九）	四月、第一高等学校文科丙類に入学。弓術部、弁論部に入る。本郷向ヶ丘の弓術部の寮に入室。（一六歳）	
一九三五（昭和一〇）	一高の移転に伴い、目黒区駒場の弓術部の寮に移転。この頃より、『向陵時報』、『校友会雑誌』などに、詩、俳句、小説を相次いで発表する。筆名、水城哲男。（一七歳）	
一九三六（昭和一一）	寮を出て小石川区雑司が谷の自宅から通学。二月、『東京大学新聞』に応募した映画批評が入選、以後、映画評論を発表し始める。六月、『草の花』制作と関わりの深い小説「かにかくに」（『校友会雑誌』）や詩「ひそかなるひとへのおもひ」（『反求会会報』）を発表する。（一八歳）	ボードレールに拠っているとされる小説「黄昏行」を『校友会雑誌』に掲載。

一九三七（昭和一二）	三月、一高を卒業。父の勧めで東京帝国大学法学部を受験するが失敗。（一九歳）	
一九三八（昭和一三）	四月、東京帝国大学文学部仏蘭西文学科に入学。（二〇歳）	
一九三九（昭和一四）	一月、『映画評論』の同人となり、ほとんど毎号に映画評論を執筆。（二一歳）	仏蘭西文学科講師渡辺一夫を手伝って、**ボードレール「人工楽園」の下訳**を行う。
一九四〇（昭和一五）	このころより、中村真一郎に勧められて、押韻定型詩の制作を始める。（二二歳）	今日出海のためにM・ブデル『北緯六十度の恋』を下訳。
一九四一（昭和一六）	二月、徴兵検査を怖れて心臓神経症になり、以後再発に悩まされる。三月、東大を卒業。五月、日伊協会に勤務。夏に軽井沢を訪れ、中村真一郎を介して堀辰雄の知遇を得る。長編『風土』に着手。高村光太郎を知る。（二三歳）	三月、卒業論文「詩人の世界―ロオトレアモンの場合」（仏文）提出。六月、『マルドロオルの歌　画集』（冬至書林）限定版を編集、解説を付けて刊行。H・トロワイヤ『蜘蛛』を翻訳。
一九四二（昭和一七）	三月、盲腸炎より腹膜炎併発して入院。五月、日伊協会をやめて参謀本部第一八班で暗号解読に従事。秋に、友人らとともに「**マチネ・ポエティク**」を結成、本格的に**定型押韻詩**の制作を始める。一〇月、叔父（秋吉利雄）の養子となっていた弟文彦死去（享年一七）。一二月、召集を受けるが、手術の予後などを理由に即日帰郷となる。（二四歳）	六月、マラルメの訳詩「エロディアド」（『四季』）を発表。
一九四三（昭和一八）	二月、参謀本部を辞職。東大仏文研究室で辞書の編纂に従事。三月、父の退職に伴い、藤沢市に一人で転居。ソネット集「夜」を書く。「詩法」、「火の鳥」（ともに『向陵時報』）発表。（二五歳）	辰野隆監修『サントブウブ選集第一巻　中世紀及び十六世紀作家論』（実業之日本社）に「ダンテ」を訳載。
一九四四（昭和一九）	二月、日本放送協会国際局（のち海外局）で海外放送に携わる。六月、中断していた『風土』の代わりに『**独身者**』を書き始めるが、約三百枚書いて中絶。九月、山下澄（詩人・原條あき子）と結婚。（二六歳）	

年	生涯と作品	外国文学・文化関連の仕事
一九四五（昭和二〇）	二月、急性肋膜炎のため東大病院に入院。四月、妻の縁故を頼って北海道帯広に疎開。七月、長男夏樹（現作家・池澤夏樹）が生まれる。八月の敗戦とともに、帯広から岡山まで放浪、軽井沢や加藤周一のいた上田の療養所などに約一ヶ月滞在し、『風土』の一部を執筆。（二七歳）	
一九四六（昭和二一）	四月、日本放送協会を退職。五月、帯広中学校（のち帯広高等学校）の嘱託英語教員となる。肺結核の診断を受け、七月まで帯広療養所に入所。八月、「**塔**」（『高原』）発表。（二八歳）	七月から半年間、加藤周一、中村真一郎と分担し、海外文学中心の時評〈**CAMERA EYES**〉を『世代』に書く。
一九四七（昭和二二）	三月、清瀬の国立東京療養所に入所。四-九月、戦時中に書いた定型押韻詩を「**マチネ・ポエティク作品集**」などの総題で、他の同人の作品とともに発表。一〇月、胸郭成形手術を受けるため上京。清瀬の療養所に入り、第一回目の手術を受ける。以後、一九五三年の退所まで長期の療養所生活を強いられる。（二九歳）	二-一一月、『詩人』に三度にわたり「**ボードレール詩鑑賞**」掲載。五月、前年の『世代』の連載を元に、加藤、中村との共著『1946 文学的考察』（真善美社）、一〇月、『**ボオドレエルの世界**』（矢代書店）刊行。
一九四八（昭和二三）	絶対安静を続ける。三月、「河」（『人間』）発表。最初の短編集『塔』（真善美社）刊行。五月、『**マチネ・ポエティク詩集**』（真善美社）、詩集『**ある青春**』（北海文学社）刊行。『方舟』同人となり、同誌に『風土』の一部を発表。（三〇歳）	**ボードレールの翻訳**「**詩抄十篇**」（『批評』ボードレール特輯）を発表。
一九五〇（昭和二五）	秋に『風土』第二部に着手。妻澄と協議離婚。（三二歳）	
一九五一（昭和二六）	一月、帯広高等学校を退職。（三三歳）	窪田啓作と共訳のJ・グリーン『幻を追ふ人』（創元社）を刊行。七月、H・トロワイヤ『蜘蛛』訳（新潮文庫）、九月、M・ブデル『北緯六十度の恋』訳（新潮社、今日出海との共訳）刊行。

一九五二（昭和二七）	七月、『**風土**』（**第二部省略版、新潮社**）刊行。初秋、医師の許可を得て軽井沢に滞在、七年ぶりに堀辰雄に会う。（三四歳）	
一九五三（昭和二八）	一月、「**遠方のパトス**」（『近代文学』）を発表。三月、東京療養所を退所。四月、学習院大学文学部講師となる。以後、一九七九年に亡くなるまで在職。杉並区方南町一一六番地に移る。「時計」（『新潮』）発表。五月、新潮社版『堀辰雄全集』の編集委員の一人となり、夏は信濃追分に滞在。一一月、『死の島』の原型となった短編「カロンの艀」（『文學界』）発表。一二月、岩松貞子と結婚。（三五歳）	五月、J・グリーン『運命（モイラ）』訳（新潮社）、九月、M・デュ・ガール『アンドレ・ジイド』訳（文藝春秋新社）を刊行。
一九五四（昭和二九）	四月、「**冥府**」前半を『群像』に発表。『**草の花**』（新潮社）刊行。六月、「**水中花**」（『新潮』）発表。七月、「**冥府**」後半（『群像』）発表。八月、短編集『**冥府**』（大日本雄弁会講談社）刊行。信濃追分の山荘を譲り受け、以後毎夏、避暑に訪れる。室生犀星を知る。一一月、「**夢見る少年の昼と夜**」（『文學界』）、「秋の嘆き」（『明窓』）、一二月、「**深淵**」（『文藝』）発表。（三六歳）	河出書房版『世界詩人全集4』にマラルメ、ロートレアモン、ヌーヴォー、ラフォルグ、ノワイユ夫人の訳詩を納める。
一九五五（昭和三〇）	四月、学習院大学文学部助教授に昇格。五、六月「**夜の時間**」（『文藝』）発表。七月、『**夜の時間**』（河出新書）刊行。夏に杉並区堀ノ内一丁目二二三番地に移る。八月、「沼」（『別冊文藝春秋』）、一一月、「風景」（『新潮』）発表。（三七歳）	二月、「話題の海外文学」欄（『読売新聞』）担当（翌年三月まで）。**河出書房版『世界詩人全集3』にボードレールの訳詩を収める。**
一九五六（昭和三一）	二月、「死神の馭者」（『群像』）、「幻影」（『文學界』）発表。三月、加田伶太郎の筆名で「完全犯罪」（『週刊新潮』）発表。以後、一九六〇年まで同じ筆名で推理小説を数編発表する。三月、中編集『冥府・深淵』（ミリオン・ブックス、大日本雄弁会講談社）、六月、『愛の試み』（河出書房）、七月、「鏡の中の少女」（『若い女性』）、一〇月、現代語訳『古事記』（河出書房）刊行。一二月、「心の中を流れる河」（『群像』）発表。豊島区目白町、学習院第一アパートに転居。（三八歳）	A・E・W・メースン『矢の家』訳（世界推理小説全集7、東京創元社）を刊行。

年	生涯と作品	外国文学・文化関連の仕事
一九五七（昭和三二）	二月、「二時間の航海」（『別冊文藝春秋』）発表。四月、東京大学文学部講師を兼任（二年間）。「見知らぬ町」（『それいゆ』）、五月、「**夜の寂しい顔**」（『群像』）発表。六月、『風土』（完全版、東京創元社）刊行。八月、「鬼」（『キング』）、一〇月、「死後」（『群像』）に発表。一二月、『古事記物語』（岩波少年文庫）、加田伶太郎『完全犯罪』（大日本雄弁会講談社）刊行。（三九歳）	五月、『賭はなされた・歯車』訳（サルトル全集、人文書院）を中村真一郎との共訳で刊行。七月、**パスカル・ピア『ボードレール』訳**（永遠の作家叢書、人文書院）を刊行。一〇月、**ボードレール『パリの憂愁』訳**（岩波文庫）を刊行。
一九五八（昭和三三）	一月、船田学の筆名でSF小説「地球から遠く離れて」（『別冊週刊新潮』）発表。二月、『心の中を流れる河』（東京創元社）、三月、『愛の試み愛の終り』（人文書院）刊行。河出書房新社版『日本国民文学全集6　王朝物語集Ⅱ』に「今昔物語」四一篇の現代語訳を収載。七月、「影の部分」（『群像』）発表。一〇月から一二月にかけて、胃潰瘍で国立東京第一病院に入院。（四〇歳）	海外の探偵小説エッセイ「深夜の散歩」を『エラリイ・クイーンズ・ミステリ・マガジン』に連載。
一九五九（昭和三四）	四月、「**世界の終り**」（『文學界』）、「**未来都市**」（『小説新潮』）発表。六月、短編集『世界の終り』刊行（人文書院）。七月から九月、「**廃市**」（『婦人の友』）連載。九月、「飛ぶ男」（『群像』）発表。一二月、編著『近代文学鑑賞講座18中島敦・梶井基次郎』（角川書店）刊行。（四一歳）	平凡社刊『世界名詩集大成3　フランス篇Ⅱ』にボードレール、マラルメ、ランボー、ヌーヴォーの訳詩を収める。
一九六〇（昭和三五）	二月、「樹」（『新潮』）、「風花」（『人間専科』）発表。五月、筑摩書房版『古典日本文学全集1』に古代歌謡の現代語訳を収載。六月、「**退屈な少年**」（『群像』）発表。七月、短編集『廃市』（新潮社）刊行。九月から一〇月にかけて、胃潰瘍のために長野県佐久市浅間病院に入院。（四二歳）	F・ホヴェイダ『推理小説の歴史』を東京創元社より刊行。
一九六一（昭和三六）	一月、中村真一郎、堀田善衛との共作映画シナリオ「発光妖精とモスラ」（『別冊週刊朝日』）発表。三月、「**形見分け**」（『群像』）、四月、詩「仮面」（『風景』）発表。学習院大学文学部教授に昇格。現代語訳『今昔物語』（日本文学全集6　河出書房新社）を刊行。（四三歳）	七月、評伝『ゴーギャンの世界』（新潮社）を刊行。一一月、同書が第一五回毎日出版文化賞受賞。

一九六二（昭和三七）	一月、「**告別**」（『群像』）発表。四月、作品集『告別』（講談社）刊行。詩「高みからの眺め」（『文藝』）、一〇月、「伝説」（『群像』）を発表。（四四歳）	五月、海外の画家の美術批評「藝術の慰め」を『芸術生活』に連載（三九年二月まで）。
一九六三（昭和三八）	三月から一二月、後に長編『忘却の河』としてまとめられる連作を、複数の雑誌に個別の表題で発表。発表順に、三月、「**忘却の河**」（『文藝』）、八月、「**煙塵**」（『文學界』）、九月、「**舞台**」（『婦人之友』）、一一月、「**硝子の城**」（『群像』）、一二月「**夢の通ひ路**」（『小説中央公論』）、「**喪中の人**」（『小説新潮』）、「**賽の河原**」（『文藝』）。六月、長編童話『猫の太郎』を『ディズニーの国』に連載（一二月まで、雑誌休刊のため未完）。一二月から翌年二月まで、胃潰瘍のために国立東京第一病院に入院。（四五歳）	五月、**人文書院版『ボードレール全集』全四巻を責任編集**。第一巻を刊行（翌年六月全巻完結）。八月、中村真一郎、丸谷才一との共著『深夜の散歩―ミステリの愉しみ』（ハヤカワ・ライブラリ、早川書房）を刊行。一二月、吉田健一、佐伯彰一との共編『ポオ全集Ⅲ』（全三巻、東京創元社）に訳詩一〇篇を収める。
一九六四（昭和三九）	三月、詩「北風のしるべする病院」（『本』）発表。四月、南伊豆に旅行、『海市』の構想を得る。五月、**長編『忘却の河』**（新潮社）刊行。九月、「**幼年**」を『群像』に発表。（四六歳）	
一九六五（昭和四〇）	八月、世田谷区成城町七七六番地に転居。一一月、「邯鄲」を『群像』に発表。（四七歳）	五月、『**藝術の慰め**』（講談社）、七月、訳詩集『象牙集』（垂水書房）をそれぞれ刊行。
一九六六（昭和四一）	一月、「**死の島**」（『**文藝**』）**の連載**（一九七一年八月完）、「風のかたみ」（『婦人之友』）の連載（一九六七年一二月完）を始める。二月から四月、胃潰瘍で国立東京第一病院に入院。五月、『福永武彦詩集』（麦書房）、『福永武彦作品批評A』（文治堂書店）を刊行。一〇月、「風雪」（『群像』）発表。世田谷区祖師ヶ谷二丁目一三三一番地に転居。（四八歳）	
一九六七（昭和四二）	五月、『**幼年**』（プレス・ビブリオマーヌ）を刊行。夏、『海市』を書き上げる。（四九歳）	一〇月、**訳編『ボードレール詩集』**（ポケット版　世界の詩人4、河出書房新社）を刊行。

年	生涯と作品	外国文学・文化関連の仕事
一九六八（昭和四三）	一月、「あなたの最も好きな場所」（『群像』）発表。**長編『海市』**（新潮社）刊行。二月、絵本『おおくにぬしのぼうけん』（絵・片岡珠子、岩崎書店）六月、長編**『風のかたみ』**（新潮社）、一〇月、『福永武彦作品 批評B』（文治堂書店）、一二月、長編『風土』（決定版、新潮社）をそれぞれ刊行。年末に、世田谷区成城七丁目一八番二〇号に転居。（五〇歳）	三月、大久保輝臣との共訳マロ『家なき子・にんじん』（少年少女世界の文学16、河出書房新社）を刊行。
一九六九（昭和四四）	一月、随筆「十二色のクレヨン」の連載（『ミセス』、一二月まで）を始める。「湖上」を『群像』に発表。六月、作品集『幼年 その他』（講談社）、八月、第一随筆集『別れの歌』（新潮社）、一二月、『夜の三部作』（講談社）刊行。（五一歳）	一月、随筆「私の内なる音楽」（『芸術新潮』、九月まで、未完）を発表。
一九七〇（昭和四五）	一月、「大空の眼」（『群像』）発表。三月、『加田伶太郎全集』（桃源社）、八月、『福永武彦集』（新潮文学49）、第二随筆集『遠くのこだま』（新潮社）刊行。信濃追分で胃潰瘍が再発、一〇月まで長野県小布施町の新生病院に入院。（五二歳）	
一九七一（昭和四六）	六月、第三随筆集『枕頭の書』（新潮社）刊行。九月、**長編『死の島』**上巻（河出書房新社）、一〇月、同下巻を刊行。（五三歳）	
一九七二（昭和四七）	一月、『福永武彦』（現代の文学7、講談社）刊行。三月、『死の島』により、第四回日本文学大賞を受賞。五-七月、胃潰瘍の悪化のために中野総合病院に入院。以後、入退院を繰り返す。（五四歳）	
一九七三（昭和四八）	六月、作家論集『意中の文士たち』上・下巻（人文書院）、七月、『意中の画家たち』（人文書院）、一〇月、『福永武彦全小説』全一一巻（新潮社、翌年八月完結）刊行。（五五歳）	
一九七四（昭和四九）	春、世田谷区成城七丁目二一番一七号に新居を建て移転。七月、短編『海からの声』（槐書房）、第四随筆集『夢のように』（新潮社）刊行。（五六歳）	

一九七五(昭和五〇)	六月、『**独身者**』(未完、**槐書房**)、堀辰雄印譜『我思古人』(槐書房)、八月、第五随筆集『書物の心』(新潮社)刊行。一二月、詩「櫟の木に寄せて」(『文藝』)を発表。(五七歳)	
一九七六(昭和五一)	一月、「内的独白」を『文藝』に連載(同年八月まで、及び翌年、一、三、五月)。三月、短歌「夢百首」(『海』)を発表。八月、父末次郎死去(享年八二)。九月、詩文集『櫟の木に寄せて』(書肆科野)を刊行。(五八歳)	訳詩集についての随筆「異邦の薫り」を『婦人之友』に連載(一二月まで)。
一九七七(昭和五二)	一月、「絵のある本」の連載(『ミセス』、翌年五月まで、未完)始める。四月、歌句集『夢百首雑百首』(中央公論社)刊行。一〇月二七日、世田谷区松原のキリスト教朝顔教会井出定治牧師により、病床で受洗。一一月下旬まで、日産玉川病院に入院。(五九歳)	
一九七八(昭和五三)	三月、北里病院東洋医学科に入院(五月まで)。九月、軽井沢病院に入院。一〇月、第六随筆集『秋風日記』(新潮社)、一一月、評論『**内的独白—堀辰雄の父、その他—**』(河出書房新社)刊行。一二月、学習院大学休職。(六〇歳)	
一九七九(昭和五四)	四月から五月、北里病院東洋医学科入院。六月下旬から信濃追分に滞在。八月六日、胃潰瘍が悪化、長野県の佐久総合病院に入院し、八日に手術を受ける。一二日、容態急変、一三日午前五時二二分、脳内出血のため死去。(六一歳)	四月、『異邦の薫り』(新潮社)を刊行。

初出一覧

本書は、二〇〇六年度にお茶の水女子大学大学院に提出した博士論文『福永武彦におけるボードレール――「純粋記憶」の生成をめぐって――』をもとにしている。各章の初出は下記の通りである。各章とも、初出から博士論文にまとめる段階で大幅に加筆修正を行っている。ただし、博士論文から本書にまとめるに当たっては、若干の訂正を除いては提出時の内容を改変することはほとんどなかった。

第一章　書き下ろし
第二章　書き下ろし
第三章　「『冥府』における記憶描写をめぐって――最初の記憶とボードレール」『人間文化論叢』第六巻、二〇〇四年三月、三の一～一〇頁
第四章　「『忘却の河』における過去をめぐって――忘れないことの意味」『福永武彦研究』第六号、二〇〇一年八月、四七～五六頁
第五章　「『幼年』における記憶をめぐって――再び見出された幼年時代――」『人間文化論叢』第四巻、二〇〇二年三月、四の一～一〇頁
「『幼年』におけるボードレール――福永武彦の虚構の方法をめぐって――」(『人間文化論叢』第五巻、二〇〇三年三月、二の一～九頁)。――学術文献刊行会編『国文学年次別論文集』平成一五年版近代分冊(朋文出版、二〇〇六年二月)に転載
第六章　書き下ろし

あとがき

異文化との比較によって相対化することで日本文化のありようをもっと知りたい、という問題意識を持ってお茶の水女子大学に入学してから、変わらずその関心のもとに歩んできました。本書は、その十数年の探究の一つの成果として二〇〇六年度に同大学に提出した博士論文をもとにした出版です。

学部の仏語仏文専攻では中村俊直先生のもとでボードレールについて、修士課程での日本言語文化専攻では三木紀人先生のもとで福永武彦について、そして博士課程の比較文化学専攻では中村弓子先生のもとで福永武彦におけるボードレールの受容について論文指導をいただきました。このように一つの所属に縛られることのない自由な環境のなかで、自分自身の問題意識を貫くことを許していただいたのは、ひとえに母校の学生の個を重んじる学風と先生方の寛大なお導きのおかげであったと、そのめぐり合わせに深く感謝しています。本書の完成までご教示いただいた多くの方々に、この場をお借りして御礼申し上げます。

何より、博士論文の主任指導教官の中村弓子先生には、学部入学から十数年にわたっての本当に長い「対話」のなかで、多くのご指導を賜りました。博士課程に入学してからの数年目、様々な問題が重なって研究を続けることに迷い、研究を放り出しかけた私に、正面から向き合い、「対話」を続けることの大切さを諭しながら学問にしっかりとつなぎとめてくださったのは先生でした。論文を完成に導いてくださったことに深い学恩を抱くのみでなく、一人の人間としての私を信じ、文学を探究するということと私の人生とがつながるように導いてくださったことに、言い尽くせないほど感謝しています。先生との出会いがなければ、この本を書き始めることも書き終えることもできなかったと思います。

また、論文審査に際しては内田正子先生、大塚常樹先生、中村俊直先生、村田真弓先生からも大変多くのご助言をいただきました。さらに、修士論文の主査であった三木紀人先生と、学部における学年主任であった石川宏先生に、折に触れて温かくお励ましいただいたことも、大きな支えとなりました。

そして、千葉大学の西村靖敬先生には、本書の出発点となった『人間文化論叢』掲載の論文の査読でご指導いただいて以来、多くのご教示を賜りました。大阪芸術大学の山田兼士先生は、何の面識もなかった私が出した一通の手紙に温かいお返事をくださってからずっと、福永とボードレールの比較研究の先達としてお導きくださいました。

さらに、広島の実家での執筆中には、資料の閲覧や取り寄せなどで、三原市立図書館と広島大学附属図書館の司書の方々に大変お世話になりました。

東信堂の下田勝司社長は、この出版の厳しい時代にもかかわらず、本書の刊行をお引き受けくださり、編集においても丁寧にご助言くださいました。こうして、若き日の福永が学んだ向陵の地より本を出していただけるご縁に感謝しつつ、改めて深く御礼申し上げます。

最後に私事ではありますが、長い間最も近くで、なかなか筆の進まぬ私を見守り支え続けてくれた広島の両親とおば、いつも励ましてくれた妹に、心から感謝します。

平成二〇年秋

西岡　亜紀

索　引

福永武彦は全頁にでてくるので省略した。

福永作品を全て挙げると煩雑になるのでボードレールに関わる福永作品に限り掲載した。

(ア)

(カ)

(サ)

(タ)

(ナ)

(ハ)

(マ)

著者紹介

西岡亜紀（にしおか・あき）

1973年　広島県生まれ

1996年　お茶の水女子大学文教育学部外国文学科仏語仏文専攻卒業

1998年　同大学大学院修士課程人文科学研究科日本言語文化専攻修了

2007年　同大学大学院博士後期課程人間文化研究科比較文化学専攻修了。
博士（人文科学、2006年度）

主要論文

- 「福永武彦『幼年』におけるボードレール—「万物照応」の受容について」（『比較文学』第50巻、2007）
- 「研究動向　福永武彦」（『昭和文学研究』52集、2006. 3）
- 「『冥府』における記憶描写をめぐって—最初の記憶とボードレール」（『人間文化論叢』第6巻、2004. 3）
- 「『幼年』における記憶をめぐって—再び見出された幼年時代—」（『人間文化論叢』第4巻、2002. 3）
- 「研究ノート：フランスの〈絵解き〉の可能性—「人生の階段図」をめぐって—」（『絵解き研究』第12号、1996. 9）

福永武彦論——「純粋記憶」の生成とボードレール

2008年10月30日　　初　版第1刷発行　　〔検印省略〕

定価はカバーに表示してあります。

著者©西岡亜紀／発行者 下田勝司　　印刷・製本／中央精版印刷

東京都文京区向丘1-20-6　　郵便振替00110-6-37828　　発行所

〒113-0023　TEL (03) 3818-5521　FAX (03) 3818-5514　　株式会社 東信堂

Published by TOSHINDO PUBLISHING CO., LTD.

1-20-6, Mukougaoka, Bunkyo-ku, Tokyo, 113-0023 Japan

E-mail : tk203444@fsinet.or.jp　http://www.toshindo-pub.com

ISBN978-4-88713-858-2 C3093